战与守

黄孝阳 陶林 著

北京出版集团
北京十月文艺出版社

献给为这片土地热血牺牲的人们，

每个春天，他们的队伍从土壤里复活！

目录

第一章

还平州

1

清晨的第一缕阳光透过审讯室的铁栅栏照在黎有望的脸上，慢慢给他的脸加热，照亮他的眼。美梦留人睡，似乎是关于抗战胜利的情景。

他从梦中弹跳而起，迅速打量周遭，是一个放满了各类刑具的审讯室。地面和墙上还有斑斑的血迹。是新鲜的血迹。还有血腥味。这是韩光义的人审讯过元大忠和李致信的地方。那两个共产党人经受了什么样的折磨，令人思则胆寒。

黎有望不以为意，长啸，声震囹圄。丁聚元被关押在隔壁。他面容憔悴，双眼通红，一夜无眠，冷言说：“睡得挺香，不怕死啊?”

“我真累了，难得睡个囫囵觉。”黎有望也从稻草褥子上站起来,“死就死吧，谁人还逃得过一死。这屋子里前晚待着的两位，昨天不就死了嘛。我看他们死得轰轰烈烈的。”

丁聚元苦笑,“我是翻来覆去想。土匪，迫不得已为之。韩光义容不得我们。国仇不共戴天，投降鬼子当伪军，我老丁绝对不干。早知今日，老子索性该去投奔共产党!”

“投共，你有什么资格投共?”黎有望深不以为然,“赵松是你暗杀的，教员张德文的死与你有关。你跟共产党，才有不共戴天的仇!”

“我没对不起他们，其中另有隐情。到今天，若死在共产党手上，倒也无怨无悔。他娘的，稀里糊涂死在这老狐狸手上，不明不白。”

审讯室的铁门被打开了。

韩光义的副官带着一个伙夫捧着餐盘，端着一海碗热腾腾的扣肉面进来。黎有望见之，也不客气，抢起面碗，坐在一条老虎凳上，大快朵颐起来。“呼哧呼哧”，声如擂鼓。

丁聚元面前也有一碗，是战时难得一见的精磨白面条，大块扣肉，油光可鉴。可纵然是山珍海味，此刻也如嚼蜡，“刘副官，我认得你。你是刘寿良的儿子刘精忠。”

牢狱里最后一餐，往往精美，吃完后就处决，是“上路饭”。

这碗面，算不算上路面，丁聚元说不准。

刘精忠不语，等两人吃完了面，掏出一份文件，正色念：“二位长官，现在宣读韩主席签发的委任状：本省主席兹委任省府同志、国军退役上校黎有望为江北游击总队副总指挥，兼任平州县代县长；委任前宪兵营营长、少校丁聚元为平州民团训练主任。军政分处，各司其职，一切事务，悉报省府。即日赴任，此状。韩光义。”

黎有望和丁聚元皆一脸愕然。

刘副官这才解释，微微笑道：“黎县长，丁主任，你们可以去平州上任了。马就在外面。这碗面，算是小弟自掏腰包给两位贺喜。至今晨，只有江南自卫团总指挥管蔚然一人逃离新化，他坐实了通共的罪名。其余各位指挥官，韩主席皆慷慨加以委任，以示信任与嘱托。”

这一晚，翻江倒海，事端极多。可军官封民政官，这葫芦里卖的是什么药？

两人弄不明白，刘副官也不肯细讲。

黎有望和丁聚元两人同时出狱。丁聚元余悸未消，忙跨上马，飞驰而出。黎有望没有急着离开新化。他要去寻找白露。找各兵站处打听，都说似乎见她出城去了。他心中方稍安。正打探中，被宪兵营的耿正昌盯上了，拦下他，粗声粗气驱逐：“韩主席命令，获准离开新化的民政官员，一律即刻出城！”

黎有望没有争辩，挎着发还的手枪，被耿正昌特务营“礼送”出新化城十里地。直到看不见特务营的人再尾随，他长叹“天不亡我黎有望也”，策马扬鞭，一口气又跑下去十来里地才稍稍勒马。

一条沿河岔路通向平州。一家路边的脚店外，有篁竹一丛，杨柳依依，掩映茅舍。近了，居然有一辆墨绿色的嘎斯军车。城内驱人，城外设伏？韩光义到底打的是什么算盘？

黎有望也有余悸，翻身下马，抽出手枪，作警戒状。牵马向军车靠近，一个军官从车后走了出来。竟然是白露。两人大吃一惊。另一个军官也从车后持枪闪了出来，竟是罗耀宗。又一个佩着中将军衔领章的军官跟着走了出来，冲着黎有望点头微笑。

“有望，韩主席到底把你给放出来了。别来无恙！”那人主动伸开双臂，正是黎有望日夜期盼的吕天平！两人相视一笑，轻轻一抱。

吕天平看了看手表，说，夜长梦多，大家处境都很危险，简单在这脚店喝壶茶，聊几句，他就要返上海，更大的一盘棋要布置。

吕天平、黎有望、白露三人围茶桌而坐。罗耀宗逡巡，担任警戒。

吕天平从容地提起粗瓷茶壶，摆开四个灰瓷茶盏，倒茶。白露抢过茶壶来，为吕天平的及时出面搭救道谢。吕天平已知白露便是当年救过自己的女记者，得知她辗转效力于黎有望的麾下，啧啧称奇："白记者，你救过我，我这次来，也算因果相循。所有乱的根子，无非是战乱。宁当太平犬，不做乱世人。早日打败了鬼子，赢得和平，你们年轻人该恋爱就恋爱，我们这些壮年该建设就建设，不要打打杀杀的，多好。"

"该恋爱就恋爱"一句，吕天平是无心提及。白露倒脸红了。

"上海方面对我逼得日益紧了。"吕天平捧起碗来喝了口茶，随即将局势大致说来。吕天平内心是坚决不愿与汪伪合作的，一直利用私人电台秘密联系重庆。果然，用人心急的蒋委员长颇为赞赏，派出密使，送出任命函。

等来了重庆特使秘密送达的任命函，吕天平立即摆脱76号特工盯梢，从上海秘密抵达战区司令部，为黎有望求得名分。拿到战区顾司令的任命函，又匆匆赶到平州。抵达平州，黄开轩向他汇报，说黎有望去参加韩光义的抗日同盟，据说遭了扣押。他正调兵遣将，准备以兵威逼迫韩光义放人。而且已经拿下了78师的卫长河，扣在前线为质，未让押入平州，免得尴尬。吕天平听罢大惊，叱责“糊涂”，喝令他让部下即刻释放卫长河。旋即令警卫开着汽车，连夜赶赴新化，向韩光义讨人。

幸得及时，捞回了几乎所有人的性命。

一场生死波澜，就此消弭，或者说至少得以延宕。

2

“我虽想金盆洗手，退出军政界，但没有人会让我全身而退。我带过的队伍太多，打过的仗太多，面对的敌人也太多。今天是把酒相欢的战友，明天就变成不共戴天的死对头，都是弹指之间的事。孙传芳都当了居士，还是被施剑翘一枪毙命。”

他说的是烈女施剑翘为父报仇，在天津居士林刺杀孙传芳的事。轰轰烈烈，举国瞩目，施剑翘行刺成功后，舆论一边倒，最终获特赦。退出红尘的孙传芳算白死了。

吕天平这一路并不太平。他接受了重庆方面的任命，76号不是没有察觉，早布下多处罗网，稍有不慎，就有杀身之祸。“此时此刻，在重庆和南京之间首鼠两端，暂时保持一种危险的平衡，是把脑袋往断头铡里伸。”

黎有望说：“所以，你必须尽快到平州就任。自己的地盘，才是万全之地。”

吕天平点点头，又摇摇头，道：“抗战这么大一盘棋，一个平州，只是可有可无的孤子，只有把它放到更大的棋面里，才能做活，有生路。”

黎有望不解其意，手端着茶碗悬停唇边。

“平州抗日救国军，说到底，就是据了个县城的游击队。游击队虽是杂牌，但在江北游击总队的名号下，好歹是名正言顺了。一支小游击队，估计重庆能拨给的军需有多少？少之又少。我还得回上海，要理顺上层关系。有些关节，不打通，分分钟就是个死。还要筹措军需物资，尽快壮大实力。不日，我会送批枪火至平州。你放手去发展队伍，要不了多久，这个副总指挥的‘副’字，就会拿掉。”

黎有望咽下一口茶，点头。

吕天平又看了下表，起身，拍了拍黎有望的肩膀，道：“你们出了城，关于我捞人的消息也会跟着出城。必须得走了。江山支离破碎，日伪环伺，韩光义那边，又是一片杀机。三十六计走为上。有望，这段时间，守卫平州的担子，你且担着。就算山压下来，腰背也得挺着。”

黎有望郑重地敬了个军礼。吕天平阔步就走。两三步后，转身对黎有望说：“你姐让我带个口信给你，说她每天都在为你焚香祈福。”

黎有望波澜不惊，“谢姐姐牵挂了。”

首次听两人提及黎有望的姐姐，白露一惊。可两个人都没继续说下去。

黎有望等人送走了吕天平，也不敢停留，迅速上路赶回平州。险些命丧新化，证明了平州的伏虎，那代号“老K”的军统特务，或者特工组，是直达韩光义的。他绝非自己的友军。这是随时吃人的虎，绝不是温和的猫咪。要寻出来，刻不容缓。

丁聚元在岔路口等着黎有望。马在路边吃草，人半躺树下，嚼着根菖蒲芯。岔路一边通向平州城，一边通向二龙山。

丁聚元远远听到黎有望的马蹄声，鲤鱼打挺，拦在大路，拱手作揖，道：“黎兄，韩主席先放了你，后放了我。你怎么反而落在我后面了呢，害得老丁等了这么久。”

黎有望下马道：“比起抱头鼠窜，我黎某不如你丁聚元有经验吧。”

“咱们又算死过一回，过命之交了。到底还是有个硬后台的姐夫管用。我当韩主席发了什么慈悲，还封了我们一个地方官当当。”此人昨日还与黎有望搏命，今天却当什么都没发生过。

“这是用民政的长臂管辖权羁绊我们，韩光义是想一石二鸟，你看不出来？这个官不好当啊。”

黎有望郑重邀请丁聚元与自己合兵，一起干。

“不能。”丁聚元把头摇得拨浪鼓一般，“你这个江北游击总队副总指挥，跟当年那个团长一样，都是靠裙带关系。我且回我的莲河，去做民团训练主任得了。据说是副县长级别，苏东坡当年，也不过是团练副使，我丁家门下，可是头一遭出县官。”

丁聚元还真把韩光义的鸡毛当令箭使了。他拿出任命书挥了挥，又塞入口袋。

“按照这份任命，平州的民团应该归我指挥。民兵组织，省府直辖，不受你们国军游击总队节制。你的职分是好好当个县官就成。井水河水两不犯。我是不是该择个良辰吉日入城，接收我部民团的人马呢？”他跨上马背，又面露凶色。变脸比变天还快。

黎有望发觉丁聚元越说越当真了，想拉他下马，戳着他脑门儿骂他糊涂，伤疤还没好就忘了痛。这么明显的离间之计看不出，要么他是官迷，要么对平州的觊觎之心还没死。

“丁聚元，厚颜无耻，你别走！”白露骑马追了上来，远远叱骂丁聚元。

丁聚元哪里听她的话，更是加鞭快走，远远丢下几句，“韩大小姐，丁某对不住你了。我知道，你想杀我一千回。后会有期吧。”到“后会有期”四字时声音已缥缈，人往莲河镇方向走很远了。

白露勒马，拔出手枪瞄准他的后脑勺，手臂舒展，十分稳当。

黎有望盯着她的手，看她打开保险，扣动扳机，并不阻止。在最后一刻，白露还是颤抖着将修长的食指从扳机上收了回来。

“你不开枪？”

“你不阻止我？”

黎有望说：“他两番辱你，你可以自行其便，我不该阻止。”

白露长长吸了一口气，“我要杀他，却不是只为我自己，或为我娘。不是私仇，我是为了那些无辜的同……冤魂！”“同志”二字，她生生咽下。

“是的，为无辜的冤魂。我懂了！”

黎有望若有所思地点了点头。抬头看天，日已西下。高天之上，一条一条的云彩，若游龙穿行，若隐若现，终潜于无形。

3

黎有望回平州了。

他不但回来了，还带来了经三战区确认的江北游击总队副总指挥的任命，及韩记省政府平州县代县长的正式委任状。不再是枪杆子加萝卜章。事实上，光黎有望能单枪匹马从新化无恙归来，已足以让平州上下震撼了。

卫长河被放还，韩光义暂时退了78师。一场危机就此化解。

救国军上下列队迎接。黄开轩远远伸开双臂拥抱他，“黎司令若再不回来，我们就将倾尽全力打向新化。就算硬战韩光义，鱼死网破，也要把你接回来。”一脸至诚。这段时间，黄开轩坐镇平州，合纵连横，顶住了78师，扣住了卫长河，可谓功勋卓著。

黎有望看着他的笑脸，倏忽想起韩光义说的“黄开轩玩借刀杀人”。借刀否，离间否？他脑子里闪过《三国演义》里曹操用一封书信使马超、韩遂反目的情节。一封言之模棱、潦草涂改的书信，就让马超怀疑起韩遂，比死间管用，更胜却千军万马的强攻。丁聚元已经视整个平州民团为自家禁脔，游击总队内部若再起猜忌，必自乱阵脚。

黎有望微微一笑，扫尽疑惑，与黄开轩深深一抱。

与救国军的老部下们说明了新化事，布置后续应对，耗了一整天。

翌日，唐经方求见。

他并不是独自前来，还带着商会的程颂平会长与几位董事。唐经方还是一身熨烫合体的英式西装。程颂平瘦长，蜀锦马褂，拄着漆亮的文明棍，腰略弓，像个账房先生。

这群商人的消息可真是灵通，说是到慈云寺司令部来道贺，恭贺黎司令升职履新。因为唐晓蓉的关系，黎有望对唐经方倒并不很拒绝，但也心知他们此来绝非道贺这么简单。

唐经方开门见山，说早看出黎司令、黎县长、黎副总指挥非池中之物，诸位商界同人请他出面，送上礼金大洋五千，邀请黎有望及抗日救国军上下，晚上到平州大酒楼的斌园看戏，以为庆贺。“我虽然不是平州商会话事的，但避乱在桑梓，承蒙大家看得起，推举我出面来道贺，自然当仁不让。”

黎有望留心细辨跟随唐经方而来的商会董事，见包括程颂平在内，皆是城中的粮商，心中猜得八九分，笑纳了礼金，要唐经方直截了当说来意，否则戏绝对不看。

唐经方笑而不答，转头看着身边的程颂平。程会长吞吐片刻，在粮商们的怂恿下，才直说：“黎司令，托您的福。您看，这周遭县镇都逢战事，可我们平州太平无事。”

“程会长，你们巴望日寇或者伪军来袭平州？”

“哪里哪里，太平最好。”程颂平口中如是说，脸色却不好，吞吞吐吐不敢再说。唐经方索性就接了他的话茬，把原委解释清楚，正因为平州太平，这周围县的粮商，都把粮食往平州囤积。因为粮在平州，既不会被日寇、汪伪政府分文不给地没收掉，也不会被国军打了白条征收掉。粮没腿没脚，却跟人一样，哪儿太平就往哪儿跑。最近十余日，城北稻河里跑的，都是偷偷往平州运粮的船。“可是米多，不仅会生虫，还会生贱。米贱，就会伤农，总不能光囤着这么多粮食不抛吧？”

黎有望心知，他们怕的其实是米贱伤商，反问：“那么，诸位认为该怎么办？难不成卖给日本人？”

程颂平不答，拿手帕擦了擦额头的汗。似事先商定好一般，此刻，唐经方朗声说：“那是通敌，断头的买卖，《惩戒汉奸条例》里规定，‘为敌方提供粮食、枪械等战略物资，一律枪毙’。听听，这粮还在枪的前面。我们岂能犯糊涂！时下，欧洲、亚洲、非洲都在打仗，国际市场上猪鬃价格飙升。猪鬃可以做刷子，刷大炮机枪，少不得。我们能寻一去处，把粮食换成猪鬃，把猪鬃卖到欧洲去，为平州上下大大地赚一笔军费回来，真金白银的军费。”

猪鬃作为战略物资的重要性，唐经方已经跟黎有望讲过。是块肥肉，做生意的，没有不盯着的。黎有望装作恍然大悟，道：“好买卖！那么，请问唐经理，什么地方，可以用粮食去换猪鬃呢？”

唐经方靠近黎有望，声如蚊蚋：“国共合作嘛，新四军的地方，我们可不可问问？依司令看呢？”

杀头暴利有人干，赔本买卖无人问。韩光义最忌者，共产党，新四军。这真是吃了熊心豹子胆！什么叫“依司令看”？这是投石问路，把球踢给黎有望。

黎有望不惊也不恼，如听家常话，“新四军，那是共产党的军队。是谁给你们出的主意？此言出来，我可以以通共罪名拿下诸位。”

唐经方不慌不忙，道：“这可是您的姐夫、吕将军的意见。他经过平州半宿，指点了迷津。我记下了他的意思。”他想从西装内兜里掏出那封密信。

黎有望按住了唐经方说：“好，唐经理，平州大酒楼斌园戏院包场看大戏。承蒙您看得起，黎某必定准时赴约，《四郎探母》还是《吴汉杀妻》？”

在一边的程颂平顿时脸绽桃花，插话：“《八仙过海》，从上海请来的最盘亮的何仙姑！”

“好，戏呢，要在斌园里唱。诸位为一帮商号的利润，我是为抗日游击总队的军饷。不要把水搞混了。”

唐经方微笑，“我们这是给黎司令送大买卖，可比您搞个什么题军旗求捐见效，大买卖！”他一口一个“送大买卖”，似乎促成这桩买卖，唐家毫不涉利一般。

这就是大商的精明。借别人的棋盘，下自己的棋。

第二章

大戏台

1

到晚，黎有望说请守城辛苦的兄弟们到斌园去看戏。

斌园是平州大酒楼的附属戏院，为农会詹耽敏家族投资。原是靠酒楼的一个大仓库，詹老当年到上海租界“大世界娱乐场”销金后，眼界为之一开，投资改建为“斌园”，纪念其祖前清翰林、礼部尚书詹作斌。斌园风格以中式为主，门前汉白玉立坊，琉璃飞檐。影壁后，供着一尊黄花梨雕刻的弥勒佛迎宾，笑态可掬，两边一副楠木嵌瓷对联，见是：

眼前都是有缘人，相敬相亲，怎不满腔欢喜

世上尽多难耐事，自作自受，何妨大肚包容。

横批：此间且乐。

皆是劝来客放下包袱、轻松娱乐的意思。入园，是老式戏园的格局，华檐画栋、美轮美奂的戏台子。前三排雅座。首排软包，茶几上茶水、水果、各色点心，随心取用。价格随市，三块大洋起步，上不封顶。中间十张八仙桌，太师椅，为上座，也随市，至少一块大洋起步。限量茶水。周遭条桌，长板凳，为明座，自购茶水，三五角浮动。后面排椅，无茶水，名安座，二角。周围有隙，无座，卖票的也不歧视，呼为天座，一角。等级井然，各得其乐。

凡有京昆淮戏班求驻场，詹耽敏不问名头，闭眼听一段，能放下茶盏，说个“好”字的，准留。不好，喝茶，客气拜谢。詹老经营戏院，也不拘古，重金购入电影机，拉出雪花白幕，去上海买拷贝。戏不足时，可以放电影，西洋大女旦费雯丽、嘉宝也因此得以时常光临平州，给看客们开洋荤。

此间且乐。商会做东，黎司令请客，名为商政军三界大联欢。

消息一出，欢声雷动。大家不来白不来。县府的二十多号公务人员，警察局警长以上职衔的，救国军班长以上军官，都跟着黎有望来吃酒看戏了。

自黎有望从新化回来后，特别是“游击总队”的名头传出去以后，周边各日伪据地内都有热血青年、进步人士和士兵前来投奔。接待站应接不暇。也有来路诡异的物资掮客，卖桐油、卖盐、卖药品、卖布匹，甚至还有地下军火商前来寻摸生意门道。

黄开轩细心甄别，择其根底清白的，留下，接洽生意。正好一并请入斌园，听戏，谈事。

斌园戏有好几出，也有好几种，分别是京戏、淮戏、昆曲、黄梅戏，对各人口味。唱戏之前，还有电影看，让军官们开开眼。是卓别林的喜剧默片《摩登时代》片段。还是几年前的老片子，但滑稽可乐，满堂大笑。不断有人品头论足，说外国女人真丰满，有屁股有胸脯。

《摩登时代》之后，是一出京戏《杨家将》。杨门忠烈在舞台上抗辽，金沙滩一战，打戏极多，大武生，小武生，金刀银枪，满台翻滚，保家卫国。众官兵倒是感同身受，喝满堂彩。

黎有望居雅座，软塌塌的西式沙发座，如坐云端。做求知书局小店主的时候，黎有望常花三五角钱来看电影听戏。时过境迁，他依旧不习惯坐雅座。但身为主宾，就是要陪唐经方把戏听足了，把底摸清了。

戏台上正巧是一段文戏，朝堂争论宋辽罢兵。黎有望问："唐经理，真把粮卖给新四军，谁能牵线搭桥？"

唐经方微微一笑，"他们缺粮，会自己找上门来的。园子里安座上，那些形形色色的客人，不都是自己找上门来做生意的吗？"

老将杨继业大段唱："七郎儿回雁门搬兵求救，为什么此一去不见回头？唯恐那潘仁美记起前仇，怕的是我的儿一命罢休！含悲泪进大营双眉愁皱，腹内饥身寒冷遍体飕飕。"

黎有望跟着哼，倏忽问："缺粮，古今治军头等难事。此事动静不小，安全可有保障？"

唐经方喝了一口茶，皱眉，"难说。黎司令得自己掂量。义与利，熊掌与鱼。"

"账怎么分？"

"三七开。商会出的，是真金白银。"

"四六。救国军出的，可是脑袋。"

“好!”

两人相视一笑。这位号称风流不羁、飞鹰走狗的唐经理不露声色，竟然是个亲共人士，黎有望颇为意外。

徐永财匆匆赶至，到黎有望身边耳语，有要事禀报。

他满脸赔笑，先不说“要事”，而是恭喜黎司令合法出任代县长及副总指挥。“合法”二字，他格外郑重。说江北游击总队番号的意义非凡，部队的军饷、补给、装备由第三战区划拨，格局大了。最后问：“慈云寺的旗杆已折，司令打算什么时候换旗?”

黎有望喝了口茶水，“不提军旗，我差点忘了。去新化几日，司令部投毒的案破了没有?”

“我正为此事而来。下属已经通过蛛丝马迹查清楚，投毒的人，是共产党指使的!”徐永财的脸立即冷如铁板，以示不欺。

黎有望说：“你说得这么认真，我差点就信了。共产党?何凭何据?”

徐永财说黎司令是个仁义忠厚之人，可是共产党并不像想的那么良善。他们可是包藏祸心得很啊。黎有望深不以为然，“无凭无据，不要招祸，你说他们指示谁下的毒?”

“凶手我抓住了，是宽良街上的那个谭傻子。严审了！”

“谭傻子，开什么玩笑？”黎有望恼怒，“就是商务印书馆的小伙计，淞沪会战中，被日本人的炮弹炸坏了脑袋的那个？”

“对，有人指使他，说给和尚的面汤里加点大料。那料，是砒霜。”徐永财反复强调问题的严肃性。

此时，剧场里卖香烟瓜子的女童，不声不响走到他旁边，“是警察局徐局长吗？戏园子门口有个先生说有要紧事，约您出去一下。”

徐永财注视那个捧着售卖盒的女孩子。她瘦骨伶仃，眨巴着大眼睛，清澈如水。

黎有望示意他可出去。

徐永财摸了摸腰，闪身向戏园子门口去。等徐永财走了，那个女童才说：“您是黎司令吧，刚才门口的先生为您买了一包烟，让我原样交给您。钱，他已经付过了。”

那女孩子把一包“哈德门”交到了黎有望手里。黎有望查看，烟已被拆开。有根明显被替换了。是一根“美人”牌，竖在矮矮的“哈德门”当中。他迅速抽出查看，只见头端一行小字：“当心，徐是CC！”

2

黎有望身体一震，左右环视了一下，迅速点上了这支“美人”牌，把新拆封的“哈德门”搁在了桌上。女童转交了烟，立即捧着盒子到别处去售卖了。

须臾，徐永财就回来了，骂:“他娘的，耍老子！见一人影，看我出来，立刻闪没了。”

台上，杨继业已经惨死在李陵碑下。八贤王正在断理杨家的冤案，审着潘洪。

黎有望抽出一支“哈德门”给徐永财，说:“人多耳杂，并非说事的好地方。反间谍任重道远，改日再说。抽烟，看戏，难得轻松啊!”

徐永财自己点燃了烟，看到黎司令的这个兴致，也知趣地收住了话头。

如那“美人”牌香烟所言，徐永财的真实身份，是中央执委会统计调查局驻平州站的特务，代站长。按中统家规，他的职级，只能监视地方政务、教育、文化人士，做一般性中统“调查统计工作”。平州孤城危悬，情报战场上的身价陡然水涨船高，徐永财获得了监视军队的授权。他秘密发报，提请总部调查黎有望及其靠山吕天平。

上司总部把徐恩曾副局长的意见，大概转达了下来：吕天平曾是北伐功勋，威望资历皆高。他再度出山，平州军会迅速成为一支汪伪、日本、省府、共产党所不敢小觑的势力。兵者，从来都是政治第一，军事第二。望敦促黎有望早日迎接吕天平赴平州，履任江北游击总队总指挥。同时，秘密肃清城中共党。

拿到回电，徐永财心凉了一大截。在赵松死后，他一度积蓄力量，有志于夺取平州。看现在形势，只有收敛野心、觍颜奉陪，或扮猪吃虎，硬着头皮随这位黎司令在平州戏台上唱全本了。无论如何，“反共”是他百折不挠的终极使命。只要黎有望不倒向中共，什么都好说。

斌园的戏，越往午夜越不堪。

《杨家将》收幕后，滑稽戏《八仙过海》上台。正派绅士呼为不目。不堪入目。唱词里有很多的荤口，男女演员在台上动作，也颇暧昧，却是整个晚上的高潮，座中的乡绅、商人、警察、公人、军官无一不叫好，口哨声、喝彩声此起彼伏。

白露实在看不下去。

她很厌恶这种地方杂牌军队，四分军人、三分军阀、三分地痞分子。新化地下党被摧毁，同志李致信被韩光义杀害，丁聚元的仇报不得，都令她心情幽暗。她坐在明座一角，喝茶、吃点心、嗑瓜子，吞咽掉自己的不快，眼见徐永财闪出去又闪进来。

白露胡思乱想间，有人问座："白小姐好，能靠个座，喝盏茶吗？"

白露抬头，竟然是自己的上级老钱，一惊，"钱……钱掌柜，也有雅兴？"

老钱笑笑，"白小姐，现在是白参谋了吧？我是商会的会员，交了会费的。难道来不得吗？"

白露随即笑，"钱掌柜，请坐。"未等他坐定，白露小声疾言，"新化站没了。"

老钱依然在笑，却低声道："香火还在，莫愁。老李主动挺身，掩护他人。新化线暂时冰封，潜伏待命。中央月初指示，目前江北党的任务是'从思想上、组织上、武装上准备自己'。注意，是准备，而不是行动。"又压低嗓子，"江南的四哥缺粮。平州的粮多，粮商想跟四哥换猪鬃。中央指示，秘密从敌区买粮筹粮运粮，促成此事。"

白露摇头说：“他未必肯。”

老钱微微一笑说：“有随礼，放心。”

“白小姐，这话按说不该提。在我旅馆那点尾账细项，您若不放心，可以去核对一下。”

老钱突然高声。白露木然。老钱起身抱拳，“正碰上您，顺嘴把此事说了。看您惦记着，方便。”他又抬头作揖，高声说，“黄副司令，您有火吗？烟瘾上来，火柴却没带。”

白露的身后，黄开轩笑着掏出火柴递给老钱，“钱掌柜，有火，您拿去。”他表情颇为阴鸷，目光中却是笑意盈盈，全无猜疑之色。

老钱接过火柴，作了一个揖，从怀里掏出一包“美人”牌香烟，点起了一根。趁他点烟的工夫，黄开轩俯身低声对白露说：“司令有令，戏不看了，回军营开会！”

白露被黄开轩的突然出现，吓得有点心惊。

钱掌柜想把火柴还给黄开轩。黄开轩挥手，道：“留用吧钱掌柜，我怕火断，随身带了好几盒。”他拱手告辞。

钱掌柜朗声谢过，最后还是把火柴丢下了，敲了桌子一下，乐悠悠地晃到别桌去看戏了。

白露迅速把那盒火柴拿起，择一无人处，打开，有字条，“除了猪鬃，还有军火。”她吃下字条，和其他军官一起离开戏园，匆匆赶往慈云寺开会。

3

一次有趣的会议，是另一个戏园。生旦净末丑，会场一个不缺。

众人皆不知，黎有望是如何在吵吵嚷嚷的戏园子里，和商会的人把事情敲定的。他开诚布公地跟大家说：“诸位，我从新化回来，各部指挥官都向我汇报说，百姓踊跃要参军。在新化，救国军打出了威名，不日将改编为游击总队，听闻此风，更有零星武装，从外地投奔我军。此乃好事，也是难事。我们平州暂时太平，不缺粮食。可我军严重缺一件东西，军火！没有军火，那些新补充的士兵只能拿木头枪训练。所以，我想做一笔小买卖，赚钱换军火。”

黎有望所言，皆事实。谭震东的长江义勇军被韩光义缴械、打散，其余部就有多人投奔了救国军。那些老战士，都是宝藏。可没有枪，徒增吃干粮的嘴而已。

“和谁做买卖呢？”黄开轩问，“不至于跟汪伪、日寇吧？”

“当然不是。倒不是怕他们不肯卖军火，是怕他们知道平州的老底，不顾一切，来抄我们的饭碗和锅灶。我们要找友军。友军是谁？ 89军吗？不，他们恨不得吃了我们。能找的，只有江南的新四军！开轩，你意下如何？”

黄开轩是救国军的二号，守卫平州的功臣，必须听他的意见。

沉默许久，黄开轩才表态：“新四军划在江南的防区比较贫瘠，缺粮，可想而知。打游击，他们是老资格。如果没有粮食，他们肯安心在防区里待着吗？他们安不下心，就要向平州渗透，怕是会引狼入室。若有利于我军，与新四军合作，未尝不可。”

他这么爽快地同意，让很多人感到意外，包括白露。

罗耀宗却反对：“诸位长官，那可是共匪……共党的队伍。虽说是国共合作，可是重庆那边的意思，大家还不心知肚明，不妥吧？”

黎有望高声反问：“有何不妥？卫立煌、阎锡山两位老将，还跟八路军十分熟络。莫怕。我初步谈了，商会出面在前面做事，我们在后面。”

卫立煌曾经以战区司令长官身份造访延安，建立了与八路军的友好关系。阎锡山还派出军官团到八路军中学习，也是人所共知。

皆是委员长所表彰的国共合作之典范。

朱子松、叶桂材知此事关系重大，再不敢妄打哈哈，均表示无异议。

罗耀宗还是表示反对。此事，韩光义和汪伪那两头若得知了，压力巨大。

白露一直没有跟罗耀宗深度交流过，对这个帅气军官本来颇有好感。素日里，他总微微带笑，不多言辞，玉树临风的公子哥儿一般。这次议事，她明白了此人的立场，觍颜事敌、投降日寇固然非他所愿，但似乎也是一个顽固的反共分子。以她的脾气，真想大骂罗耀宗一顿。但她只有生闷气的份儿，不能表态。

当然，罗耀宗是个新入伙的，说话没有分量。

黄开轩不反对，黎有望就拍板，道："开轩同意，就这么定了。当务之急，还不在于做不做买卖，而在于派谁去联络！"

罗耀宗当即表态："此事，诸位长官定。我不会去的。"

黎有望笑笑，道："不让你去。子松、桂材都是军人，不会做买卖。开轩嘛，不够能言善辩，不会讨价还价。看来，只有请我们的大军师白参谋联络了！"

生闷气的白露弹跳起来，吼："凭什么是我！新四军是五是六，我都不知道！"

第三章

小买卖

1

白露本欲冒着暴露的危险去往绿柳晴旅馆，正好黎有望说南京发来函件，有特使将拜访平州，就请她到“绿柳晴”订客房。

“绿柳晴”已被黎有望选定为救国军指定招待所。

“我是不是暴露了，为什么黎有望偏偏派我去联络新四军?”寻隙跟老钱到了密室内，白露有点急躁地向这位上级询问。

“映雪同志，你放心。我们做地下工作，向来是多线并行。目前，天气晴朗，勿用过虑。他们这么决定，总有理由的。”老钱爽朗地笑，露出了两个深深的酒窝。

白露这才镇定下来，“他们的狗屁理由，一是说我有文化，在北平念书期间，是个进步青年，新四军尊重文化人，不好漫天要价；二是说我乃女流，买卖东西善于砍价，新四军尊重女性，不好就地还钱。”

老钱直笑得肚子疼，“这不是很正常的理由吗？去呗。”

“老钱，我代表他们找自己的组织做买卖，还讨价还价？亏黎有望如意算盘打的。小商人阶层，那个斤斤计较的本色。”白露啼笑皆非。

老钱将原委道来。江南的新四军的确缺粮，战士们也在忍饥挨饿。中央明示，令多途径就地筹粮。黎有望敢找新四军做买卖，至少说明他本身并不顽固。如果能达成买卖，对双方都是好事。新四军表示，不但把猪鬃换给他，还奉送他足够的军火。江南新四军各支队最近频频出击，打了不少胜仗，在江都运河一线取得了赫赫有名的三官殿之捷，缴获了不少武器，拿出一点，来换平州便宜的粮食，壮大黎有望和吕天平的实力，组织上也是慎重考虑过的。

听闻新四军打了胜仗，白露情绪大好，又说：“说到顽固派，黎有望军中新投降来的那个副官，叫罗耀宗的，老钱你最好去查查。我很担心他会坏大事。另外，黎有望和吕天平这两个人，还有黎有望的姐姐，一个叫黎带娣的女人，你也一定要查清楚了。我觉得他们的关系很怪。”

老钱连连点头，笑道：“我记下了。你要查的，还真挺多的。快成我的上级了。”

“我就是怕其中有什么盲区，将来一着不慎导致疏漏。不能再牺牲同志了。”

老钱沉默片刻，慢慢道，他已经做了一些工作，了解到黎有望的母亲是平州的贫苦市民。父亲做苦力，死得早，害传染病死的。母亲靠做女红，当保姆、用人，把他拉扯大。他有过一个姐姐。因为她母亲负担不起两个孩子，在这个姐姐很小的时候，就把她送到黎氏同宗、远在江西的一个大户人家去了。至于他姐姐怎么嫁给了吕天平，这还需要上级协助调查。

白露听了，感慨道：“黎有望的出身倒也是无产阶级。我一直怀疑他和吕天平根本不是郎舅关系，只是在演戏。想不到，真有这一层。”

“所以说，怀疑与事实是两回事。对于我们地下战线，最可怕的是，所有的事实都陈列在你的面前，你依然得不到一个真相。”

老钱是语重心长。白露的处境太明朗，她经历地下战线的血雨腥风太少。经验的缺乏，情感的倾斜，很容易使她出现误判。一个误判，牵连的，不仅仅是一条线上同志的生命，还有整个江北地下战斗的大局。

白露似懂非懂地点了点头，还有事情想汇报："徐永财捉住那个傻伙计，逼着他交代在慈云寺投毒害死僧人，是共产党指使的。"

老钱直截了当说明，徐永财是中统的人。狗改不了吃屎，不会停止反共的。明显有人栽赃嫁祸。但这桩嫁祸，究竟出于什么样的目的，要让这风筝再飞一会儿，等到它往下坠了，有人开始收线了，才能看清楚控线的人。风筝终究会落下来的。

最后，老钱嘱咐白露务必要多加小心，随着战事的推进，这小小一个平州城里明的、暗的斗争将越来越激烈，越来越白热化。要做好斗争准备。

白露带着郑重的嘱托，离开了绿柳晴旅馆。走了没多远，她察觉身后有人跟踪自己。白露有点紧张，随后迅速平静下来，走一个"回"字形的巷道，返回大街上。这是反跟踪。在街道转角，白露迎面撞见了罗耀宗。

她瞪眼，质问罗耀宗："罗副官，闲出境界了啊。逛街还要跟我走？"

罗耀宗有点尴尬，却不慌乱。他拎着一串草绳，串着平州特产皇桥烧饼。

这位玉面郎君嘴里嚼着烧饼，一身便衣，憨憨一笑，“白参谋，我是奉黎司令之命找您。他说您到绿柳晴旅馆安排接待事务了，紧急召您回去，商量要事。”

2

白露赶到慈云寺，正好撞见黎有望在送唐晓蓉出门。

唐晓蓉穿着一身宽松藏青套裙，是小学堂的女教员制服。因为宽松，更显得她亭亭玉立。她神态忸怩，因为羞涩，倒真是面如芙蓉。

黎有望主动伸手相握，郑重地说：“感谢唐老师，帮我立了大功了！”

“小姐一支笔，胜过百万兵。”黎有望倒是会把白露当年在直罗山说过的话转来用，“我军将奉一百块大洋，作为酬劳。”

“打败日本侵略者，女子当效绵薄之力。”唐晓蓉连连推辞。

白露莫名其妙有气，走上去说：“黎司令，跟唐家大小姐谈钱啊，做买卖?”

黎有望看了看天说:“罗耀宗这小子腿脚真利索，这么快就把白参谋给请回了。旅社的包房订好了吧?”唐晓蓉见他们有事，说句“沙扬娜拉”告辞。黎有望敬了个军礼,“多谢唐小姐，我下午差人把劳务费奉去小学堂!”

等唐晓蓉走远了，白露想踩上黎有望一脚,“什么买卖要花一百块大洋?彩礼的定金吗?”

黎有望避开了，正色道:“那一堆日军资料，莲河带回来的，若非唐小姐翻译，城里谁能看懂?付人家一百块大洋还算少的。”

白露有点酸，转念一想黎有望肯向自己透露这个消息，其实是对自己的信任,“你让我去‘绿柳晴’订几间客房，还要派罗耀宗跟踪?”

“我就让他去找你回来。”黎有望颇感意外,“订好了没，没跟钱掌柜杀杀价?”

白露想起刚刚跟老钱的会面，有点哭笑不得,“没有。什么客人?安排到上好的东亚大饭店，或者平州大酒楼岂不更美?”

“两拨客人。一拨是南京来的特使；另一拨，是新四军派来的人。”黎有望旋即压低声音,“睡都必须睡在我们眼皮子底下。”

白露闹不清他葫芦里卖的是什么药，敢把汪伪和新四军的人安排在一处。来不及问，就被黎有望拉着去往慈云寺的偏殿会客厅。

一进门，她就惊住了。坐在那里等着的，不是别人，正是在新化城里一起出生入死过的江南自卫民团总指挥管蔚然。他换了便衣，还戴着厚眼镜，像个教书先生。随行两个警卫，皆是彪形大汉，精干魁梧。

黄开轩和唐经方，正陪着他一起喝茶。黎有望不在，双方无多话，静默无声。

“意外不意外，惊喜不惊喜？堂堂的管总指挥，居然是新四军。在新化，我们可是有过命交情的。”黎有望三步并两步，走入厅堂，朗声笑迎。

管蔚然忙起身拱手，“黎兄能请出吕天平将军这尊大神，大家一起逢凶化吉。若知如此，也不必这么早跟韩主席闹翻脸了！”

黎有望哈哈大笑，“你们本事大。五十多号指挥，只有你能连夜从韩主席眼皮子底下溜走了。”

管蔚然展眉道：“黎兄这就有所不知了，我们新四军的敌后武工队，名不虚传。别说翻墙入城救人，就是想直取韩主席首级，亦非难事。只是我们以和为贵，不至于像那些国民党顽固派，不以民族大义为重。”

黄开轩似不喜管蔚然这样自吹自擂，从牙缝里挤出话来：“如此，我们直接绑了管指挥交给韩主席，领那五千大洋赏金。你们可以再试试武工队的本事嘛。”

新化当夜，黎有望和丁聚元被羁押。后半夜，所有队伍指挥官中，唯有管蔚然被新四军敌后武工队的人给救走了。韩光义听闻，怒不可遏，通檄各处，悬赏五千大洋，公开通缉，要买管蔚然的人头。三县自卫民团本就是新四军秘密发展的武装，索性亮剑，整编为新四军一个支队，公开与韩光义决裂。

管蔚然扭头看了看兀自喝茶的黄开轩，打了个哈哈，“黄副司令，五千大洋多乎哉？韩主席不会做买卖，把我的脑袋卖得太贱了。”

3

黎有望负责陪管蔚然聊局势。具体的交易流程，由唐经方、黄开轩、白露和管蔚然详谈。

管蔚然带来了一个很大惊喜，不但用猪鬃换粮食，还给两百条枪以及弹药数万发。江南新四军趁着枣宜会战的契机，主动出击，数战数捷，偷袭了不少军械库，缴获了大量枪支弹药。正因新四军在江南敌后作战得力，丢失莲河之后，日军才不敢贸然跨江攻打平州，以避免陷入两线作战。但因这些出击，使得日伪采用“坚壁清野”政策，防区内粮食歉收，又导致了缺粮。

黎有望由衷感慨：“我们折损了那么多的兄弟，打了一个莲河，就感觉了不得。贵军却胜了这么多仗，拳拳到肉。平州，是靠友军给背着的。这桩买卖不是要做，是必须得做。”

唐经方已制定出交易细节。买卖两条线。新四军把猪鬃送到上海择机交割。一路经过江南抗日义勇军的地盘，经沙家浜交通站入上海，稳妥无虞。“江抗”大名，也如雷贯耳，夺许墅关、袭虹桥机场，域内传捷，竟也是中共的武装，黎有望为之一震。

抵上海后，商会出面，先由唐经方在上海的买办出货，卖给美国人；再用日军的物资通行证，将粮食跨江运到江南去，经过管蔚然的自卫民团防区边缘时，让他们“巧妙地劫走”。在上海出货后，商会和黎有望的救国军六四分成。为酬谢黎司令，新四军另赠送两百条长短枪，藏在“劫后放还”的船上运回平州。

天衣无缝的交易，多头得利，只剩讨价还价。做买卖，讨价还价不稀奇，白露不愿多杀价，却十分顺利地跟管蔚然谈成了“增送两百条枪”的协议。四百条枪，这是请新四军多帮一把救国军的意思。管蔚然欣然应允。

这次买卖，黎有望和白露两人都是大开眼界，没想到小小的商会能量这么巨大，果然如唐经方所言，“对于一个商人，什么损耗啊、封锁啊、紧缺啊都不是坏消息，有需求才有生意，没有难做的买卖，只有不想做的买卖”。

整个路线堪称完美，甚至还能做期货。商会收到交割的猪鬃后，可以囤在上海，看着国际贸易的高点抛出去，比起王文举那种农贸市场式的买卖，不知高明多少。若这第一遭做得顺利，以后还有源源不断的买卖：药品、布匹、器材等。

黄开轩敲了敲桌子，“诸位，两个地点很关键，一是上海，二是莲河。在上海，出货不麻烦。美国人接货，日本人不敢怎么地。但是，收到款子怎么办？你们商会可以就地存于美国、德国人的银行。我们游击总队的款子，怎么弄回来最安全？这是其一。其二，粮食出去、枪械进来，都要走莲河这个点。司令别忘了，它在丁聚元的手里。”

黎有望拍拍自己的脑袋，“嗐，战莲河之后，原以为小鬼子隔三两天就会夺莲河，没承想，你们新四军在他们背后牵制。早知道，真不该让丁聚元得这个便宜。世上没有后悔药卖。不过，莲河不算大麻烦，他能把我的粮和枪怎么着？上海才是关键，最好把款子在上海也换成军火给弄回来。”

唐经方笑笑，摊手，“那是你黎大司令的事情了。军火生意，鄙人不谙行。商会宁可多给你一成，也没本事在上海倒腾来军火。还得沿长江运回平州来，真是杀头生意了，风险太大。”

漫漫长江，几百公里，日军军舰、巡逻艇、侦察机往来如梭，层层盘查。汪伪也下达了禁运令。军火又不比粮食，战时杀器，禁物之首，比刀口舔血、攻占莲河还要惊险，是在锥尖上跳舞。

黎有望暗骂奸商，只吃好，不吃打，心中却想到了可以接盘的人——吕天平。他环视了黄开轩、白露、唐经方和管蔚然，悠悠然吐出四个字：“此事另议。”

第四章

大生意

1

诸事商议妥当，罗耀宗送管蔚然一行去“绿柳晴”休息。

会后，黎有望留下白露。说请她到“豹房”参观。豹房，那可是顽劣帝王明武宗宫外行闱。白露心中嘀咕，什么名堂？心里打鼓，甚至脸都有些酡红。

却是司令部办公室后一小厢房，四面挂着天鹅绒帘子，用以屏声。小厢房本是78师进驻时，留给师座休息用的。长凳可卧，地铺可睡，一直封存。现在，堆满了从莲河要塞带回来的日军通信器材。启用做了通信室。

黎有望开了灯，“我去新化前，请黄开轩秘密采购了一些侦听设备。德国货，在长江义勇军一个通信连连长手上，从武汉战场上倒出来的，大价钱卖给了我们。钱能通神。加上莲河带回来的日本货。够用。反间谍，得有反间谍的秘密杀器。这些就是。”

白露觉得黎有望十分信任自己，想及自己所念，脸更红。心中嘀咕，纸糊个龙王庙，就能呼风唤雨吗？便问：“会用这些设备吗？”

黎有望抚摸着这些墨绿色、闪着金属光泽的机器，表示略懂，还在钻研着，不过有精通的人才。是谁？罗耀宗。黄开轩略知一二。问白露，你做过记者，应该也会吧？

白露掩鼻而笑，“用电报抢新闻，跟掌握无线电，两码事。报社就有自己的电讯科，新人来培训半年就能干了，似乎也不是什么难事。”

“学无止境，学而不倦，圣人也。我也在学。得让罗耀宗搞一个电讯特训班，挑一批聪明的战士。”黎有望慨然。

提起罗耀宗，白露又不快了，“罗耀宗什么来历，查清楚没有？若不当心，他就是个间谍，军统的老K，或者是……共产党。要是犯糊涂，会送命的。”

她倒是把老钱的告诫转赠给了黎有望。

黎有望正在调试一台机器，听到这番话，凝固片刻。随即，挺直了身，“你这是告密？他就是共产党，又怎么了？我身边的人，只要为打鬼子出力，都是我们的缘分啊！”

白露脸更红。这番话，足让她对眼前这个男人心动了，呢喃细语：“你就是不信我！倒很信任唐晓蓉！”这话更莫名其妙了。

黎有望未觉察，拿起一副沉重的耳机，给白露戴上。按了“1号线”键，说“听听这个”。耳机里传出了管蔚然的声音：“……黎是挺不错，进步开明，有胆有识，能打交道。真得建议军部、组织上，再派一些人到平州来，全力争取他……”

白露摘下耳机，脸色煞白，“你在监听新四军！”

黎有望解释：“派罗耀宗，是趁你和那掌柜讨价还价的当口，到预订的房间里测试窃听器。”

白露脑子里顿时噪声轰鸣，千万种念头闪来又闪去。

黎有望自顾自地说：“搞个监听而已，不是特别针对新四军，你所订的房间里都装着。以后外边有人来，都安排在那里。他们什么意图，一清二楚。科学技术力量大，比摸象鼻子瞎猜管用。等南京的人住进去了，就会发挥大作用了。”

黎有望关掉了“1号线”，眉飞色舞，神采飞扬，“这台，是日本人的收发报机，仿制德国人的，功率适中，波段齐备，能监听数百公里内的电台收发。我请唐小姐帮忙，翻译出他们的监听记录。平州城内，至少有四到五部电台。两部是民用明码的，邮局一部，唐经方家一部。日军记录标明无害。还有两三部，密码发送。一台是大功率军用电台，未知的一到两部，非常不稳定。日本人的记录真细致，把能截留的电码，无一例外都记录了下来，破译得十分有成效。从4月5号开始，密集的电文发了出去。显然，是有人向外汇报平州情况。"

"这些神秘的电台是谁的呢？"白露试探。

黎有望拿起那一沓放在电台旁的手稿，解释说，日本人已经做了不少事，从翻译出来的材料来看，得继续监听，"唐小姐真是功劳很大！"

白露就恼了，幽幽道："就让唐小姐跟着你抓间谍得了。"

突如其来的醋意。密室之内，孤男寡女，气氛尴尬万分。白露也觉察到自己失态了，指着一个黑铁皮匣子，岔开话题，问："里面是什么？"

黎有望捏着下巴，眉锁川字，沉思良久，"这，唐……也看不懂。极复杂的一个机器。我让罗耀宗在日军频率上试试监听，截获日本人的电码。接收下来几段电文，手头拿着他们的密码本，依旧破译不了。日军电码如何加密，真是一个谜。这个匣子里的机器，是不是跟日本人的密码钥匙有关。暂不得而知。”

2

南京有客至。是汪伪方面派来的和谈特使。

一辆黑色的别克轿车抵达平州城防，车头两侧，各悬一面有尾的青天白日旗与膏药旗。民团士兵飞报黄开轩，又报黎有望。都照准放行。傍晚时分，携着某种军威，汽车泊于县政府门外，如饿虎在门外逡巡。风尘仆仆地带来了四位特使。

然而，特使们却被黎有望晾在县政府的会客厅，足足等了一个钟头。晚饭点都过了，他们依然在等。其中的一个人，终于忍耐不住，冲着负责接待的秘书滕勇发火了："黎有望多大架子，现在还不肯露脸？是佛爷，要我们烧香拜祭才出来？"

滕秘书慌忙赔笑，道："黎司令要务缠身，诸位少安毋躁，我再差人到司令部去催。"

"不用催，在下迟到了，恕罪恕罪！"

黎有望戎装笔挺，佩着红通通的少将军衔，大步流星走进来。黄开轩、朱子松、叶桂材等三员虎将陪同着他，众人皆是戎装整齐，并隐隐带着一股杀气。

宾客双方坐定。黎有望先将己方一一介绍。

南京来使头头儿西装革履，头抹发蜡，唇上一层短髭，腕上瑞士金表，灿灿发光。“今日，黎司令意气风发，还记得在下吗？”

黎有望哈哈大笑，“我当然记得，您就是当年的何志祥何副官。在横峰站，还送过我一程。堂堂七尺男儿，这六年过去，长进这么大，您居然下水了！”

这个特使，正是何志祥。在横峰站被逼走后，黎有望与何志祥并无交集，缘分所系，只是横峰站那十几分钟。

脱掉了军装，换上了西服领带，何志祥苍老了一些，派头却更足了，阔气了很多。他腹中饥饿，依旧慢悠悠点起一根雪茄烟，“黎司令不肯招待，我只好以雪茄充饥。你的话不全对。在横峰站，我不只是送过你一程，而且是救了你一命。我的枪，你还在用？”

黎有望佯怒，斥责滕秘书：“县政府怎么不给贵客安排晚饭？也好，我们上下都没吃。让食堂送饭！”

滕勇当即出去招呼。不一会儿，伙夫们抬了一筐粗粮馒头和一桶热水，用粗瓷碟子和碗给两边的人都分发了馒头，倒上了热水。

黎有望招呼道：“诸位，我们边吃边谈。平州缺粮，闹着饥荒。老百姓辛苦交的公粮，拿出来招待汉奸，我是顶着骂名的。”他自己拿了一个馒头，咬了一口，喝了口水，甚是怡然。

四位特使中有一人被激怒了，一拍桌子吼道：“黎有望，你别欺人太甚！”待要站起来指鼻子骂娘，却被何志祥一把拉住了，“万队长，坐。尝尝平州的粮食。要吃出滋味。”

何志祥拿掉雪茄，取一把镏金雪茄剪，剪熄，搁下，拿起馒头，喝热水。坦然处之。

诸位从官见各自主官如此，也跟着吃起来了。满堂咀嚼之声，如千万只饕餮蛰伏。

3

何志祥吃饱了，开门见山：“听闻黎司令在平州城大张旗鼓抓特工。干脆，我就把咱们的特工带来了。这位，是我们上海特工总部、76号的第四行动队队长，万里浪先生。在他右手边的，是我们

《中华日报》的主笔刘清和先生。”

万里浪与刘清和都是三十岁出头的样子。万里浪脸色黧黑，像是一个青壮工人。此人原是军统特工，去年出卖军统下水为奸，现在乃是76号之骨干。刘清和却戴着一副金丝眼镜，白净面皮，温文尔雅。

黎有望并不正眼看那两个特工。他从身上抽出那把柯尔特左轮枪，自顾自把玩。万里浪见状，迅速将手压到自己的黑皮公文包上。那包微微隆起，藏着枪械。随时准备动手？

黎有望斜了一眼，叹息道："一把好枪，跟对了主人，就是抗战杀敌打鬼子；要是跟错了主人，就要枪口对着我们自己的同胞了。"随后搁下了枪。

何志祥也不恼，满脸堆笑，"黎兄，我们可是过命的交情。枪嘛，你喜欢的话，就继续收着吧。若你有兴趣，我不但送枪，还要送更多的东西，保证你稳赚不赔。做笔大生意如何？"

黎有望哈哈大笑，摇头，"何兄的生意，就算是赚了，也得有命去花啊！"

"那么，黎兄以为，现在的平州，就有命花？"何志祥皮笑肉不笑，“我左边，是和平建国军参谋总部作战部的张参谋。他公文包里的东西，你一定特别感兴趣。”

张参谋把一个黑色皮质的公文包摆上了桌面。

黎有望和黄开轩互相对视了一眼。黄开轩冷硬质问：“请问，什么样的文件，这么诱人呢？难道是汪主席夫妇的裸照？”

何志祥又点起雪茄，仰头大笑，“黄开轩副司令？当年，你不是被韩军长选中，在吕天平身边当卧底吗？怎么，他又把你派到黎爷这儿了？”

黄开轩隐忍不发，只是眼角突突地跳。

何志祥冷笑，随即说明，包内是早已经拟订好的军事解决平州问题的作战计划。也不用费心思窃密，他直接泄密。这计划大致为，和平建国军二方面军集中三个师的兵力，从西北和正西，水陆并进。日军从江南和东南，派出一个旅团的兵力。两军呈大半包围态势，一举拿下平州。“这份计划很周详，唯独缺了一个日期。将来，占个卦，择个黄道吉日，就可以实施了。”何志祥这是明摆着亮出刀刃。他冷笑，是有资本的。

黎有望这边，大家的脸色都稍稍一变。

何志祥拍了拍公文包，“黎兄，黄兄，都是老相识了。日本人的兵锋，你们也不是不知道。告诉你们一个新战报。昨日，枣宜战场，老蒋77军的张自忠在襄阳南瓜店被打死了！在湖北，日军可以说是取得了决定性的大胜。下一步，就要兵指重庆了。要指望你的国民政府，险了！”

黎有望感觉有雷在脊梁骨上劈，头皮发麻，努力保持镇定，面不改色，“一个张自忠战死了，还有我们这么多张自忠活着呢！”

何志祥笑笑说：“黎兄啊，这种庙堂上的话，对幼稚园的学生说去。咱兄弟，过命的，谈正事，谈谈这笔大生意。”他随即低声说明，这份作战计划，半个月前就递交到了褚民谊那里，坐等汪主席批复。他是褚先生的首席秘书，看到计划内容，得知平州由黎有望控制，喜出望外。当即提请褚先生暂时扣下，他愿意用三寸不烂之舌，来说服黎有望归顺。

“我若不归顺呢？”

“黎兄不忙拒绝！”何志祥从衣兜里又掏出一张电文纸，“你和我，此生的宿敌是谁？韩光义！这里有我们截获的一封密电，韩光义已经下令，所部的卫长河新78师再度从新化开拔，往平州复仇而来了。”

黎有望一愣，看向旁边的黄开轩。黄开轩摇了摇头。所有的人都摇了摇头。

“你可以不信我，但别太信韩光义。六年前在直罗山，他吃了你们的175师。吃亏一次是善，吃亏两次是蠢。韩对于杂牌军的门户之见，岂是一天两天能改得了的？况且，你们还是一个跟他并驾齐驱的游击总队。”何志祥果然很有舌辩之才，极善攻心。

“游击总队……哈哈，黎兄虎胆盖世。此等番号，太小了。大丈夫要做就做真王，做什么假王！我何某可以保证，起步给你第一方面军副司令，中将军长，还有三个正牌的师！汪主席和褚先生，对你是十分欣赏的。”

大丈夫要做真王，这可是当年刘邦收服韩信将心时所言。韩信孤军北入赵齐，尽收齐国之地，求封“假齐王”。刘邦知其野心，因望他尽快带兵南下，合击项羽，索性成全，回信道“大丈夫定诸侯，即为真王耳”，随即封送齐王印。

中将军长，三个师，这就是“齐王印”，价码不可谓不高。何志祥目光如炬，凝神盯死黎有望，力图捕捉他一丝一毫的心动与犹豫。

黎有望要做“真王”，还是“假王”？

第五章

窃听者

1

“你举错例了。韩信后来下场如何，不用我跟何兄讲吧？”黎有望心平气和地说，“你们可以趁机执行作战计划了，千军万马，尽管往平州来，看我等平州抗战救国军民可会说个怕字！”

“好，有气节！别人的地盘，或许可以。你黎兄在此，何某是不会这么干的。我们倡导的是和平建国，这么膏腴的平州打烂了，大损失啊。”何志祥手握一支钢笔，笃笃地敲击着桌面，仿佛在计算着得失。最终他用笔端捶击桌面，敲定一个方案：

若黎有望实在勉强不来，南京方面可以不求名，只求实。平州，仍然归黎占据，人马，暂时不必易帜，赋税归本地所用。不过，以前赵松县长出的年费，只需由何志祥之手，转交给褚先生即可。既然已经改抗日救国军叫游击总队了，名号上也不用变，只要承认南京汪主席政府，都好商量。和平建国军一方面军的两个师，随时听黎有望的调遣，一是北拒韩光义，最好是灭了韩部；二是配合清乡，肃清共产党。日本人方面，由何志祥斡旋。

黎有望冷笑，“我终于知道何兄做的是什么大生意了。卖国生意。这桩生意，点头之间，一本万利。连这么优厚的条件都不答应，岂不是太不识抬举了吗？可惜，我不是平州的最高长官。游击总队总指挥是吕天平将军。”

这是拒绝，但不把话给说绝了。

何志祥向身旁的万里浪使了个眼色。万里浪伸手入包，不是掏枪，而是摸出一张照片。

“吕将军人在上海，76号没有少做他的工作。用不了多久，他应该会同意的。”何志祥瞅了一眼照片，然后把它推到了黎有望面前。这是一张女人的照片。照片上的女人看起来颇为清秀，少妇模样，但是眼神无光，似有病容。

黎有望手一抖，并没有去碰那张照片。

“这个女人，小名叫黎带娣。平州人氏，年幼时，因家中赤贫，被江西南昌一户姓黎的同宗大户家收养，改名黎雨萍。是糠箩跳进米箩了。可惜目前，她精神出了问题，要时不时到医院治疗。这个女人，吕天平藏得可真深，76号费了九牛二虎之力，才查出线索来。”何志祥趁势做最后总结，“黎兄，我这次来呢，根本不准备谈出什么结果来。我明早就返回南京，你可以慢慢想一阵子。我在南京备着一席海参鲍鱼，还有东洋妞，等着你来。投以木瓜，报以琼瑶，我要给你的，是一片锦绣前程！”

此言不虚，何志祥是真心拉拢黎有望。他在南京，上头有人，军中无人，未免要仰长官鼻息。这乱世里，有枪是硬道理。若能引黎有望为奥援，心中所筹，徐徐可图。

初步谈崩了，就地散会。黄开轩送客，请警卫排荷枪实弹，橐橐作声，步行开路，名为保护，却更像是押送这群特使去绿柳晴旅馆。

散会离场，那个不起眼的刘清和拦到了黎有望面前，询问：“黎司令，这次，我陪何专员来，非为公事。其实，是想向您打听一个女子的。她是我以前北平报社的同事，也是我女朋友。我们从武汉去上海。分手时，她说先到平州探个亲，再去上海。结果，就没音信了。我在上海一直等不到她。她原名叫映雪，笔名叫白露。您是平州父母官，知道她下落否？”

“滚，狗汉奸！”黎有望无名之火盛燃，怒瞪刘清和，“我没听说过这人！”

何志祥和万里浪已经走出门外，准备迈步上轿车，听到黎有望的咆哮，两人目光交换。何志祥很诡秘地一笑，理了理领带，扣上了礼帽，躬身钻入轿车内。

2

入夜，徐永财还在黎有望面前审着“投毒嫌疑犯”谭傻子。

黎有望翻看着嘉辉电灯公司报来的用电统计表，一言不发。

徐永财卖力表演，“是不是共产党指使你投毒杀死僧人的？”

谭傻子被结结实实地捆在一张椅子上，笑嘻嘻地说：“太君，报告太君，是的！”

徐永财趁热打铁，“他们趁着黎司令得胜归来，意图谋害黎司令，是也不是？”

谭傻子口水都淌了下来，“是的，他们烧饭给我吃！好吃啊，好吃！”

徐永财得意扬扬，来回踱步，“是不是平州小学堂，那个叫左月潮的共产党？”

谭傻子想了一下，说：“是，是棺材店的徐老板，他是好人啊！”

徐永财咳嗽了一声以掩尴尬，“左月潮还有什么同党？是不是学堂的国文教员、自然教员、数学教员都参与了？”

谭傻子费力地想了想，道：“同党，有。有黄开轩司令，有白露小姐，经常给我钱，让我买好吃的。一块大洋二十张饼，两块大洋四十张饼！”

黎有望心烦意乱，晃悠一根“美人”烟，不禁冷笑，“徐局长，照你这么审，民国所有悬案即刻能破：做事的，都是这个谭先生；指使的，都是共产党。这是拿本司令也当傻子吗？”徐永财这样装傻，处心积虑就是要陷害共产党左月潮。

罗耀宗气喘吁吁地跑进来，凑到黎有望身边，耳语：“司令，有情况！”

黎有望知道非同小可，立即起身，边指示徐永财：“徐局长，你得形成一个有说服力、有逻辑性的问讯材料。形成一条证据链。不得用刑。我不接受屈打成招！”

黎有望匆匆来到“豹房”。豹，平时隐蔽蛰伏，匿身于密林，猎物不能轻易察觉，一旦出击，准确敏捷，迅雷疾风，无能御之。

黄开轩正坐在机器面前听着，白露在旁边看着。此时，“1号线”关闭，“2号线”开启。

黎有望取耳机戴上，万里浪和何志祥在交谈。略有机噪，不影响监听。

“何专员，我已经可以确认了，潜伏在他们司令部的那个特工被砒霜毒死了。‘千手观音’计划出了点小纰漏。他是老军统的人了，兄弟我把他争取过来，真是费了大力气的。蛰伏平州这么久都没暴露。能这么干净利索地办掉他的人，必然也是戴老板派过来的。我听说他们启动了一个叫老K的。我为军统做事时，从没听说过此号神佛。”

“这是76号李士群和丁默邨的事了。我再强调一遍，没有最终结果，没有我的点头，暂时不要动黎有望。在江北，能有实力干掉韩光义的，非他和吕天平莫属了。万队长，‘千手观音’计划，没安排后备吗？上海的吕天平，你保证能搞定？”

“专员放心好了，至于后备，您不必要知道很多。‘千手观音’计划还是要实施下去的。上海是我们的地盘，更好办。这点小挫折，不至于让我们就变成了聋子和瞎子。”

“好，这样就好。情报，是你们特工总部的专长。莲河失陷，日本人也重视对平州的工作。梅机关将特别请出川岛女士，主持一个新的计划。到时候，你们注意跟他们配合。千万不要小看了黎有望，我看他在城内到处说要抓间谍，并且已经点出这个‘千手观音’的名了。都被人摆上了台面，还搞什么搞。”

“何专员放心，显然是王文举那个混蛋透露给他的。虚张声势而已。他若真有这个本事，早把我们的人全挖出来了，何必吃了这么多的面。”

黎有望和黄开轩听到这里，忍不住交换眼神，冷汗如雨下。

万里浪继续，“何专员，我斗胆问一句，刘清和可靠吗？他真是韩光义女儿的前男友？我有点不放心，安排他先跟着老胡编《中华日报》。”

何志祥明显笑了，“放心，他是老特工，去北平《世界日报》上班，就是中统安插的。他是经华北的许卓城委员争取，反水投靠到咱这儿来了。初来乍到，急于建功立业。他父亲是韩光义军中故交。可惜战死得早，没了靠山。他对韩光义那个千金倒真是一往情深。”

听到这里，黄开轩摘下了耳机，沉默不语。

黎有望忍不住盯着一旁抄着手的白露看。白露有点发毛，斥责他：“你看我干吗，我脸上又没有何志祥！”

白露抢过黄开轩的耳机，自己听。听到万里浪说：“何专员，这平州倒也挺繁华，我刚才在路上看，有几个巷子有名堂，公然立着‘花街’牌坊。黎有望给我们吃了一肚子草，我请你去吃吃花酒放松一下吧。”

何志祥骂：“你们这些军统跳水的，胆子比天大！这周围可都是黎的人。我看隔壁房间那几个人，就鬼鬼祟祟地盯着咱们。他们腰里都鼓鼓囊囊的，应该带着家伙。还是好好休息一宿吧，夜里保持警戒。明天一早就回去。”

白露也没听出什么别的，摘下耳机，道：“哼哼，何志祥大概做梦都没想到，隔壁，那都是新四军的人。最好，半夜里拼杀起来，要了这帮狗汉奸的命！”

该听的东西，她半点没有听着。

3

监听完毕，黎有望拿拳头捶自己脑袋，“我们搬到这个慈云寺里，见个老僧在这儿，就当成自然而然的事。其实，我们之前从来都不认识他，可谁怀疑过？这是自以为聪明，险些误了大事。”

黄开轩咳嗽了一声，“我查过他的底细，询问过左邻右舍，都说一直见老僧人在这寺里许多年了，还时不时出去帮人放焰口、做法事，没可疑的地方。我也暗中搜查过他的住屋、禅房，连梁上和灶膛都没放过，没查出任何蛛丝马迹。”

黎有望说：“谁敢保证，乡亲们三年内见的僧人，就是三年前那个？装扮成僧人、乞丐、流浪汉这些边缘人，可是军统特工的拿手好戏。这叫‘身份印象’。就算天天见着，大家也没真的把他们记到心里去。”

黄开轩颔首，表示赞同，“听万里浪的意思，这人刚刚反水军统，跟着76号，被军统察觉了，因此毒杀，清理门户。我们可以认为，其实旗杆是这个人偷偷锯断的。他原准备毒杀我们，反被军统用家规给清理了。”

“这么干脆利索的，只有老K。开轩，我去上海期间，你一定要全力以赴，把这个老K给我找出来。不必打草惊蛇，只要一点踪迹。”

黄开轩一愣，“你要去上海，去干吗？”

“必须要去啊！”

黄开轩试探着问：“因为令姐？”

提到“姐姐”，白露立即提了神，主动挨近两人一点。

黎有望告诉白露：“76号的人，找到了我姐姐。他们拿她来要挟我和吕天平。”

“所以，明知道这是一个圈套，你还要去上海？”白露急了，“如果在上海的吕天平都不能保护她，你去了又有什么用呢？”

黎有望长叹一声，说：“我就这么一个姐姐，我不想失去她。”

黄开轩深思良久，“或许，把他们都接到平州来，也不失为一种保全之策。”

“老黄懂我！这次何志祥来平州，是给我下最后通牒。”黎有望说，“卖粮，买猪鬃，再出货换购军火，都是刀口上舔血。我不去趟上海，不成。”

这番话令三人都不约而同点了点头。

黄开轩直接问:“既然去，需要几个帮手？谁陪着黎兄去合适？”

“我啊，当然是我啊！上海，你们谁有我熟悉？”白露抢着说。

白露这句话一出，黎有望和黄开轩两人又对视了一眼。他们都想到了刘清和。

黄开轩直截了当地说:“白参谋，你新入救国军，身系重任，不可轻动。我们要努力保护好你的安全，岂能让你去冒此等凶险？”

黎有望点头称是，也说白参谋且留驻平州为好。

白露急了,“黎司令，真拿了我当下级，打起官腔来了？龙潭虎穴我没胆子闯是不是？在新化，是我救了你不是!”

新化之险，历历在目。黎有望仰头，回避她咄咄逼人的气势，百感交集，酸甜苦辣，各种滋味。无论是出于挑选警卫，还是方便行宿，白露显然都不是好人选。况且,“刘清和”三个字，滚烫灼人，在他嘴里打了无数个滚，最终没法吐出来。

第六章

散学后

1

天不亮，管蔚然就带着警卫，向黎有望道别去江南。一个小时后，何志祥也来道别。这两拨客人，被安排在绿柳晴旅馆，一墙之隔，互相猜忌提防，竟也一夜相安无事。

送走了客人，黎有望回到慈云寺发呆，一支又一支地抽着烟。

刚刚何志祥来道别时，刘清和又跑了出来，客客气气地询问："司令，昨晚我打听了，我女朋友，小雪，她就在平州。黎司令能不能高抬贵手，让我见她一面呢？你看，王母娘娘，心比铁坚，还让牛郎织女鹊桥相会。"

黎有望莫名之火燃起，"查无此人！汉奸，下次别让我撞见你！”他想拔出枪，立即毙了这个小白脸。

任刘清和脾气再好，也扛不住两番羞辱。他恨恨地嘟哝着：“土匪军阀，横什么横，你要敢到上海来……”愤愤然，终还是登车走了。

车走远，黎有望按捺不住，骂了一句：“狗汉奸，瞎了眼！”

“瞎了眼”骂的是白露。白露怎么会突然冒出个当汉奸的男朋友呢？忽然转念一想，六年光阴，男大当婚，女大当嫁，谈个男朋友，有什么稀奇的。白露若知道，她男朋友去了上海之后，竟然投敌了，会作何感想？又想进一层，不由得浑身一冷：倘若白露和她男朋友本来就是约定好一起到上海投敌的，那又怎么办？

万里浪既说还有“后备”，这个后备，会不会是白露呢？

昨天，与白露在“豹房”说起罗耀宗时，她露出了一个破绽。关于军统老K。

黎有望从来没有在白露面前提及过老K，她却准确地说出了代号。难道自己没留心说漏嘴过？显然不是这么简单。白露早已从其他渠道获得了此人准确的代号。

是谁告诉她的？黄开轩，不可能！韩光义，也不会。或者是，这个刘清和?

看来上海之行，必须冒险把她带上，犯险一试，才会有答案。在内心深处，他只希望白露就是白露，希望试不出任何的答案。

他胡思乱想间，抽着烟，翻看着嘉辉电灯公司的全城用电量账本。潜伏的人，想要和重庆或者南京保持联系，就必须使用大功率电台。大功率电台发射信号，耗电量极大。倘若城内某户有这样的电台，其用电量，一定不稳定。开机时耗电极多，在特定时间内，有峰谷差。可实际上，并没有哪一片用户的用电量，呈现周期性变化。宽良街嫌疑最大，但其用电商户、住户的累计量都很低，而且平稳。

黎有望自认为高看一着，满心把握能寻得蛛丝马迹。终是羚羊挂角，无迹可寻。

唐晓蓉求见。警卫通报后放行。

外面不知不觉下起了毛毛细雨，唐晓蓉撑着一把油纸伞，身上穿着奶白色针织毛坎肩，一袭素净长裙，身形纤薄，清新脱俗。

看到她，黎有望烦躁的内心，开出了一朵丁香花，热情招呼唐晓蓉坐下。

她收起了油纸伞，从帆布挎包内取出一个油纸包，打开，将新近翻译出来的一些文稿交给黎有望，说：“黎司令，这是新译出来的一些资料。我是硬译，诸多内容，可能词不达意。您学军事的，自己领会吧。”

她又拿出一个油纸筒，里面裹着一百块大洋，说：“这个报酬，我不能收。晓蓉虽然是个小女子，但是为抗日效力乃是中国人的本分。钱您留着，给战士们发饷。”

黎有望翻看着文稿，又看了看钱，心中阴霾，一扫而空，道：“唐小姐，真是深明大义。”他倒真的很想拥抱这个漂亮姑娘，还是克制住了，左右一看，轻声问，“这件事你没跟任何人提起过吧？”

唐晓蓉捋了一下自己受潮的头发，眨巴眨巴眼睛，“当然没有，连我爹也不知道。哦，说到我爹，他请我来要一个什么用电账本来着。月底要算账用，您方便给我吗？”

黎有望弹了弹额头，拿起桌上的账本，装作若无其事，说为了核查救国军司令部和驻营用电，早已看过，忘了还，正巧可以给唐晓蓉带走。

唐晓蓉郑重接过，嫣然一笑，“我爹怕司令有什么大用场，自己不好意思开口讨。”随即把账本塞入帆布挎包内。那挎包上印着

"沪江大学"字样和一个十字，乃是学校配发之物。

黎有望脱口道："唐小姐，你是在上海念的书，上海你特别熟悉吧？"

唐晓蓉笑道："当然啦，我小学起就在上海待着了。很熟悉，比对平州还要熟。离开沪上这么久，倒挺想上海的。"

2

"黎司令，唐小姐为了躲战祸才回平州的。你该不会想拐着人家跟你去上海吧？"白露拿着账单从门外进来。

黎有望轻声一咳，"我是想问问唐小姐，如果有男朋友在上海，我可以保护她去见见面嘛。王母娘娘，还准牛郎织女鹊桥相会呢。"

唐晓蓉顿时满脸通红，"哪有的事情，我没有男朋友的。只是母亲和弟弟，还隐匿在租界内。我先告辞，上午学堂里还有课呢！"

白露立即笑着说："唐小姐，不送啊，外面的雨看样子越下越大了，你小心路滑。"

唐晓蓉谢过，撑起油纸伞就告辞了。

唐晓蓉走后，白露就把账单递上，说："这是绿柳晴旅馆两拨客人的住宿费，掌柜的一分钱不肯便宜。”

黎有望说：“此事，当由黄开轩报销。”

白露冷言讽刺他：“你啊，魂随伊人去也？干吗询问人家的男朋友？要么更委婉点，要么干脆提着大洋上门提亲去。半遮半掩的，我都替你着急。”

黎有望翻看唐晓蓉新译的文稿，埋头道：“这年头，保不齐，谁都可能在上海有个男朋友。出发前，多问问，放心点。”

白露拍桌，“这话什么意思？你给我说清楚。”

黎有望已全神贯注于文稿之中了。匆忙地用红铅笔将文稿中唐晓蓉的几处隽秀笔迹给圈了出来，自言自语：“鬼子大本营下达的电报里，要往东南亚进军的信号，越来越密集了。只是，他们何时动手？”瞬间，陷入沉思之中。

白露似乎听出了黎有望话里有话。她想起刚刚与老钱见面的时候——

“你们黎司令把监听器都装到我这里来了。包我几间客房，还要跟我杀价。他肯跟新四军交易粮食，要谢谢他。当然，他这笔交易，也不吃亏，能赚新四军很大一笔呢。”老钱笑着，事态完全在他掌控之下。

白露没有笑，反而忧心忡忡地说："他选择绿柳晴旅馆，不会只是凑巧，是对我有什么怀疑吧？"

老钱摇摇头，表示据目前掌握的情况来看，应该不会。黎有望或许觉得"绿柳晴"便宜，比较偏僻，人流量小，不易受干扰。"他这人，我看，心思极其缜密，并不是个昏庸、糊涂的军官。你要小心。"

白露提醒老钱注意，黎有望购得德日侦听设备，正在调试、使用。

老钱表示，不到万不得已，自己不能开机。又询问粮食交易推进到哪一步了。

"黎有望准备亲自去上海一趟，冒险完成交割，顺便想把吕天平和他姐姐接到平州来，据说76号的人已经盯上他们了。我准备陪他去一趟上海。"

这句话的信息量极大，老钱沉默良久，"就你们两人？"白露点头。

老钱叹息道："亡命之徒啊，这个险还真的冒得大了，比关二爷单刀赴会还要凶险。我也冒险开一次机，给上海地下党同志打个招呼。到了上海，你们可以先去跑马场附近的威海卫路。337号是个做西服的裁缝铺，338号是个无线电行，叫福声无线电行。要看准了。到裁缝铺，你跟裁缝说一句，李二哥从平州捎话给木匠师傅，多关照乡亲。”

白露听懂了意思。她一时冲动，问：“老钱，既然黎有望肯跟新四军做买卖，他自己并不反对共产党，我能不能干脆亮明身份，直接把他争取过来？”

此言一出，老钱指走龙蛇，在柜台面上迅速草书，“错错错、莫莫莫”。陆游的《钗头凤》。女人容易倾慕英雄，他提醒：“映雪同志，革命事业容不得儿女私情。你的任务是把黎有望争取到革命队伍里来，而不是被他给争取过去了。千万别忘了，目前，他还是个国军的军官，还对老蒋抱有幻想。”

隔壁棺材铺徐长寿摇门铃，笑嘻嘻探看，号称来找老钱订客房。

白露匆匆告辞。

此刻，她回想起来，老钱的话似乎不错。

黎有望有种猜忌的情绪，此时此刻，正透过他的脸，挥发在空气里。原因不得而知。至于自己是否动了“儿女私情”，白露说不清，也不想弄清。她牢记策反工作的底线，坦坦荡荡。

罗耀宗突然喊报告进门，径直贴近黎有望，“黎司令，侦听到了一个无线电信号源。刚刚开机五分钟，西南方，不远。”

黎有望搁下笔，一跃而起，摊开平州地图，画了一个圈，面露轻笑，“西南，还是宽良街！”

3

几天内，商会忙碌异常，收集各埠粮食，画册交割，编整船队，花钱打点，搞到日本人运粮的通行证。黎有望坐镇商会，诸事画押，深喟商人行事之高效。

有商会的帮忙，一切进行得十分顺利。

这期间，枣宜会战中张自忠将军以身殉国的消息传出。果然，何志祥并非虚言。张将军于南瓜店指挥，明知战事不利，亲自督战不撤退，不幸牺牲。上将殉国，张将军为抗战以来牺牲的、官阶最高之国军将领。一时间，抗战的舆论悲痛，投降派则气焰日嚣。

平州并未封锁这一消息。

尽管黄开轩、朱子松等同侪力劝压下，黎有望思之再三，还是于百忙之中抽出时间撰文一篇，刊于首发刊的《救国军军报》上，详细介绍了张自忠将军战死沙场的情况，为张将军招魂，宣誓要以张将军为楷模，与敌周旋到底。黎有望还撰了一副挽联：

忍一时骂名负一方责任成败皆由天意

献一个头颅洒一腔热血生死都为中华

这份油印的战报，由白露担任副主编，特聘原平州日报馆的老编辑参编。

首发刊，印出了三千多份。除开军中，还免费散发到每家每户。城中民众通过报纸上的这副对联，倒也明白了黎司令的心志。

那两行铁画银钩的仿宋字，何尝不是他自己的口号。

粮食已动。

傍晚，黎有望亲自目送南下的运粮船。运河两岸，救国军三步一岗，五步一哨，确保粮船顺利出城。黎有望故意不让粮船半夜出发，想让那些黑暗中的眼睛看到。此番动静，那些隐匿的电台，一定会开机向上峰发报告。或可顺藤摸瓜。黎有望颇有底气。

送走粮船，黎有望沿着河岸散步，腋下夹着飘着墨香的油印小报。日将暮，倦鸟啼鸣，绕树三匝，呼朋引伴，招呼归巢。

鬼使神差，信步中，黎有望居然走到了平州小学堂的前门。

5月22日，礼拜三。小学生们正散了学，三三两两地走出校门。皆着童子军服，佩胸牌和臂章。一个童子军小中队长吹着铜哨子，维持出校秩序，喊口号："童子军，勿忘国难，勿忘抗日。"小学生随着喊："精诚励志，中华无畏！"

看着虎头虎脑的小学子们，黎有望万分欣喜。乱世之中，学校不辍，就是一份希望的火种。现在，他们在课堂里，还朗读着"我是中国人，我热爱我们的祖国"的课文。

这，就是平州要坚持下去的理由。

黎有望不由自主停下来。有童子军看到他身穿军装，虽然不认识，还是敬礼。黎有望站立笔挺，一一还礼，仿佛检阅自己的队伍。

倏忽，他看到唐晓蓉正同一个男子说笑着，并肩走出校门。那个男人长得颇为清朗英俊，眉目隽秀，有些消瘦，高挺的鼻梁上架着一副铜框圆眼镜，头发自然卷，斑白，身穿一袭旧藏青棉布长衫，浆洗得发白。

一个名字，蹦入黎有望脑中，“左月潮”。徐永财处心积虑要借自己的手搞掉的那个人。

唐晓蓉颇意外，还是笑脸相迎，“黎司令，您怎么到小学堂这儿来了？左校长，这是救国军的黎司令。”

黎有望主动伸手，与左月潮握了一下，相视一笑。黎有望开书店卖书的时候，左月潮常到书店转，面熟，但从来没交流过。其时，黎有望是蛰伏平州。除了赵松之外，几乎不与任何人深交。

左月潮与赵松差不多一般大，三十七八岁，也不善交际。法国巴黎高等师范学校学成归国，安心做小县城小学堂教员。有密信举报，此人古怪，无家无室，领导着中共一个秘密小组，代号“江龙”。黎有望也吃不准属实与否。他也不在乎。

左月潮笑着说：“大名鼎鼎的黎司令，读书人中的英雄，平州谁人不知，谁人不晓啊。”

唐晓蓉的父亲唐经方，似乎颇为欣赏这个左月潮。唐经方同情中共，是否受此人影响？这就很有意思了，是唐多头下注，还是外白里红？黎有望寻思此事，笑容便僵硬了，“左校长，你是人中龙凤，腾云驾雾，久仰大名啊。”

左月潮朗声笑道:“黎司令，您开玩笑了。您麾下的警察局局长，对我特别关照，我进进出出，都派保镖看护。我每天都在等着，被带到您的司令部去大刑伺候啊。”他指了指不远处。一个穿着短打便衣的人，正探头探脑。

那人是警察局的便衣侦缉。

黎有望脸色一沉,“我会明示徐永财，不得再骚扰左校长!”

第七章

上海滩

1

天色已暮，唐晓蓉着急回家，先行告辞。

黎有望和左月潮两人都无家无室。左月潮提议，既然今天有缘一会，不如找个清静的馆子小酌。黎有望兴致勃勃，提议了一个小酒馆：孙家铺子。

孙家铺子是孙家酒厂的附属小餐馆。孙掌柜家的玉兰馨烧酒，乃是平州一绝。买酒的人多了，大半会就近找馆子尝尝滋味，精明的孙掌柜索性让亲家出面开了家小餐馆。

黎有望和左月潮要了壶新酒，点了些小菜，乃是平州特色的豆干、花生米、猪头肉、烫干丝、烧鱼杂、炒青菜。伸箸，二人几乎不约而同道："好久没这么平平静静地喝一碗酒了！"

叙起年庚来，左月潮三十九岁，比黎有望想象的还要大几岁。竟是江西抚州人士，非本地甚至本省人。令人颇为意外。

两人自然聊起死去的赵松。说来，左月潮跟赵松也是故交。黎有望跟赵松算发小。赵松在世时，几乎没向黎有望提过左月潮，也没向左月潮提过黎有望。这就很微妙了。

黎有望话敲边鼓："左校长，都说赵兄是你们共产党。唉，他这么不声不响、不明不白地死了。贵党要到什么时候才能胜利？就算到了那时候，谁还能记得他？"

左月潮一愣，筷头花生米也放下，指了指自己的心脏，笑，"这里，他还活着。"黎有望自认这巧妙一问，同时验明了赵松和左月潮两人皆是共产党。

左月潮安能不明白？他笑容不改。洞悉万事，却不点破。

黎有望说，救国军练兵靶场邻着城南坟场。"张德文坟头，时有鲜花。你们真没忘了他。"

左月潮呷了口酒，"黎司令套我的话？只是我，不是我们。城里没有其他的同志了。"

黎有望哈哈笑，小酌一口，“有人举报，小学堂教员里还有其他的共党，肯定是诬告了。左校长，现在，国共再度合作。我本人既非国民党党员，亦不反对贵党，咱们没必要掩掩藏藏，开诚布公，对吧？”

左月潮含笑，“对黎司令，我不够开诚布公？十几年前，也是国共合作，最后是一地血雨腥风。这平州小校场上，也有我们同志的血。往事怎堪回首。”

黎有望气血上涌，“别人不卖粮食给你们的新四军，我敢！今天，就今天傍晚，十船的粮食出平州了。韩光义的78师，卫长河还在我东北方虎视眈眈。我说干，还是干。抗日的队伍，怎么能让他们饿着？怎么样，黎某仗义否？”

“仗义，绝对仗义，敬你一杯！”左月潮说，“要是你的队伍上下，都像你一样开明，我还得敬兄三杯！”

他话中，暗指警察局局长徐永财，处心积虑要置自己于死地。黎有望哈哈一笑，道：“这个中统特务，还不知要拿我通共兴多大风浪。但他有用，我得留着他。”只是不便细讲，却说，“一事不明，既然左校长身份已经暴露，何必还留在平州这是非之地呢？”

黎有望貌似口快无心，把徐永财的身份泄露出去，何尝不是想借共产党的手，干掉徐永财，至少是看着他。正如那支不知来历的“美人”烟，想借自己的眼盯住徐永财一样。

酒过三巡，左月潮的脸也酡红。他有话要说，不吐不快。

“黎司令，你肯定有个误会。我可不是什么特工，更不是什么间谍，只是个普通共产党员，没有任何不利抗战的意图与行为。相反，我还在努力做好民族教育、国民教育，保留下火种，以防平州若不慎落入日伪手中，他们疯狂推行其奴化教育。”

左月潮之言，铿锵有力，皆出自肺腑。双颊微红的黎有望呼一声“好”，竖起大拇指。

“时间不等人啊，黎兄。至于我为什么还留在这里，我想，就算有朝一日，你被迫撤走了，我也还会留下。有我在，这三尺讲台，就不会被汉奸、卖国贼给夺去，直到我去陪赵松和张德文。这，就是我的战斗！”

若有其日，将必死无疑。这是自明死志，荡气回肠。黎有望肃然起敬。他搁下酒杯，把身上带着的报纸掏出来，双手递到左月潮面前，“左兄高节，兄弟我敬仰万分。这是我们办的战地报纸，左兄若看得上，可帮我们写国民教育的文章。”

左月潮郑重接过报纸，笑着举杯，“贵军报，我已经看过了。好啊，‘忍一时骂名负一方责任成败皆由天意，献一个头颅洒一腔热血生死都为中华’。说得好！但是，我要挑个毛病。成败并不由天意，而在于全世界人民心中反对战争、争取和平的潮流。成功要随潮流，生死都为中华。干！”

黎有望热泪盈眶，起身，向左月潮敬了个军礼，“知己，知音，相见恨晚！”

这一晚，两人都喝多了。互相扶着，跌跌撞撞地走路。边走边唱。

唱的，却是十分甜软的歌，《教我如何不想她》。

2

十船军粮过莲河，万事顺利。

新化一趟，异常凶险。丁聚元折损了兄弟，与黎有望相搏，差点丢了命。诸事不顺，唯得了一纸平州民团训练主任的任命书。他归九龙湖，回二龙山寨，整顿军务。依照宪兵营规章，约束亦兵亦匪的部下。更要拿着鸡毛当令箭，发文到平州各乡镇，要求所有民团悉听他指挥。

繁文缛节，丁聚元颇得其乐，暂时顾不上莲河镇治理。他人不在莲河。黎有望威名正盛，无人敢盘查。

入长江，有商会租用日清公司的小火轮牵引，向上游走了几十里，入京杭大运河往江南去。沿途遇日军的哨卡，船队拿出日军通行证，证上云“此为平息江南绥靖区粮价调运粮”。日清公司乃是垄断长江航运的大财阀。日军照准放行，派出伪军跟船督运。

船过天尚湖夜泊。

后半夜，四处苇间涌出大股的水上游击队来。枪声四作，吓跑了督运的伪军。就这样，十船粮食，全落入管蔚然的江南自卫民团手中。

依约定之密码，黎有望的电台收到了管蔚然“交粮放船，二师兄已抵沪谈判”的回电。新四军已经收到粮食，并按约，经过“江抗”之手，于上海交割了猪鬃。商会程颂平也通过唐经方的电台获知，美国商人加价吃货，花花绿绿的美金已到手。

所剩之事，未得吕天平明示。黎有望思量，必须亲赴上海滩处理了。

行前，黎有望召集部属，商量去沪活动的路线。

黄开轩忧心忡忡，“吕将军与韩光义不睦，已经是公开的事。一山不容二虎。他不来平州倒也罢了，如果来了，以他的资历和声望，韩光义再闹一出直罗山旧事，让卫长河的78师攻打平州怎么办？此刻，局面已定。纵然我合纵连横，也无能再捉他第二次了。”

上次，黄开轩坐镇平州，联合各路杂牌军，出其不意攻其不备，擒住了卫长河，已是开了仇端。黎有望这一去，这仇，卫长河安肯不报？黎有望语重心长，解释说，吕天平本人似乎也不大肯来，他也在忌惮和韩主席的摩擦。自己去上海，未必能请得出这尊大神，但至少能帮平州再筹措一些军火。

黄开轩知道他去意坚决，也不力劝，只道：“76号已经布阵上海。兄去，警卫不可少，防患于未然。我多挑些精壮战士，编为四股，随兄同去。”

黎有望摇摇头，“不如多些战士，跟我一块把上海给光复了才好！”这是戏言。当年三十路军参与，力守上海，全军折损，也不能保全上海之一二，何况区区救国军。“不能光复，我一人去冒险，够了。人多，行踪更易被76号觉察。”

黄开轩一声叹息，嘴角微微抽搐。孤身赴上海，单刀赴会，往魔窟虎穴里闯。关羽单刀赴会险不险？奈何对方是鲁肃，忠厚，其实有惊无险，若换成吕蒙，决不会留情。76号不是鲁肃，吃人不吐骨头。明知如此，非要去往，是为不智。黎有望一人安危，关系全军。这个道理，黄开轩不愿挑明，若军火和主帅两失，或者得不偿失，或者全失无得。

冷场，鸦雀无声。白露说："我随黎司令去。你们几个土包子，还有谁去过上海？"众人面面相觑。"你们能说说，到上海，走哪条路线最妥当？"

黄开轩、朱子松等皆摇头。罗耀宗坐得远，深藏不语。

白露就把自己的路线摊出，道："不能直奔法租界找吕将军，目标太大，太明显。先到跑马场附近的威海卫路，那里偏僻，有很多汽车配件、无线电商行。地下军火交易，常常以这些招牌为掩护，方便采购。"

黎有望一怔，"连这，你也熟悉？"

白露说："我爹……韩主席，早年替北伐军采购军火，带我去过。十几年，应该没多大变化。"

黎有望深信不疑，点了点头。阮水之战后，委员长极度青睐韩光义，他一度出任北伐军的军需负责人。

议事妥当后，黎有望亲赴唐府。为避开日伪监听，他借用唐经方的信鸽传信上海，与吕天平联络。翌日，信鸽飞回，带来了吕天平的密语回复。同意他去上海，并约定在霞飞路附近见面。黎有望信心满满，自认计划天衣无缝。

3

5月28日，黎有望和白露出发赴沪。两人先至由伪军占据的清江县。由此，搭乘日本日清公司专营的长江客轮，去往上海。

江流滔滔。至下游，江道宽阔，奔腾入海，如过往千万蛮牛，欲把来袭者往海中顶去。长江的波涛阻挡不了日军军舰和巡逻艇，它们在主航道内横冲直撞、肆无忌惮。

军管航道，客轮行得缓慢。客轮的大喇叭持续地播放着《支那人歌》《满洲姑娘》《东亚共荣》之类鼓吹“日支亲和”的歌曲，令人不胜烦躁。只得翻看客轮上贩卖的报纸，一份伪《南京新报》上刊登了国内外许多重要消息。国际上，德军于欧洲取得了重大胜利，英法联军四十万人被逼退到了敦刻尔克。这正是德军“闪电战”的功效。

黎有望回想起与黄开轩的研讨——集结、展开、突破、突穿、击虚、钻隙与席卷。德军使用着并不算最先进的3号坦克，穿插到英法的背后，以快打慢，指挥协同之功，令敌人很难招架。刀子既锋利，出刀也凌厉。日本人会学德国人这一手吗？忧心忡忡。

日伪报纸纷纷为希特勒欢呼。有长文分析，德军将会在三个月内结束西欧战争，占领英法，然后挥师南欧、北非、中东，恢复罗马帝国之版图云云。

国内，张自忠将军的遗体运抵重庆。蒋介石亲自到朝天门码头迎接，为他举行了隆重的国葬。日方的社论认为，这是对华战争取得“决定性胜利的标志，攻取重庆指日可待”，“支那政府的负隅顽抗被证明徒劳无意义”，“应敦促蒋早日投降，共商和平”云。

靠着船舷翻看这几份日伪报纸，加之江流颠簸，黎有望有不适感，欲吐。

他想丢了这满纸的谰言，忽又翻到一份沪版的《中华日报》，不禁愕然。迅速翻查编务人员，见有“总主笔胡兰成”。此人不认识，再查各版的主笔，短短两列名单，赫然见“刘清和”三个字。又迅速转翻到他写的报道，竟公然刊发一篇题为《新政府特使赴平州敦促保安武装归化　共商和平建国大业》的文章，“行政院副秘书长”何志祥，如何与平州地方保安部队黎有望相洽。大写特写两人旧谊，初步商议平州“归顺”诸项事宜。

谰言，谎言，无耻。黎有望七窍生烟。侧过头，瞧了一眼身旁的白露。她正陶醉着，看江岸风景。

黎有望不动声色，把这份报纸折叠了起来。丢入垃圾桶。

入夜，两人始抵上海。就着黄浦江马勒码头附近，寻了一家旅店，订了两间房。

夜上海，已从几年前的战火之中走出来。日本人为粉饰“东亚共荣”，让它迅速地回复到纸醉金迷之中。往苏州河方向眺望去，一片灯红酒绿，如同簇簇火光。

一夜无话。翌日天亮，黎有望在旅店大堂等白露下楼。见她已经更换了一袭华美的旗袍，身姿娉婷，活脱脱一个石库门走出来的上海闺秀。黎有望自己一身旧夹克，与她走在一起，格格不入。

白露笑着建议："跑马场附近威海卫路，有家老克勒裁缝店。我爹此生的第一套西服，就是在那儿定制的。你要见你姐姐，收拾一下再去。"黎有望略一犹豫，答应了。

两人出高价钱，让旅店门房叫了一辆车。直奔威海卫路337号。

白露撒了谎，却努力装作很熟悉的样子。337号果然是个做西服的裁缝铺。她松了一口气，侧边一瞥，果如老钱所说，338号是个无线电行。福声无线电行。

裁缝铺的老板是一个老年男人，形貌寻常。江北口音，夹着沪上语调，问做什么样式的洋装。白露用上海话告诉他英式的西装一套。

裁缝量了量黎有望身材，推了推老花镜，皱眉道："最快也要三天。"

白露忙把裁缝拉到一边，低声说："李二哥从平州捎话给木匠师傅，多关照乡亲的。"

那裁缝会心一笑，"好，我转达给师傅。"又大声说，"我记起来，就先生这个身材，店里有存货西服。你们要不反对，稍稍改改，应该适合。"

黎有望在门口警惕望风，比画了一个手势给白露，要快。

裁缝又低声对白露说："西服不要轻易脱。特定样式，上海地下党的同志，一眼可辨认。会保护好你们。"

白露灿烂一笑。一股信任的温暖。

裁缝匆匆改起了西服。黎有望闲着无事，闪身到隔壁福声无线电行里。他自称是清江县邮政公司电讯股的人，有物资采购的兴趣。老板姓蒋，湖南口音，还带着个姓李的徒弟。都是一副农民模样。

黎有望跟他不聊则已，一聊惊讶不已。老板貌不惊人，却对无线电极熟稔，绝对是专家。黎有望递了一根烟，热情邀请蒋老板赴"鄙乡盘桓"，指导电讯业务。蒋老板连说客气。

西服改完，穿上身。对着试衣镜，黎有望自己也一惊。气宇轩昂。与白露站在一起，镜子里，郎才女貌。此地不宜久留。付钱，赶路。

两人登上汽车，黎有望才吐出此行目标地，"法租界维尔蒙路蒙娜丽莎咖啡馆。"

这个目标地，乃是黎有望与吕天平密语联络的，无他人可知。白露不声响。

一路平安。两人赶到咖啡馆，临街坐，点了咖啡和华夫饼，装作情侣约会。等了许久，并不见吕天平至。黎有望焦急起来，看着表，额头有汗出。又等须臾，与白露商议是否冒险到吕天平家周围转转。

正商议着，听到隐隐的“砰砰”声。身为军人，黎有望极度敏感，是枪声！遂大惊失色，口呼“不好”，伸手按住白露胳膊。眼瞅着窗外，一辆轿车，歪歪扭扭行驶，冲着咖啡馆直撞而来，像是一个醉汉。最终，惊险地停了下来。

黎有望认得，正是吕公馆租用的凯迪拉克汽车。

第八章

巡捕房

1

黎有望挥手，示意白露趴下。他猫着腰，推开咖啡馆沉重的木框玻璃门。

车已中弹。挡风玻璃上有三个弹孔，鲜血四溅，极其刺目。侧门也中弹，玻璃和车门上皆有着痕。黎有望先探视四周，弓着腰，拉开车门。后座赫然是吕天平与一个女人。

那女人头部中弹，没有动静，似乎已死去。黎有望心中一惊，向前探看。驾车的司机胸部中弹，也趴在了方向盘上，抽搐着。他必是拼尽力气，才使车安全停下的。车应该是在维尔蒙路口中的伏击。拐了个弯，正好停在此处。

吕天平拔出手枪，瞪着眼，怒吼:“走!”

黎有望脑袋“嗡”一声，心思纷乱如麻。他通过反光镜搜索敌人，却不敢看吕天平的眼睛，更不敢看那个女人的脸庞。暂时看不到敌人。黎有望瞥了一眼司机，他右手垂下，指尖上连着一把枪。血色殷红，顺着手臂流下。

黎有望迅速捡枪，开保险上膛。反光镜里有了身影。四五个穿着日式学生制服的人，慢慢从拐角处闪了出来。皆推着自行车，持手枪，从三个方向而来。

街上行人纷纷叫喊、躲避。乱世街头，这种枪击屡见不鲜，众人惊惧，却不慌乱，如瞬间蒸发一般消失无踪。

“别管!”吕天平继续吼。

若起身反击，则自己会暴露。若不反击，吕天平只有一个死。

黎有望稍一犹豫，起身举枪射击。这把M1911手枪远程射击，稳定性极佳，准确地打倒了一个人。其余人纷纷丢下自行车，贴着墙壁、电话亭或者大树隐蔽还击。训练有素，是一群特工。不过看来，训练得还未至炉火纯青。乱弹射来，天女散花一般。对方是摸不清自己这边有多少人。

一时间，街道上枪声大作。

黎有望藏身汽车后，大口吸气，听着枪声默念一二三四。一共四个人，四支枪。都是短枪。他细细辨识枪声的强弱，推测远近，准备先从近处下手，拼出一条血路。白露与黎有望隔着咖啡馆的玻璃窗相望。她焦灼地打手势，让他克制，不要冲动。黎有望手势回复，让她镇定，先撤。

黎有望又瞟了一眼车内后视镜。对方一个人猫着腰，沿着对面的墙边，想突袭强攻。他果断往后缩了一步，躺平，对准那人脑袋开了一枪，又瞬间退了回去。这一缩一躺一退，迅如疾电。对方显然已中弹，颓然倒地。

黎有望把敞开着的西装纽扣全系好，退下了弹匣。七发11.43毫米弹。足够了。第一次世界大战中，美国军人约克中士曾经用一把这样的枪，击毙了二十五名德军。利器在手，无所畏惧。

双方僵持着。

这时，黎有望听到外面枪声大作。射向了自己的对面。有援军到。他稍稍伸长脖子，谨慎地从车头处探出查看。

几个工装打扮的人，从前方的巷陌里杀了出来。似乎在帮助自己。或许是吕天平提前布置的警卫。一声惨叫，又有人中枪。

有援军至，黎有望信心倍增，直接起身，频频还击。三个方向，各开一枪。

剩下的杀手，没想到对方会冒出这么多枪，高叫："撤!" 丢下了两个同伴的尸体，狼奔豕突，仓皇而逃。

凶手们撤走了。那五个穿着工装的人，迅速收枪，用毡帽盖住脑袋，若互不相识一般，四散走开。这一战一退，只在三四分钟的须臾间。

黎有望查看了一眼吕天平，说："没事了。"正好援军中一人插着手，从他背后匆匆走过。黎有望迅速回身，抓住他的胳膊，"哪条路上的神仙搭救?"

那人用毡帽遮着脸，满脸络腮胡子，看不清颜面，抱拳轻言："四哥托我们照顾老乡!"

"新四军?"

那人一点头。脱开黎有望的手，匆匆离去。须臾间，铜哨子声响大作。听闻枪声，租界的巡捕们赶来维持秩序了。

黎有望慌忙脱下上装，迅速钻回车内，抱起那名女人，拦下一辆黄包车，往附近的医院疾驰。

2

来不及了。

急诊医生遗憾地告诉黎有望："伤势过重，病人早已停止呼吸。回去料理后事吧。"

黎有望五内俱焚，兀自在急诊前台阶坐下，泪如雨下。用只有他自己听得到的语言嗫嚅："姐，你的命怎么这么苦啊！"

吕天平和白露已赶来。

见到黎有望，白露心头悬疑算是落了地。黎有望的确真有一个姐姐。这个姐姐也真的是吕天平的老婆。吕天平刚从生死之劫中逃出，惊魂未定。他也坐在台阶上，宽慰黎有望。

两人说话间，白露悄悄翻了翻护士站登记本，记录病人姓名：黎雨萍。

她看了一眼已经死亡的黎雨萍，消瘦憔悴，表情安详。死亡对她而言，像是一种巨大的解脱。见面即为永别，白露无限哀恸，默默把罩单盖上，双手合十，祈祷逝者长眠。

黎有望撸起衬衫袖子，问吕天平："是你们没有甩开跟踪，还是走漏了风声？"

吕天平颇有悔意，"应该是我被特务们给看死了。我不该去接你姐，该单独来见你。"

"我看他们更像是伏击！还是我来迟了。他们在平州就给我下了战书。大意了，是我害死了姐姐。要不是新四军的人，我们就都完了。"黎有望仰头一叹，"我姐最后，神志恢复了没有？"

天空漆黑，变幻莫测，树荫里各种虫子交织而鸣，为悲剧尽力喊叫。吕天平幽幽地说："好多了，她可以回忆起一些往事，一些关键的人和事。也跟我说起过你，你和她，以及你们母亲早年的艰难生活。她还是要我多照顾你。我急着把她带出来见你，就是想给她和你一个相认的惊喜！"

黎有望更是心痛，怒吼明天就带两个炸药包，到公租界极司菲尔路76号去。

吕天平拍拍他的肩膀，"不要冲动，为了平州，为了抗战，得周旋下去！"

一群法租界巡捕来到了他们面前。为首高鼻梁、绿眼睛的法国探长问："你们中谁是黎有望？"

黎有望抹干了泪，疑惑地站了起来。

那个探长说："我是霞飞路巡捕房的探长，雷克麦。多位目击证人证实，你带着一帮枪手在街头与人枪战，当街持枪杀死两人，自损两人。你必须跟我走一趟，回巡捕房调查问话。"

"什么叫我跟人枪战？有人在搞暗杀！"黎有望怒了。

探长肩膀一耸，直陈黎有望开枪杀人是事实，让他必须走一趟。他背后几个越南巡警，拉开了步枪的枪栓。

吕天平站起，"我是受害人。我的律师，可以为黎先生担保。我可以跟公董局司法顾问处交涉。有什么事，由我来承担。"

探长夸张地皱眉，"对不起，吕先生，法律面前人人平等，按程序，他必须跟我走一趟。"

黎有望无可挣脱，被押走了。

翌日上午，白露急不可待，跟着吕天平的律师到霞飞路巡捕房交涉。此刻，羁押黎有望的已经是一位华人警长，姓邓。

律师直截了当地说明："自从76号成立，并与'两统'（中统、军统）交恶以来，一年期间，上海街头这种暗杀、枪击屡见不绝，去年的郁华案、茅丽瑛案、詹森案等都是影响恶劣，无果而终。我的当事人吕先生，首诉76号暗杀他。黎先生挺身保护他。你们法租界巡捕房扣着被害人不放，为什么不去传唤76号来问话呢？”

邓警长矮胖，酒糟鼻头，三角眉。他用细眼瞪了律师，“你想让我去76号拿人？有什么铁证吗？拿谁？我只能押着你的当事人，等候司法处和总捕房的意见。”

“吕先生已经致电过总捕房的华总廖先生，他同意取保候审，放人。”

“可是廖总并没有跟我说啊。他的文，到我这里，还要等几天。既然没有罪，你们耐心等候就是了。”邓警长皮笑肉不笑，眼角余光尽往白露瞥去。

白露着急了，质问，76号一刺不成，还有二刺，吕先生急需保护。你们眼睁睁看着法租界的居民，受到生命威胁吗？

邓警长正色说：“有我们巡捕房在，有我们法华两国的巡捕在，你们的安全，绝对会得到最有效的保证。放心好了。等总捕房的文一到，我立刻礼送黎先生回家。”睁着眼睛说瞎话，完全是拖延搪塞。

律师没有辙了，向白露耸耸肩。按照租界法律，巡捕房确有这权力。

3

文路沟通不成，得来硬的了。

白露低声说：“邓长官，吕先生昨天也打了电话向黄老板求助。黄老板的人查出一些事，连夜送到了吕府。这事，不得不跟你私下透露一下。”

那“黄老板”能是谁？显然是上海滩呼风唤雨的黄金荣。青洪帮的扛把子。连蒋委员长都要拜门子的大佬。吕天平有这个能耐，请他传一句话出来。

邓警长一听，忙请白露到密室说话。

白露拿出一张照片，“昨天下午案件刚发生，你就见了一个人；昨天晚上，你又见了他。这个人是什么身份？他两次找你，第一次聊了些什么事？第二次，他给你送了一根金条。这根金条你没来得及处理，放在家里书房办公桌下地板的暗格里。”

邓警长看了照片，伸手想取，满脸堆笑，“黄老板都肯出面，吕先生的面子倒是不小。好吧，我放人就是了，何必这么大动干戈呢？”

白露瞪了他一眼，暗骂“敬酒不吃吃罚酒”，转身要开密室门出去。到门边，她感觉自己腰上一硬。有个冰冷的东西顶在了腰眼上。是枪。

邓警长全身都贴到了她的后背上，“这上海滩卧虎藏龙，吕天平还排不上前几名。不要在老江湖的地盘上，威胁一个老江湖，没用。除非捏住了他真正的要害。或者给了他无法拒绝的诱惑。”

白露感到无比恶心，挣扎。

邓警长从她怀里掏出那张照片，手嘴配合撕了，“我这人最致命的弱点，是喜欢美色。想要快，别抬出黄老板，直接权色交易多干脆。你要是脱衣服威胁我，我一定会投降的。”

白露怒了，破口大骂。

邓警长一只手在白露的臀部游移，“这里是巡捕房，你喊破喉咙，是想叫巡捕来吗？再喊，我一枪打死你，一枪打死姓黎的，把你们一起装进麻袋，扔黄浦江。我知道你们的来历，两个跟日本人作对的亡命之徒。如果不乖乖听我的，把你们送到虹口日本宪兵司令部去。那时候，你们大概生不如死了。”

白露的内心崩溃了，顿时泪流满面。这更激发了此人的兽欲，他收起手枪，环抱住她的腰。白露拼命挣扎。这时候，密室的门被敲得震天响。邓警长顿时兴致全无，整理警服，“我在审讯要犯，什么事情？”

门外的声音说，公董局司法处送来了特快公函，特批黎有望取保候审。要放人。

公董局是总捕房的上级，法租界最高政府，大老板。邓警长开了门，一个警员带着个中年人在门口等候。的确是一封公董局的函，中法双文，绕开了总捕房直接下达。

邓警长看了手表，“可以放人。不过，根据租界警务条例，我霞飞路巡捕房，有权自裁滞留可疑危险分子二十四个小时。现在，还早着呢。”又要关门。

那中年人把手拦在门上，“鄙人吕天平。江湖儿女，凡事要给人生路。你经手的几个案子的隐情，香港的房子和账户，还有，贝当路45号，你与白俄女人偷偷生的那个男孩子……”

“居然是吕司令亲自出面。公董局、黄老板都能给面子，我一个无名之辈，岂会这么不识时务！只是，您知道的，找我帮忙的那帮人，不好招惹，我实属被逼无奈。我马上放人。”他的脸说变就变，始终不肯说“那帮人”究竟是何来路。

白露出门时，往他的裆部狠踢了一脚，“不要脸的家伙！”

从巡捕房幽暗的禁闭室走出来，阳光如针刺入眼睑，黎有望长叹道：“十几个小时禁闭，算是领教了一下上海滩的杀威棒！”漫长的黑暗里，他一遍遍捋清赴上海的前后细节，于幽暗中见得诸多关节。

吕天平低声说：“快跟我回去，巡捕房门口有眼睛盯着。家里有客人等着。”

几人迅速钻入吕天平新租的一辆防弹轿车，往吕公馆而去。

巡捕房正对门，是一家法式餐馆。万里浪靠着一个临街卡座探看。他把小望远镜交给身边的刘清和，“你的女朋友，韩光义的女儿，白露。是这个女人吧？”

刘清和看了一眼，冷冷道：“是她！”

万里浪点点头，“好，以后平州的‘千手观音’行动，就交给你负责了！努力干，把你的女人抢回来。让李主任看到你的能力。”

刘清和面露诡笑，也有些许苦涩。

第九章

吕公馆

1

吕公馆戒备森严。

这是吕天平长租的法式别墅，由匈牙利籍设计师邬达克操刀。邬达克在上海设计了无数经典建筑，这是一个小作品，依旧把法式元素运用得淋漓尽致。轴线对称的宅第，气势恢宏，使用高贵典雅的米白色，到处是法式巴洛克风格的廊柱、雕花和线条，追求极度的精细考究。屋顶上有多处精致的老虎窗。庭院里长着森森的法式梧桐，别墅四角也巧妙地搭建着望楼。吕天平聘了十来个保镖。这些人多是老175师的兵，还有那些老赣军的旧部，无处就业，愿继续跟着老长官。他们佩着枪械，正四处巡逻。

黎有望不喜欢这栋房子。像个教堂，不像小巧温馨的家庭。

此刻，正厅已经布置好了灵堂，安置着黎带娣和司机小马的遗体。黎带娣尸身以雏菊、康乃馨环绕。非常时期，非常死亡，一切从简从速。没有太多吊唁者，也就没有几个花圈。不能做法事，以防特工渗入。

香火萦绕，黎有望和白露恍惚间都觉得死者尚在人寰。

拜祭完死者后，吕天平直接领着黎有望和白露到后客厅去。

有好几位来吊唁的客人等候着他们。三位男士、一位女士。其中，一男一女是一对白俄老夫妻。

吕天平一一介绍，那一对白俄是李维夫妇，俄裔美国籍，在苏联和美国之间做生意。两位中国男士，一位是平州商会驻上海代表，是个老账房；还有一位是吕天平商号的襄理王怀信，五十岁上下模样，颇具英武之气，不像商人。

王怀信一见黎有望和白露，就起身拱手，“白小姐，黎老弟，别来无恙啊。我们曾经是老对手了。黎老弟蛰伏平州六年，不鸣则已，一鸣惊人，威震四方！”

黎有望迷茫了，“王先生，我们应该是第一次见面吧，怎么就是老对手了？”

王怀信哈哈一笑，“六年前，直罗山，你我各自带着队伍，杀得是人仰马翻。你当时，绝对是恨不得吃了我！”

黎有望浑身一震，“嗖”地挺直了身子，“你，你是，王均如师长？”白露也是一惊。

王怀信点点头，随后做了解释。

直罗山一役，三十路军计划全部落了空，只得向老蒋投降。对于杂牌军的叛将加降将，蒋委员长焉能给好果子吃。削掉了军权不说，按“通共”的罪名，隔离审查了两三年。这期间，中央军被日本人打得丢盔弃甲，顾不得这些人了，才提前释放。队伍没了也罢，白露一篇《驱民作盾　其心可诛》，王怀信名节全毁。只好更名换姓，昨日种种譬如昨日死，算是跟过去道别了。他是由朋友举荐，来帮吕司令做事。

他这一番解释，让当年直罗山的种种往事，都在黎有望和白露眼前一一浮现。

吕天平双眼浮肿，面色凝重，“王兄肯出山相助，是吕某莫大的荣幸。我们曾经杀得难解难分，到头来殊途同归。我们本来就不该打这不义之仗，自相残杀，生灵涂炭，到头来只是一把炮灰。”

客套话说罢，说正题。吕天平告诉黎有望，这一两月间，在西欧，德国把英法两国打得很惨。世界性大战一发而不可收拾。国际猪鬃价格疯涨。商行的沈会计已经帮我们把货给出了。所有分成的货款，也已经到位。王怀信向吕天平介绍了李维夫妇，他们可以通过秘密渠道买到军火。货已从海参崴到上海了，三千杆雷明顿公司产的30年式“水连珠”，乃是美国制造商帮助苏联代工的莫辛·纳甘步枪，还有足量的弹药，百挺机枪。价格极优，算是一种不能声张的国际援助。余下的钱，他秘密采购了些药品。

黎有望一连几天遭受打击，直到听到这个消息才颇感振奋，询问这批军火什么时候送到平州。吕天平说：“今晚，就请王怀信兄亲自押船，去往平州。一路上日伪的盘查很多，我拿到了南京舟先生签批的特别通行令。这次，目标太大，不比寻常货物，不能走莲河口，得从下游日据的清江上岸，抄小道秘密运达平州。”

黎有望闻之，摩拳擦掌。

吕天平长叹，眼角流下泪来，“抗战到了最难熬的时分，真要毁家纾难，舍生取义，我就这么一点薄面，欠了舟先生一个大人情。若说要还，得搭上一世英名。”

诸事已妥当，李维夫妇起身告辞。临行前，吕天平郑重感谢，国际友人能够在最苦难的时刻帮中国抗日军民一把，患难与共，共渡难关。

李维再度为黎雨萍之死感到悲痛，又谈到时局："5月25日，英法联军开始从敦刻尔克大规模撤退，对法西斯的绥靖政策宣告彻底破产。欧战一败涂地，世界性大战是无可避免了。大家对东方战场中国军民孤军抗日，怀有莫大的钦佩与同情。”他跟吕天平保证，如果这次一切顺利，下次可以贷款给他提供军火。

李维夫妇走后，王怀信也告辞，押船上路。黎有望欲跟他同去，被吕天平给拦了下来。“你现在不能去，你若随船，目标岂不太明显了？”

2

后客厅里，只有黎有望、白露和吕天平三人。

吕天平才无限伤感地说，想想自己的戎马半生，就像是一场荒唐的梦。真的想退出江湖，安心做个寻常商人。现在，又不得不把自己搭进世道里去。六年，岁月静好的日子一去不复返了。

“国难当头，求田问舍，你可安心？哪有什么岁月静好，只能挺身而出！”黎有望语带不满。吕天平也不生气，“你在平州挺身而出，你姐姐的命，也搭进去了。”

说起姐姐，黎有望立即蔫了。若非他在平州挺身而出，76号未必这么急对吕天平下手。又或者，他不心怀侥幸，冒险来见吕天平，或许，敌人也不会那么容易得手。

黎有望压抑着悲愤，“我姐恢复神志后，留有什么话给我？”

吕天平看了一眼白露，犹豫片刻，从怀里掏出一个薄薄的牛皮封面笔记本，“这是她的笔记。神志清醒后，她匆匆记录下的。你若想知道，诸多往事就在里面。你若不想知道，一把火烧了它。”

黎有望郑重地接过笔记本，欲言又止，把它揣入怀中。吕天平告诫说：“还是有一句话要送给你，行路千里，阻碍你的，往往不是那些崇山峻岭、深谷险壑，而是你鞋子里的沙子。要小心。张松献地图，给谁不给谁，皆是劫数。”

这话什么意思？值得人慢慢咀嚼。三国时张松怀揣益州地图，自认刘璋势弱，几处寻明主献图，最终挑中了刘备。那么黎有望是刘备还是刘璋？那谁又是张松？吕天平是要告诫黎有望什么，还是纯粹的一个提醒？

黎有望长吸了一口气，道：“知道了，谢谢。我是个光脚汉，根本没鞋穿，一路踩着沙石、瓦砾和钢刀向前走。”

吕天平叹息，年轻人，别人用命给他们铺路，他们却偏要跳火坑。

这郎舅两人说话很快又陷入一种诡异的气氛之中。

管家进来打破沉寂，与吕天平耳语。

吕天平点头。管家随后大声说：“先生，刘小姐来了，把小小姐也带来了。”他十分介意地看了看白露和黎有望。吕天平笑笑，大方地说：“让琴秋进来吧。”

一个女子带着个小女孩怯怯地进了后厅。那个女子三十五六岁，修长身材，穿着一袭锦绣绛色旗袍，杏眼蛾眉，肤如凝脂，长得端庄秀丽。她带着的小女孩也极其伶俐，六七岁的样子，仔细看，很像吕天平。

白露一惊，倏忽站了起来。黎有望面色更冷。吕天平倒大大方方地介绍："这位是《大公报》的记者，刘琴秋刘小姐。她是我的女朋友。那是我的女儿囡囡。她们来吊唁雨萍的。"

白露惊讶得下巴都要掉下来了，一时也搞不清这个"囡囡"，是吕天平和黎带娣的女儿，还是他和刘琴秋的女儿。

吕天平说："白小姐，我并不轻易把刘小姐介绍给外人的。既然你和有望这么熟了，你们认识一下，无妨。"话中的意思，默认了她和黎有望之间有什么关系。

白露的脸立刻绯红，但见黎有望那张越发冷峻的脸，隐约能猜出来，这对名义上的"郎舅"关系为何这么微妙了。

刘琴秋满脸忧伤地拭了一把泪，"听说你带她出来见有望，没想到，她竟然遇难了。歹徒是什么人？"

"还有谁？76号的人。刚刚查到，枪战中被打死的两个人，尸身被李士群的人领走了。亡命之徒，吃人不吐骨头。"说到死人的事情，吕天平的女儿听了，"哇"地哭了起来。

吕天平抱起来哄了一阵子，说："舅舅和阿姨在，囡囡不好哭的哦。"

黎有望依旧面无表情。倒是白露心软，从包里翻出两颗糖来，塞到囡囡手中，“不哭，不哭，阿姨给糖吃！”囡囡吃到了糖，自然开心了，说：“舅妈好，谢谢舅妈！”

这令白露更尴尬，只好望着刘琴秋尴尬地笑，“小姑娘太可爱了。”

刘琴秋哄了哄囡囡，“走，妈妈带你去睡觉。大人谈事情。”

说着抱起了她，从后面的楼梯上楼去。临行前，她拍了一下吕天平的肩膀，说：“你要小心！”

3

白露听到“妈妈”这个称呼，就知道这个孩子是刘琴秋和吕天平的女儿了。那么，黎带娣和吕天平是什么关系？任她想破脑袋也猜不出了。

刘琴秋上楼后，吕天平从沙发旁的一个提包里取出一沓钞票，交给黎有望。

“这里是十万法币，你也拿着，纯粹我个人的一点积蓄。打仗拼的是什么，是装备，是钱。我很担心，汪伪的人不光在上海有所动作，趁你不在平州，一定也会有所动作的，你们明天可以尾随王师长回去。刚才，只是试探一下你的心志。你姐姐神志稍清楚一点，我就把我们面临的局势和你取得的胜利告诉了她。她虽然病痛缠身，仍然为你高兴。莲河一战，打出了中国人的血性。我哪怕倾家荡产，也会支持你到底的。”

十万巨款，黎有望动容，道：“这里也很危险。你应该跟我一起走，赴平州出任江北游击总队总指挥。”

吕天平端起一杯热咖啡，走到窗前，“时机恰当，我会去。我绝对不会在上海出山任伪职的。现在，南京的三号人物舟先生找到我。我们还算是有旧，暂且跟他虚与委蛇。这怕也是最后通牒了。我在这儿能待一天是一天，尽可能地为你多做点事。回去，找本道光十五年版的《平州县志》，它是我们联络的密码本。”

吕天平朝黎有望挥手，示意到窗户边。他拉开厚实的黑天鹅绒帘，努嘴。黎有望略探头，对面一栋高大的公寓楼，可见夜光之中影影绰绰的人形。这里，也被人严密监视着。

吕天平喝光了咖啡，“我跟舟先生请求，再给我一些时间考虑。这一段时间内，我应该是安全的。你姐和小马的遗体明天送殡仪馆。你和白小姐跟着走，躲在灵车上。你们不能到殡仪馆。那里肯定也有特务。半路，车子会以采购白绢的名义，拐到永利纱厂停一下。你们在那里下车。有人会接应你们。永利纱厂现在被日本人军管，没人敢去盘查。厂里有一趟棉纱，明天要送到苏州纺织，你们上那辆卡车，到苏州再过江，抄小道回平州。你已经在巡捕房被拍过照，估计现在出沪的各个交通路口，都会有汪伪的人查你的。”

黎有望点了点头。金蝉脱壳，的确是滴水不漏。

此时此刻，刘清和正与一个狙击手，伏于吕公馆对面一栋法式旧公寓的阁楼上。

监视这活很熬人。阁楼里充斥着一股陈年的霉味，犹如地狱深处的气息。

刘清和放下望远镜，看了看手表，“半夜，吕天平都会到二楼的露台上抽烟。时间应该快到了。到那时候，一枪干掉他。”

狙击手紧握德国98K狙击专用步枪，配蔡司八倍瞄准镜。有夜视滤镜。世界第一流的狙击装备，一击出膛必杀。他屏住呼吸，拉动了枪栓。

突然，阁楼房的门被推开了。刘清和来不及拔枪，就听到万里浪的声音，“不许开枪！”他闪身进来，摘下帽子，有点气喘吁吁，

“舟先生刚来电，恐吓目的已经达到。吕天平动摇了。让他先活着，看情况再说！”

刘清和瞬时泄气，“黎有望呢？他可是皇军的敌人。何专员不许杀，让他大摇大摆离开上海？”

万里浪知道刘清和立功心切，又联想到了白露，不由阴险地笑了，“我是舟先生的人。何专员是褚先生的人。舟先生没提到姓黎的。你自行决定吧。”

刘清和拿出一张照片，对旁边的狙击手指示，见到这个男人，只要露面，一枪打死。正是黎有望在巡捕房被拍下的照片。

狙击手看了一眼，点头。此刻，透过蔡司八倍镜，他看到，二楼的露台上，吕天平独自一人走了出来，对着天空舒展了一下胸廓。没有抽烟，随即转身回去。

无风，弹着点清晰，绝好的狙击机会。狙击手不情愿地把手指从扳机上抽了出来。

第十章

莲河劫

1

天不亮，黎有望和白露早起，最后一遍拜祭完黎带娣。姐姐遗体前，黎有望郑重发誓，有口气，都要挺着，向日伪报仇。

随后，他们随灵柩一起，躲入黑漆漆的灵车内。灵车出吕公馆，七拐八弯，行至某处停下。几个工人迅速搬了些白绢到车上。其中一人，趁机丢了两件工装上车。两人换装后下车，随工人一起往纱厂仓库内走。经指引，闪身上了几辆正在装棉纱的卡车中的一辆。

两人挤到一个特制木箱里，木箱挨着卡车厢板，有几个透气孔。木箱就被一堆一堆的棉纱给盖住了。

眼见灵车入了永利纱厂，却因日本人军管无法搜查。刘清和盯得再紧，再知道其中有蹊跷，也是束手无策，只好捶打盯梢汽车的方向盘出气。

灵车又开出，向殡仪馆而去。随后，一车一车的棉纱运出。沿途果然见警戒加强。进出关卡前，大批特务临查。见是运送日军军用棉纱的车，也不敢多问。

黎有望和白露两人在黑暗中鼻息互闻，不断地摩擦碰撞，都不约而同绷紧了身体。在这样一个狭小的空间里，要说没有点生理反应，那是不可能的。

车到苏州下了货，两人也被放了出来。都有些不自然。

司机告诉他们，船码头就靠着下货点不远，他们可以迅速上船往江北去。江北的日伪军势力还薄弱，走起来相对安全得多。黎有望要拿些钱来酬谢司机，那司机直摆手，“为打小鬼子，我们没有胆子像胡阿毛那样壮烈，但是帮抗日这点忙，义不容辞。”胡阿毛是一个普通上海司机，载着一车日军直冲入黄浦江，以身殉国。哀鸿之中，国人精神皆为之一震。

白露赞叹吕天平这套应急撤退路线，精心设计，布局周详。听白露这样夸奖，黎有望有点闷，说吕天平这人确定一个目标，会千方百计地干，绕很远弯路去干，能屈能伸地干，边干，还边留退路。“我喜欢直来直去。不如他。”

两人目送司机开车离去。

黎有望倏忽有所思，浑身汗如雨下，“换衣服的时候，光顾看好钱，姐姐的日记本给弄丢了!”他连拍自己的脑门，骂自己“废物”。

经过几个小时肌肤相亲，白露莫名地跟黎有望熟了很多，安慰了他，忍不住又说:“后悔也没用，好歹人走出来了。我实在好奇，你姐姐生前得了什么病啊？吕先生，他怎么会和那个刘琴秋……”

“你憋到现在才问我这个事，还真是挺能忍的。”黎有望感叹，“他跟我姐的关系，对我而言也是个谜。你在平州这么久了，应该或多或少知道一点我的身世。我和我姐都是苦命人，从小就分离了，我姐记得住我，我对她印象却不多。十几年前，吕天平带兵回平州，找到我时，跟我说他是我姐夫。说我姐不慎遭遇土匪的流弹，命留着，魂不在，重度昏迷。他送她去上海诊治。她曾嘱托他照顾好我。我家贫，但想读书，信了他的话，听从他安排进了军校。我以为我姐命不久矣，没想到上海的美国外科医生医术极高，把她救了过来，只是神志难恢复如常。吕天平就一直养着她，坚持帮她治疗。”

白露恍然大悟，眼眶湿润，感叹人生无常。见黎有望依旧不快，她怕自己话多了惹他烦，就此打住。

两人在沉默中上了跨江的航渡船。船一直北开，许久才入长江。

船行江中，又见江水滔滔，浪奔浪涌，似一支浩荡队伍。黎有望凭栏抽烟，心中酝酿了许久，主动找白露搭话：“我姐是个半废人。其实，他吕天平想再成家立室，我并没什么意见。旧派人物，三妻四妾也是寻常。只是，刘琴秋也不简单。她是三战区顾长官的表妹。吕天平怎么认识她的，我不知道。我看，他们显然不只是成个家这么简单。”

白露是第一次听到黎有望这么说吕天平，拿捏不准该不该附和他。

黎有望继续解释，就因刘琴秋的关系，第三战区才肯给“游击总队”番号。是花了二十万从顾长官和重庆手里买来的，不折不扣的裙带关系价。“国难当头，大敌当前，这帮官老爷还腐败如此，我民多苦。纵然胜利了又如何？山雨欲来风满楼。这趟上海跑过，收获很大。至少能知道，豺狼虎豹开始打平州这块肉的主意了。这个复杂的局面，我不知能不能扛过去。”

风声涛声，一江水月，嚼呟如英雄沉吟。

白露也是第一次见黎有望这么悲观，有种无奈的孤独感。她忍不住伸手抓住他粗壮的胳膊，“别泄气，光明会到来的，只要你心中还有光！”

黎有望触电般一震，看了她一眼，“谢谢，你就是光！”目中无限温柔。

2

天色渐亮，船到渡口。到江北后，黎有望和白露择渡口附近镇子上的旅馆休息。翌日，贴着江边公路往平州去，凡遇到日伪据点都绕行。走了一日，过了清江县。去平州有三条路。黎有望与白露商量，还是选了最短的，也是最险的那条。按照吕天平手绘的示意图，是尾随王怀信的秘密运枪线路。

为了赶路，黎有望索性于沿江的曹家口镇买了两匹马。

江北的沿江地带颇平整，河汊甚多，偶尔还会有一两处矮山丘陵。人间四月天，说变就变。他们两人开始赶路时，天气还晴朗，偏偏骑上马，就开始下雨，一路苦不堪言。转眼快到平州县境内，沿着一座高不足百米的小山丘绕行，白露的马蹄下打滑受惊，把她摔到了一条湍急南流的小河里。

白露尖叫着抓住岸边湿漉漉的树枝，黎有望慌忙跳下马，到河边拉着白露的手。两人拉拽的状态僵持了很久。细雨之中，白露说："黎有望，放手，赶回平州。我会水，大不了游到长江里去。"

黎有望如何会放手，拉不住白露，索性跟她一起滚入河中。白露的确是不怎么会水，扑腾了几下，还是往下沉。黎有望水性好，拼尽力气拉着她往河边游，两人漂到下游对岸一处平滩，狼狈地上了岸。马匹还在对岸，只好放弃。

绑在身上的钞票并没有丢失，千幸万幸。黎有望和白露找到一户农家，给足了钱，就着炭火，烤干了衣服。一场生死虚惊，等主人把两碗热腾腾的小米粥端到面前时，他们不由自主地相视一笑。问清了主人现在位置，正西方就是莲河镇了。

翌日，黎有望出大价钱买下了主人家的驴车，拉着白露向莲河镇去。白露跌马落水，浑身上下从脚踝到手腕，多处有伤，不便行走。

还没有到莲河，他们就遇到几个士兵在路口设障盘查。士兵见人来，举枪盘问："你们是谁，哪儿来的，去哪里？"

黎有望大喝道："我，平州抗日救国军司令，江北游击总队副指挥，国军少将黎有望。"

领头军官一听，冷脸相向，道："我们等的，就是你黎司令。"

几个士兵蜂拥上前，围住了他。另两个，居然用枪指着躺在驴车上的白露。

黎有望和白露二人受胁，直入莲河镇上原日军要塞。

要塞并没大变，门口高悬的膏药旗换成了青天白日旗。挂着白板黑字的"抗日义勇军司令部""平州民团训练总部"两块牌子。里里外外站着很多丁部士兵。

要塞院内堆满一箱一箱枪支弹药。黎有望一惊，枪支弹药难道都被丁聚元给劫了？

见到黎有望，丁聚元笑脸相迎，"黎司令，又见面了。你有胆，敢孤身犯险，丢下偌大的地盘不管，去上海弄军火。"他从军火中取出一支崭新的莫辛·纳甘步枪，拉大栓，赞“好枪”。

黎有望想及新化，丁聚元与自己搏命，心中满是不快，哑声道：“我在新化救了你的命，你把我的军火给劫了。农夫与蛇啊。”

丁聚元摇头表示，三千支枪挺让人垂涎欲滴，但吕司令走的货，他不敢要。大义不能失，不能利令智昏。他又从军火中翻出一支日军“三八”步枪问：“敢问黎司令，这四百支老枪又是谁赠的？”

语气不恭，黎有望鄙而不语。丁聚元压低嗓子：“江那边的新四军送你的吧？”

黎有望扬眉反诘：“是又如何？我的枪过莲河，要看你老丁的脸色？”

丁聚元掏出一封信，塞到黎有望的手上，低声说：“韩光义已经全省悬赏通缉管蔚然了，老兄还给他那么多的军粮？我这个民团主任，视而不查，等于同谋！”

是管蔚然写给他的信。管蔚然洋洋洒洒，热情洋溢，对黎有望肯出手相助，代表新四军军部表示由衷的感谢，觉得“黎司令与我党颇有渊源，能继续携手合作，抗日御敌”。希望以后，能借黎司令之地利，继续获得有力的支持云云。

信，定然是回船时，随枪支一起带给他的。书生意气。简直是一封能让黎有望速死的信，抑或是新四军的统战策略？

信本秘藏于船夫油纸包的枪匣内。丁聚元做过宪兵营长，搜查眼光如炬，翻倒了出来。显然，管蔚然和黎有望没想到，丁聚元有胆敢劫下枪支和信件。

3

黎有望凛然不惧，“国共合作，我卖点粮给新四军，不为过吧？管蔚然自说自话，我黎某听不听他，还当另说。”

“不为过。作为平州民团训练主任，我的职分，应该把这件事报知省政府。”丁聚元摸出火柴，点了支纸烟。

“韩光义给你个鸡毛，就当令箭。一个空头主任，你就甘心当狗！”黎有望鄙夷至极。

丁聚元兀自从黎有望手里取回信，以火柴余烬点着了，燃为灰烬，长叹道：“我这个主任，是国民省府任命的，不是韩某私授。或者，我若占得平州，这个主任就不是空头了吧？黎爷，你有恩于我。这回，一把火，两免了。但平州，我可要讨回来了。”

白露被两个兵带来了。准确地说是押来了。一瘸一拐地走，远远就骂："丁聚元，王八蛋！"

见白露，丁聚元就讪笑，道："大小姐，你好好的大后方安全地带不去，跟着黎有望跑前跑后，三番五次救他。若非别有用心，多半是看上他了。黎有望私通共党，无论是韩主席还是重庆那头，都是死罪，没前途的。你不如随了我，我辅佐你做抗日义勇军司令。我们一起拿下平州。这些枪，都算我的聘礼。"

"打劫来的东西，你也有脸说聘礼！土匪，恶心！"白露满脸的鄙夷和仇恨。丁聚元也不恼。

"今天瞧不上我丁某，改日你一定会高攀不起。"丁聚元笑了，"明明是我的平州，被别人劫去了。既然大小姐铁了心要随老黎，我试试一对鸳鸯的成色。跟韩主席学一手，真枪实弹地试。算是以其之道，还施彼身。"

丁聚元还动真格的了。他命人取出两个斗彩鸡缸杯小酒盅，逼黎有望和白露顶上，距离百米相对站着，又给他们手里各塞了两把枪，说明枪里各有一颗子弹。谁先谁后随意，只要都打碎对方头上的酒盅，黎有望与新四军勾结，他权当不知。枪，人，平州，都不会碰一个指头。做不到的话，非死即伤。给的枪是两把日军南部式手枪。日本人仿制德国格鲁手枪所造。因为工艺跟不上，准头极不靠谱。

黎有望想起新化那晚的互搏。丁聚元怕是没从那个阴影里出来。他鼻孔喷出满腔不屑，拿起手枪，掂量分量，从容地调校好照门、准星。任何孬枪，一入黎有望的手，都是神枪。有生命，长眼睛，指哪打哪。黎有望成竹在胸，毫不犹豫举枪。对面的白露握着枪，手在颤抖，已是泪流满面。

丁聚元的士兵们都聒噪起来，叫道："开枪啊，开啊，快开枪啊！"

容不得犹豫。黎有望举起枪来。"啪"一击，箭穿杨柳，白露头顶的酒盅碎如齑粉。子弹沿着酒盅上口通过，除了瓷片碎屑落下，白露毫发无伤。

白露注视着黎有望，一动都不动。枪响时，她本能地闭了眼。睁开眼睛，黎有望在冲她点头。所有人"嘘"的一声，既为黎有望的好枪法赞叹，也为没有打中白露而扫兴。

丁聚元并不意外。他慢悠悠地抽出自己的盒子炮，用粗麻布继续擦拭，耐心等着白露开枪。

白露会开枪，射击成绩也不孬，但远远不可能百步穿杨。这点，她自己最清楚。枪口对面站着的还是黎有望。她手腕受了轻伤，尤其无力，平举起枪来，不停地抖动。叫嚷声一浪高过一浪。黎有望从容地说："不要怕，拿稳了，准星偏上一点。不要怕，开枪吧!"

白露感到了天旋地转，脑子里皆是黎有望额头中弹倒地的场景。轰鸣与喧嚣。

终于，"啪"的一声枪响了。白露一动不动，黎有望也一动不动。白露的手枪指着自己的太阳穴。黎有望头上的酒盅却也碎了。

众人目瞪口呆。

丁聚元吹了一下枪火，收起了自己的盒子炮，自言自语："看来，老黎，你啊，没有韩大小姐对你情分深啊。"刚才那一枪，其实是丁聚元击出的。

白露放下枪，拉出了弹匣，弹匣里只有一个空弹壳。

黎有望拍净顶上碎瓷，克制住自己，没有去抱住白露，冷冷道："丁聚元，你这一把，玩过了。要是这枪里有第二颗子弹，我一定崩了你。"

丁聚元收枪，反问："玩过了吗？我怎么觉得我是在帮你？把人带上来！”

两个人被带上来。黎有望转身一看，第一人是王怀信，余下一人，眼熟却不认识。王怀信被五花大绑。

“此人自称姓王名怀信。吕记商号的襄理。鄙人宪兵出身，有个过眼不忘的本事。怎么看他都眼熟，见过照片。猛然才记起这不是当年在直罗山，跟我们死磕的三十路军王均如嘛！兄弟们的噩梦，都是从直罗山来的。”丁聚元愤恨道，“当年，王均如为什么豁出命跟我们打？过了直罗山，他要往盘马涧去与红军会师。我们得到可靠情报，他是个共产党！”

黎有望提醒丁聚元，弄清楚自己是民团主任还是宪兵营长。时至今日，还走不出直罗山。太可笑了。丁聚元则提醒他小心被共产党把队伍拐走了，那时候，韩主席可不认什么女婿，必定是杀无赦的。

黎有望不以为然，告诫丁聚元，他的队伍里必定混入了奸细。

第十一章

平州乱

1

“既然黎爷关心我这队伍里的奸细，不妨来帮我甄别一下，看看这个奸细的成色。”

丁聚元用枪口指着那个民团打扮的人。此人也是丁聚元的部下，黎有望脸熟。“他叫侯三。是一大队的大队长。我让他看着莲河。这家伙倒好，寻了部日军留下的备用电台，给日本人发了电报。当我丁聚元是个二傻？老子受训过半年的电讯。”

那侯三哆哆嗦嗦，扑通跪下了，“大当家的，我真是发着玩。我压根儿不懂什么电台。”

丁聚元一脚踢翻侯三，掏出一大把的电文纸撒下，“还他妈不老实，肯定是奸细。这一堆电文稿，还不够吗？你跟日本人说了什么？不说，我把你的肉一块一块切下来。”

黎有望这才记起，当日丁聚元劫城，侯三带着余匪随之盘踞观音庙。第一拨抬着桌子出来的人，就有他。那个身材瘦削、烟熏黄了牙的匪。

果然是冤家路窄，难怪眼熟。

那侯三求饶，“我说。我是76号‘千手观音’计划里的，代号‘善财’。不是跟日本人通电，是向上海总部通报黎有望赴沪，向南京通报黎有望暗通新四军。建议在上海解决黎有望，南京方面趁机出兵拿下平州。大当家的，我是为你好。和平建国军和皇军就要来了，大丈夫，当做个抉择。一枪毙了黎有望，弃暗投明，我保你一个少将。不，中将。”

这是赤裸裸的攻心之计，76号果然非什么善茬，布局之速之深，令人心悸。

丁聚元将枪指向黎有望，侯三顿时面露喜色。

须臾间，众人皆屏息。白露、王怀信大惊失色。

丁聚元仰天长叹，“侯三啊侯三，妈了个巴子的，还真是个奸细！老子真的不懂什么电文。要不是你这么急吼吼建议，趁着黎有望不在出兵平州，老子还真没觉得有什么蹊跷。‘善财’，见你的阎王去吧！”丁聚元反手一枪，毙了侯三。

“留活口！”黎有望想拦都拦不住了。

丁聚元强行留客，把黎有望请到了莲河镇望江楼上，号称压惊，设宴请客，变相羁留。莲河倒是被丁聚元治理得井井有条，商铺皆营业，往来人如梭，货殖繁盛。丁部人马荷枪实弹，四处巡逻，与民众秋毫无犯。小小一镇，当此战时，治理得比王文举时更有生气，令人啧啧称奇。

望江楼所订之房间，正是黎有望等人冒险击毙山本及小渊的地方。恶战惊心动魄，诸多细节，历历在目。仅仅月余，却似隔着千年一般。

莲河镇的百姓都说，黎司令杀鬼子、救百姓的英名，要刻在石头上代代传下去。望江楼的厨子们听说黎司令要来，个个拿出绝活，备出一桌上好酒菜来。黎有望心急如焚要回平州，但深感一方乡亲的厚谊。

开宴吃饭，黎有望直截了当地问：“丁主任，吃完这顿饭，你准备送我上路，还是送我上路？”

丁聚元说这么好的酒菜，不急，边吃边等。

等什么？

丁聚元道：“等探马来报，我再帮你做定夺。怕你冒冒失失回去，把命枉送了。”

吃饭。果然是上好的滋味，长江白条，半尺长，以清汁浇淋，取一个头鲜；四鳃鲈鱼，佐以浓汤葱蒜，吃得一个嫩；松鼠鳜鱼，油炸逸香，扑鼻沁酥，取得一个脆；笼蒸的江鲟，蒜瓣白肉，更是集鲜嫩香于一体。

丁聚元大快朵颐，催着黎有望动筷子，说：“佳肴酬英雄，我就不吟诗了，吃足了要紧。今日尝四美，明日战死殉国也值了。”黎有望安坐不动。

2

丁聚元知道自己吃相不好看，搁下筷子陪黎有望说话：“黎爷，你一直反间谍、抓间谍，抓着蛛丝马迹了吗？什么人到我眼前，稍稍露下屁股腚，我就知道有没有鬼。这就叫专业，宪兵专业。你不服不行。倘让我平州主政十天，不，五天，保证把76号、日本间谍、军统、中统、共产党全认出来。”

黎有望冷笑，提醒他侯三卧底可不是一天两天。

丁聚元剔牙，笑，“侯三的上下线肯定在平州城，他们要找你的梁子，不是我。还有，你告诉黄开轩，他留在我这边的几个耳目，我不是不知道是哪几个人。向你通风报信的事，他们没少干。不过没关系，自己兄弟互相通通气，也罢了。”

黄开轩反水，投了救国军，的确还留着几个老部下在二龙山，探听丁聚元的动静。黎有望一怔，嬉笑，嘬酒一口，“好酒，难得糊涂。”

一个士兵气喘吁吁上了楼，手里还拎着黎有望的钱袋子。径直到丁聚元身边耳语。他从部下手中接过袋子，打开了看，是一沓一沓的钞票，“老黎啊，这钱是你从上海弄来的，是第三战区拨给的?”

黎有望一瞥，喝酒不语。

丁聚元哈哈大笑，“命啊，命中注定你老黎就是干活跑腿的。你看，你费老鼻子劲给那些官僚磕头，千辛万苦从上海拿来的这点军费，全落我手中了。”

黎有望解释，姐姐姐夫自己攒的钱。“因为抗日，我姐姐把命都丢了。”丁聚元肃然，把袋子扎了起来，丢给黎有望，“毁家纾难，老兄节哀！这钱，我不昧你的。还奉送你一个消息：刚刚潜往南京方面的探马传来消息，阵前五十公里发现和平建国军开拔，两个旅的兵力，朝平州奔袭而来，急行军。”

黎有望脸色为之一变。丁聚元继续爆料，侯三说过，今天平州会有兵变。这几日，他一直撺掇丁聚元趁机攻入平州。侯三平时是十棍子打不出一个主意的闷货，突然透露这些，丁聚元自然怀疑。“现在看出来了。平州是蝉，他是要我去做螳螂，他身后的和平建国军是黄雀。”

“老丁，快让我回平州。龙肝凤髓，我也咽不下了！”

“急什么，让子弹先蹦蹦嘛！我要是你，一定好好吃完，谈谈出兵相助的筹码。”

黎有望起身，负手逡巡，解释，平州现在是烫手山芋，谁都握不住。汪伪盯着，韩光义盯着，日本人盯着。好似三国时陶谦、刘备守着的徐州，不乱则已，一乱，必有虎狼来顾。

丁聚元见黎有望去意坚决，拔出自己的佩枪，隔空甩给黎有望。

黎有望隔空接过，起身就要走。丁聚元抽出另一支枪，“咱兄弟，就不作兴吃个安稳饭了？弄不好，这是最后一顿。楼下就有一匹快马给你备着，吃完再走。”

黎有望慢慢坐下，把枪拍在桌上，问丁聚元想怎么处置白露和王怀信。

“平生只流两行泪，半为苍生半美人。”丁聚元夹起块鱼头，叹息，“黎爷，白小姐对你情深义重，宁可自己死，也不冒险射你。你何德何能，几世敲木鱼得来这天大的福分！她手脚受伤，我留她多待几天养伤，好吃好喝好招待。探马回报，平州乱了，不要拉她随你去犯险。”

是要扣押白露做人质，还是真心不想让白露犯险？

黎有望抓起酒杯，一饮而尽，“好，拜托了！”

“你孤身回去，真不用跟我借兵？”

“不用！”

丁聚元派出的探马，给黎有望带来了最新的线报：汪伪的和平建国军派了两个旅，称一个师，急行而来。领兵指挥的，是从莲河死里逃生的“英雄”赵汉生。

汪伪政府军事力量的整编事务，尚未就位。和平建国军把苏浙皖各地杂七杂八的投降军队收罗起来，也不过五万人。暂名为苏浙皖绥靖军。因紧缺军事指挥人才，故拉拢似吕天平这样的下野旧军官，是汪伪迫切所为事。

吕天平被蒋弃用多年，推脱不入彀，无非仗着平州还被他小舅子黎有望控制着。

有王文举背锅，赵汉生回到南京后，汪精卫听任援道汇报，感念其“忠诚”，手书“烈火真金，赤诚可嘉”，给予重用，从少校跨三阶提拔为少将，命担任维阳绥靖区副司令，布防平州一线，以翼运河防线。昨日，他突然收到一封命令，乃绥靖军总司令任援道手书，“上海特工总部最新情报，平州有乱，你部速至其边境，观其动态。若可轻取，果取之。若其依旧，则按兵以待皇军部队协同解决，或等我方深入工作。”

接到这份密令，赵汉生头皮一阵发麻，既欣喜又紧张。他和黎有望交过手，自己一条命差点送在他手上，极想报仇雪恨，却也忌惮他的厉害。军令如山，他还是指挥所部两个旅匆忙上路，往平州城和莲河镇中间线的方向进发，静观其变。

3

天未放亮，平州城内突起骚乱。火光四处突起，枪响初如炒豆，随后数人在火中大呼：“黎有望死在上海了！”

按惯例，县法院推事陈世瑜早起去办公，突遇一伙士兵。他们皆是救国军装束，胳膊上缠着黄束带。陈推事喝问：“你们想干什么？”有人叫嚣：“黎有望，他死在上海了。平州我们得拿下！”一声枪响，陈世瑜捂着大腿，倒在血泊中。

大股人马冲击县政府。目标明确，控制县衙，控制全城。

黄开轩在慈云寺内坐镇值守。有士兵跑进来惊呼：“黄副司令，有兵变！”细问之下，有几十号新兵不听劝阻，突然擅自带枪出营。留营里的其余士兵，不敢妄动，等黄开轩回去命令。寺庙外传来噼里啪啦的枪击声。

黄开轩惊呼：“坏了！”一跃而起，骑辆自行车出慈云寺后门。抄近道，飞驰向西北角。行至宽良街，一个冷枪，黄开轩头一扭，身子一缩，子弹擦中肩膀，他摔下车来，正倒在绿柳晴旅馆门口。钱掌柜正取标牌擦拭，见街那边有士兵影影绰绰，一惊，匆忙把黄开轩给拉了进去，紧急包扎。

黄开轩见老钱包扎手法熟练，伸手按住，道：“钱老板，我可自行包扎。你马上电话通知营内，打军秘3号线，报密字522。要朱子松把所有兄弟拉出来。”钱老板照办。

很快，朱子松带一队士兵来到“绿柳晴”门口。

朱子松见黄开轩，吼：“是长江义勇军残部搞事，趁着轮防时机造反！他们说，黎司令死在上海了！”

“放屁！黎司令秘赴上海，他们怎么知道？这是奸计。”黄开轩问清了造反士兵的人数、主攻方向、火力配备后下令，“抬我出去，往小校场，让城内的弟兄们集中。派人出城，通知叶桂材，把城外野练的兄弟和重武器一并拉进来。”

一早，商会会长程颂平收到上海通报，货物、货款已经与吕天平、黎有望交割，钱已经赚到口袋了。他心情大好。正此时，管家通报有救国军士兵求见。程颂平心中奇怪，难道是黎有望分到账，还不满意？让速请进。管家尚未出门，就听得士兵喊：“程颂平私通共匪新四军！”

他们拥入内厅，不容分说，把程颂平押入庭院，一枪击毙。

城内枪声大作。老管家向唐经方询问，是否从暗道遁走躲避。

唐经方抽着雪茄，表示不急，看看。问会中兄弟在不在。管家说都在。唐家握有青洪会分舵的龙头杖，话事江北。小小兵乱，不至于怕成这样。

唐经方笑笑，“关键时候，自己养着几条枪才有用。我看黎有望奇骨贯顶，是乱世枭雄。可惜隆准有破相，山根显凹陷。这一劫怎么渡，真不知道了。不过，他应该不是短命之人。”

大清早，詹耽敏会长喝足早茶，让丫鬟捶腿，点折听戏。家中蓄养的头牌枕月，唱《岳飞》。

这浑身酥软的戏子，女旦男腔唱岳飞，别有一番风味。精忠报国，冤死风波亭。枕月清唱，乃是淮剧。

长子急匆匆地跑进来报：“爹，不好了，城内救国军起内讧，喊黎有望死了，我们是不是去乡下避难？”

詹耽敏眯着眼，抚着白胡须说：“嗯，动手了？程颂平不顾农会的利益，跟唐经方搅和起来，吃独食。该死。莫慌，城头换一面大王旗罢了。平州，永远是咱詹家的平州。”

枕月兀自唱着《岳飞》：“十二道金牌令我还，我打马加鞭心如焚，大好河山，再送金人，风波亭边风波骤，不知祸福在前头……”

第十二章

定风波

1

晨曦如血，洒落于平州城中。注定是个吞噬血肉的日子。

徐永财领着二十多号警察，在警察局与三十多号叛变士兵对峙。有个人喊：“徐局长，黎有望早死了。我们可不是逼你，你得出头！”

徐永财急躁，骂：“你们当是搞武昌首义呢，逼我当黎元洪？”

那些作乱士兵就喊：“不答应？我们可保不住你的安全了。”或者，“县政府已经被我们拿下了。你若不出面，我们连府里人都宰了！”

“黎司令真死了吗？你们怎么能确认他真的死了？”徐永财反复

追问。

一个老警察俯到徐永财耳边密语，昨晚就开始有人传，黎有望秘赴上海，与新四军交易军粮。风声走漏，汪伪、日本人、韩光义都派出人去杀他。三路人马往他身上打了六枪十二个窟窿。有鼻子有眼。

徐永财一惊，心道，什么交易军粮?！他竟一无所知。眼下情急，他扯着嗓子喊:“起义的兄弟们，兵谏的用心，我了解了。为了平州，可以考虑。”

两人骑着枣红马，驰骋而来。两支枪不断向天空射击。正是黄开轩与朱子松。

黄开轩面露杀气，怒吼:“黎司令出城野练。你等溃兵，被我们收留，竟然要反。放下武器，回到本队。再有交头接耳者，不服从者，就地枪毙!”

几十杆枪指着黄开轩，他凛然不惧。他身后，“橐橐”之声从街巷深处传来。是大股部队出营镇压了。

徐永财见势不妙，话风说变就变:“你们这些叛兵乱卒，赶快投降。不然，本局长把你们统统抓到号子里去，关起来吊打!”

“去你的，狗汉奸！”一个士兵喊。

很多人附和，说道：“黎司令没死，请让他出来见我们！鬼子打过来，我们得有个领头的。不然，平州，就是三年前的南京城。”

黄开轩眼前闪过南京城内的尸山血海，心中一凛，喊：“跟我出城，去城南野营里等黎司令回来！”叶桂材的突击队已布下了口袋阵，只要出了城，这帮叛徒，就是插翅也难飞了。

这些叛兵信了。有人掏出手枪向天空一射，一枚红色信号弹腾空而起。其余的士兵簇拥着黄开轩向城南走。参与叛乱的一百多人，如涓流般汇集，挟持着县政府若干公务人员，也挟持了四大家族中的宋醒吾。其余救国军骨干，由朱子松和罗耀宗率领，包围了叛军，跟着向城南走。

出南城门不久，叶桂材带着突击队呈半月形包围，41山炮和重机枪都已架好。黄开轩向叶桂材及朱子松都打了手势，示意相机行动，杀无赦。两人各自点头。

一千二百多人走在城南官道公路上，静默无声。不知不觉，细雨迷蒙，如落泪，如滴血，如天公喑呜。叶桂材的大炮和重机枪都开了炮栓和保险，士兵们都把刺刀装到了步枪上，随时准备一场血肉搏杀。杀与被杀，只在一息。

对峙，生死对峙。

入晌午，天色阴郁，风卷着渐渐变大的雨滴，如子弹一般，打在众人的身上。十几个人质被迫跪在雨泥里。徐永财突然杀猪般呼叫:“老天爷，不关我的事！黎有望回不来，与我何干?”

官道上突然传来了“嘚嘚”的马蹄声。

一个声音从人群的角落里传了出来:“黎司令回来了!”

一传十，十传百，百传千，瞬间就是滚滚声浪。在雨中哆嗦的人质，瞬间破涕为笑。士兵们也在挥舞刺刀寒亮的枪。

黎有望在马上不断地挥鞭。那匹骏黑东洋高头大马，鼻孔内喷吐股股热气。在众人面前，他一把勒住了缰绳，拔出那支驳壳枪，甩动枪托所系之红缨。黑马腾空踢了前蹄。他向天连开三枪。枪声如黄钟巨镛，震慑人心。

黎有望策马一圈，睥睨众人，大叫:“兄弟们，拿起枪，跟我打狗去!”

士兵们发出雷鸣般的吼声:“打狗去!”

黎有望率领着平州兵，如群狼一般浮出地平线。平州兵并未冲锋，皆伏入堑壕，遁入地下。远远地，只一个领军，单骑着黑马从军阵之中突出。

赵汉生放下望远镜，长吸了一口冷气，对身边的参谋长说："南京传的什么情报？幸亏没冒进到平州城下！"

到底打还是不打？参谋等着赵汉生的一句话。

"打个屁，黎有望还活着。佯攻暗退！"赵汉生感觉黎有望也瞧见了自己，头一矮，慌忙躬身到堑壕里退走了。

双方最终交上了火。和平建国军火力初时很猛，暴风骤雨，渐打渐弱。

朱子松请示打冲锋。黎有望放下望远镜，否决，道："他们不想打，在迷惑我们。平州新乱，我得回城去，须防祸不单行，把城防安定了再说。他们明攻暗退，我们就明守暗撤。"

两军虚虚实实打了一仗，互相皆无一伤亡。

回到平州城时，天已透黑。

参与叛乱的士兵已被黄开轩清点出来，集中于小校场。凡一百三十九人。

救国军余部举着几百束火把照明。烈火灼热，小校场亮如火山口。十挺机枪架起来，黎有望端坐在一把太师椅中，问："谭震东司令在世时，也曾是一条汉子。因为他，我才收留诸位。抗战条例，炸营叛乱者皆枪毙。你们不知?"

几个娃娃脸的士兵吓得哭号了起来，纷纷下跪。几个老兵斗胆说："有人传谣，说司令死了，我们得自救!"黎有望就问，传谣源头是谁?

这群士兵开始自行报数，点人头。最后发现，传谣的三个排长都已趁乱溜走了。要拿肇事的元凶，还真的无从拿起。

"跟从作乱者该怎么处置?他们打伤陈世瑜推事，枪杀程颂平会长。"黄开轩低声问，"司令，按照国军军法，是不是统统处决?"

黎有望深思良久，终举起左手。十个机枪手迅速拉栓，打开保险，只等他手放下。

"这些兄弟来投奔我，是为了活路，不是为了死。为了抗日，不是为了效忠黎某人。黎某秘赴上海，也是九死一生。大家都回营吧，爹娘养大不容易。命要留着，跟小鬼子拼!"

话一出，所有颤抖的士兵泪如雨下，当即下跪口呼重恩。

“黎兄，慈不掌兵。杀伐不断，怕后患无穷。”黄开轩摇头叹息。

黎有望道：“临到要杀人，我脑子里总会闪过直罗山那个小兵。他直勾勾盯着我，评判着我所为，对与不对。”黄开轩想了很久，恍然记起，叹，“你现在是不是知道，不要轻易浪费子弹了？”

“不，是才知道我们太愚蠢、太无能。”黎有望摇摇头说，“把每一个敌人都想得那么简单。将无能，士兵的性命才如草芥一般。”

2

上海虹桥日本宪兵司令部附近的日本人聚居区，刘清和吹着口哨来到一家日式澡堂。森元汤馆。这个澡堂提供全日式的洗浴服务，进门就要换成和服，穿木屐，分为男女浴部，甲乙丙三类。甲类汤池提供日式的温泉浴。北海道的漂亮女服务生，引导着刘清和到预订的温泉包厢之中。

刘清和的日语说得很流利，会讲英语，略懂德语和俄语。进门就讲日语，让服务生真的以为他是个日本人，一路说说笑笑帮他换了内衣，引他进入包厢。

包厢内热气腾腾，不明亮。汤池内有一个身材微胖的中年男人，头顶着一块毛巾在闷浴。刘清和进门就一鞠躬，用日语道：“影佐少将，可让您久等了。”

那个影佐少将却用汉语说：“清和君，你总算来了，甩掉76号你同僚的跟踪也不容易吧？”

刘清和摘下雾蒙蒙的金丝边眼镜，搁在影佐少将的黑圆框眼镜边上，将身体浸入汤池之中，“他们不会有胆子到宪兵司令部附近撒野。”

影佐少将笑了，“我了解你们支那人，你们胆更大。虽然我们日本军人经常以下犯上，其实他们都认为自己是正确的，才冒死犯上。而你们支那人不同，平常温顺得都如绵羊，那是因为无利可图。一旦遇到有利可图的事，你们什么事都能干，什么以下犯上，简直是小菜一碟。”

刘清和哈哈一笑，“您的确太了解我们中国人了。承蒙您看得起我，那么，恕我斗胆问问，为梅机关工作，能为我提供什么可图之利呢？”

影佐少将试探着提出，南京政府一个次长的职位如何。大日本帝国很需要人才。

刘清和哼了一声，“人才？报社的主编胡兰成，他才是人才。我连个靠山都没有，到哪儿都做不了人才。我只想要一点钱，带着我心仪的女人，一起远走高飞。到阿根廷，至少巴西去，放放牛，养些羊，离开这是非之地。”

影佐少将斜过头看了刘清和一眼，“跟大日本帝国讨价还价，你真是有胆。如果不是我们都近视，眼前一片雾蒙蒙，我会一枪毙掉你！不过，既然此时此刻，这汤池中，我们赤条条相对，想什么就说什么，坦坦荡荡也好。”

刘清和笑笑，“国破家亡，我已经没什么可以失去的。你们日本军人杀掉的中国人那么多，一枪毙了我，也没什么大不了的。如果成全我，有朝一日，你们的‘大东亚共荣’实现了，您或许可以到我的农场里再泡泡温泉，就像是现在这样。”

“别忘了，你身上还流着大和的血。”影佐听出他的话中话，仰头一叹，说，“好吧，我大致上算是同意了。不过，你得清楚一点，我用你，不是因为你很管用，而是把你当成一个有孝心的侄子。你父亲在日本时，非常有远见地向我托付过你。”

提及父亲，刘清和沉默不语。他父亲刘寿杰，当年北洋第四镇第三标少将管带，民国肇始，是最早一批被北洋政府送到东京帝国大学深造的军官，军之精英。若非他早早战死于军阀混战，今日自己会如何？

包厢的门被打开了，一个体纤肤白、穿着紧身衣的身影闪了进来，一声招呼也不打，直接泡入汤池之中。

刘清和感觉有点不对劲，摸起池边的眼镜戴起，不停揩干镜片上的雾气。仔细一看，惊得目瞪口呆。对面水里泡着的，居然是一个女人。虽然日式男女共浴也不算什么稀奇事，可自己和影佐少将这么秘密的会面，一个女人竟能随意进场，让刘清和大为吃惊，更一头雾水。

那个女人剪着一头短发，泡在池水中，悠然地喝着一杯葡萄酒，像是一个无关的浴客。

刘清和愣愣地盯着她看，期待她或者影佐能说句话，解开自己心中的迷惑。

汤水热气腾腾，咕嘟咕嘟地不断冒着泡。散发出摄魂夺魄的香气。

“平州问题的最终解决，不在于据城闹腾的黎有望，而在于吕天平。”刘清和开口道。

影佐也举起手边的酒杯，遥遥隔着，微笑地敬了对面女人一下。两人开心地一饮而尽。

“你和76号准备拿他怎么办？”

“顺我者，活。实在不从，死。”

“这就是‘千手观音’计划？一塌糊涂，马鹿（日语：愚蠢）至极。观音，菩萨心肠，慈悲手段。你们二话不说，先杀了他的老情人，再干掉他。那么多类似吕天平的杂牌军头领，还有谁愿意站出来给皇军效力？”

“那是李、丁两位主任搞的计划。我只是一个卒子。”刘清和的目光，始终被对面的女人吸引着。他有点心猿意马了，陡然有强烈的躁动。

“你接手这个计划后，要有新气象。”影佐笑道。

“还能有什么新气象？我听说，源田寅次郎大尉发誓给上司和同僚报仇，违抗上司，立下生死状，私自带兵出击，想夺回平州。他若能得手，还要那么多的麻烦干吗？”

刘清和把眼镜摘了，抹了把脸上的汗。

“他能吗？他就是一个小队长的料。别管这些少壮军人。我给你找了一个很好的老师！”影佐笑道，“你对面，就是大名鼎鼎的川岛芳子女士。关键时刻，她得出马。”

“川岛芳子”四个字，如雷电击入池水中。刘清和挺着硬撅撅的下体，惊得从水里蹦了起来。

3

整军，整政，整顿情报战。

回到平州的第二天，黎有望手里捏着三份计划，踌躇不已。此刻，他心中才知道了畏惧。怕也得扛着，黎有望知道没有回头路，这就是战争。

他第一个召见的，是罗耀宗。几日整顿，按照黎有望的估计，潜伏在平州城中的秘密电台，一定会密集开机。他期待罗耀宗给他一个惊喜。结果令他大失所望。

罗耀宗汇报：“截获过大量的电文，但应该都是上海日本军部发出的。因为没法破解密码，他们在说些什么，完全不得而知。”

“宽良街上的电台定位出来了没有？经历这次兵变，他们不可能不与外界联络。”

罗耀宗摇摇头，道：“没有。我特意在那里租了一套小房子，把侦听台搬到那里监听。但司令离开后，那条街再也没发出一道电波。您看，我们用不用沿街家家户户突击搜查？”

黎有望拍拍罗耀宗肩膀，“不用，打草惊蛇，不如顺藤摸瓜。我既然回来了，他们一巴掌拍不死我，咱们就好戏接着唱，总有脸对脸交手的那一天。你帮我办一件事，去莲河一趟，把两个人接回来。还有……至少两千五百杆枪！”

罗耀宗抬脚想走，突然记起一事。他从口袋里掏出一张电文，交给黎有望，“很奇怪，今天上午，截获一份具名是上海刘清和发给南京何志祥的明码电文，请示说源田寅次郎抗命，擅自带着四百名日军士兵渡江行动。我怀疑这是一份有什么诡计的欺骗电文，本不想向司令汇报，但是想来想去，还是让您知晓一下好。”

黎有望接过电文稿说，知道了，你赶快去接枪要紧，这件事回头再说吧。

派出了罗耀宗，黎有望让朱子松把全城的乡绅召集到慈云寺的会议室内。不多时，乡绅们都来了，也包括詹耽敏、宋醒吾和唐经方三人。

黎有望直入主题，道："黎某人去上海出了趟差，就造成了平州的事变，致使程颂平会长不幸蒙难。深感痛心。一直有人在劝我，在目前局势下，上全之策是把平州让给鬼子。还说让城之前，可抄了诸位的家，赚一票大的。"

这番话，叫作敲山震虎。

"我黎某人不是土匪。我答应过赵松县长，要保平州一方太平，请诸位莫要惊慌。枪杀程会长的凶手，我已经移交了县法院，将按照军法、国法惩处。我能做到为国牺牲，那么，请问诸位有没有坚定意志与平州共存亡呢？"

这番话，叫作上屋抽梯。

立即就有乡绅倒苦水："保卫城池，是你们军人的天职。我们这些小老百姓，是不敢再待在这个城里了。三年前淞沪会战，日军犯宝山，是空城以待敌。请黎司令明鉴啊。"

"一提淞沪会战，我心中也是肃然起敬啊。"

淞沪会战中姚子青将军坚守宝山，让百姓都撤走，自己率一个营，孤军奋战，与宝山同存亡，最终殉国。黎有望正好顺坡下驴，道："做军人，就要像姚子青将军。不过，目前的平州，并不是宝山。局势很不一样。”

众乡绅七嘴八舌议论，众口一词，日本人迟早要攻进来，必定玉石俱焚，生灵涂炭。

“诸位，黎司令说不一样就不一样。”唐经方开口，朗声如洪钟，“宝山，那是争夺战。平州，日本人自认十拿九稳。大家在平州好好待着，平州尚可保。如果大家都走了，它立刻会成为块烂泥。汪伪和日本人毫不手软。”

黎有望咳嗽一声，顺势直陈，有力的已经出力，有钱的也请出钱。只要现洋。要悬赏杀敌。大家能出多少出多少，算黎某借你们的。扛过了这一阵，吕天平司令会来就任，军费归还。“城门封了，有想走的，可以，买路钱五万大洋。”

昨晚，他就已经下令封锁城门。任何人，无他手令不得出城。众人又议论纷纷起来，最终还是认借，三千五千不等。黎有望也不嫌少，认借一个，放一个走人。

宋醒吾被黎有望所救，捐资两万块大洋，为众乡绅中最多的。

座中，唯有詹耽敏和唐经方两人没表态。他们未被允许走，相对枯坐。

黎有望送走了客，回身招呼："知道为什么留下您二位吗？我得到可靠情报，您二位里，有人暗通汪伪日寇，参与、策动了平州之乱，是76号'千手观音'计划之一环。"

唐经方哈哈大笑，"应该非我唐某人。如果黎司令怀疑，我可以出五万大洋。赠，不算借。"黎有望当即说好。

詹耽敏也笑，"现如今，黎司令筹款，连写军旗这些名堂都不搞了。直接讹诈？"

"我这里有份电文，说日本人要来攻打平州了。前脚新叛刚平，日本人后脚就要来。若没有这城里人通风报信，日本鬼子还真就是鬼了！"

黎有望把电文拍在了桌上。震梁一响。

"一次兵变，趁乱逃出城的人总有，黎司令何故怀疑到老夫头上？如果你要钱，可以继续跟唐老板、跟商会做买卖。罗织罪名，吃相可不好看。"

黎有望仰天一笑，劝说，詹老一直口口声声什么爱国大义，真不希望因为那么点蝇头小利，毁了一个大德长辈。那么多的年轻人，为这土地，命尚不顾惜，前仆后继。詹老要是失节，那可真是让人惋惜了。“惋惜”二字，黎有望一说三叹，深作痛心疾首状。

詹耽敏哼了一声，颤巍巍起身，用龙头拐杖敲了敲地面，“日本人就算来了，地，还在这里，他们搬不到东瀛去。要是被自家的豺狼给吞了，这地，可能一粒沙子也留不下了。”

黎有望说：“那请恕我冒犯了。来人！”

朱子松手握着一把盒子炮应声而至，枪口直直地指着詹耽敏。

詹耽敏倒不畏惧，眼瞅着唐经方。唐经方微笑，抹八字胡，喝茶，俨然一个局外人。

詹耽敏冷冷地说：“奉劝某些晚生，不要高兴得太早了。这平州，终究还是要落在青天白日的。跟共产党搅和在一起，不会有什么好果子吃。”

第十三章

龙战野

1

罗耀宗回来了，带回了王怀信，还把十条船、三千四百条枪也给带回了。

丁聚元这般爽快，令人颇感意外。待拆箱查验，清点数目，枪真不少。只是其中一千条枪，被换成了破旧的老套筒。丁聚元趁机把自己队伍的枪全换了。他奉上感谢信，一本正经恭贺黎司令弭乱，还感谢平州军政长官黎有望体恤下情，支持自己的民团训练工作，更换枪械，与平州，共同经营进行防区防务。经历此事，他与黎有望旧怨，一笔勾销，从此，山川同域，风月同天云云。令人哭笑不得。

黎有望并不气恼，只是问，白露怎么没回来。罗耀宗如实回答："丁聚元说，人跟着枪支弹药走，不安全。请她在莲河养养伤，压压惊。改日，他亲自送回。"

黎有望颇恼怒，觉得丁聚元是怕自己为换了枪的事翻脸，扣押白露当人质。"小日本从清江登陆集结，要来打平州了，第一个目标应该就是莲河。丁聚元还蒙在鼓里，开什么玩笑。"随即下令给丁聚元挂电话，让他把白露送回来，做好迎敌的准备。

罗耀宗耸耸肩，如实禀告，电话线至今还没接上。

原本，平州和莲河之间有电话线联络。日军占据莲河时，线路断掉了。丁聚元占了莲河，黎有望一直倡议建立两地联防，恢复电联。丁聚元直接无视。

黎有望只好明码发电，致丁聚元："鬼要来平家抢亲，必定顺道走莲婶家。"

此明码电文一发送，各方侦听台截获，都能猜个八九分意思。果然，未至夜半，罗耀宗又截获一份日伪间的明电，"源田犯上擅动，清江县不予支持。任司令催令赵汉生绕道北线，偷袭平州。"

源田要来，赵汉生绕了一圈，改从北线偷袭平州。局势一目了然。

黎有望正思量情报之真假，黄开轩求见，报大股伪军在平州维阳北线集结，怕是要来突袭。倏忽，东潜清江县的侦察兵返回复命：“两百个鬼子已出清江，过田汉乡，一路烧杀，直奔平州而来。”

敌情，瞬间变得十万火急起来。将兵临城下。

抗战至今，兵临城下，平州还是首遭。

除开清民之易和北伐之易，那极小程度的兵乱，平州自明末以来已经几百年没发生过大战、恶战了。日人之凶残，举世皆知，百姓皆有恐惧之心。

此时此刻，欲联络吕天平商议对策，已无可能。火燎眉毛，必须自行解决。黎有望迅速召集麾下战将商议。黄开轩、罗耀宗、王怀信、朱子松、叶桂材五人围坐在作战地图前，突突的心跳声都能彼此听见。除了黄开轩，众人还不熟悉王怀信。黎有望也不急着给大家摊开他的真实身份，只说是吕天平司令特派的高级参谋王先生，身经百战，极有谋略。

黎有望分析赵汉生那一个师的伪军，纯粹色厉内荏，是被上司架着，牵着鼻子走北线，想坐山观虎斗，打个出其不意。他们的特点，除了怕死之外，就是人多。他们孤军犯境，其背后，是九龙湖，不得不时刻提防自己北翼。若丁聚元二龙山的人肯搞偷袭，南北夹击，伪军绝对不足为虑。若丁不肯出兵，也不怕，固守坚城，能挡得住日军，就能腾出手反击。

众人点头信服。

最大的忧患，还是源田带来的那一股日军。两百人。

卢沟桥事变后，日军在华北、中原一度势如破竹。国军溃败，惨不忍睹。日军过境河南时，还曾出现过十几人的小队就攻陷一座县城的。现在，源田寅次郎如虎兕出柙，擅自违令报仇，必定极凶悍。好在，是抗命出战，无坦克、飞机等重型武器的配合。两军对垒，只靠一个勇字。

众人就打守城战还是打野战争执起来。

若守城，抗战以来，坚守一城的例子不多，无非台儿庄保卫战和宝山保卫战。两年前，台儿庄一役，有滕县保卫战，王铭章将军以两万人应对矶谷廉介四万人，喋血孤城，城终还是失了。大兵团会战，参考意义不大。而淞沪会战中，黄埔六期的姚子青营长（牺牲后追任少将）率领六百壮士扼守宝山的战例，足为参考。同样是长江三角洲平原地形，同样的孤城危悬，姚将军带领一个营抵御日军海陆空几倍力量的进攻，采用的就是先打野战后守城池的战术。现在平州的局势虽然危险，但是看目前的情报，要远好于当时的宝山，实力上轻重武器俱全，完全可以出城打野战，全歼源田的两百人。

大部分人都支持野战的观点，包括王怀信。他曾经是三十路军的师长，“一・二八”事变时，参谋过对日作战的事宜，了解日军。当问清平州的底子以后，更为自信，说：“大家千万不要怕日本人。黎司令在莲河打得就很好。不管怎么说，现在我们又多了三千四百条枪，再武装起两三千人没有问题，十倍于敌，可以围歼，保证让那个叫源田的人有来无回。”

一番话，说得大家摩拳擦掌，个个要做先锋领兵出城。

唯独沉思中的黄开轩，全力表示反对：“姚子青将军宝山一战，是孤城无援，众志成城，豁出命打，也不免壮烈殉国。我们诸兵，都是杂牌拼凑而成，仅仅是黎司令不在，就能被敌人找空隙，翻倒出兵变来，军心不稳。出城野战，必须求速战，不然，夜长梦多，不知道还会有什么样的变数。这是其一。”

他说得很慢，几乎是一句一顿，句句如锤。朱子松欲言语，见其面色凝重，嘴已半张，还是咽了下去。

“其二，日军师团长小野行男，素闻奸猾，怀虎狼之心，一直欲探我平州城虚实。他精通西方兵制，治军严正，极忌惮以下犯上，所部并未有过此先例。山本自恃少壮，对他有轻慢议论，他便把山本孤军放在莲河要塞，责任大而兵少。名为重用，实为伺机借刀杀鸡，借鸡儆猴。不然，他麾下兵多粮足，何故按兵江南，不伸援手跨江来救？此番，之所以放纵源田来复仇，也是用他来探路，掌握我军实力。成了，轻取平州；不成，就把那些闹腾的少壮派统统送去见天照大神。一石二鸟。”

这一番话，使整个会议室的空气都冻结了。众人身上冷汗汩汩。黎有望凝视黄开轩，他也不回避，眼睛里是一堵不容置疑的铜墙铁壁。

“如果我军全吃了源田，枣宜会战之后，小野会不会把平州当成头等大问题解决？是福是祸，真不好说。另外，我要提醒司令，倾城而出，就算赵汉生的伪军不足惧，别忘了，我们东北方，还有89军卫长河的78师。他与我们有梁子，会不会趁机来取平州？这是其三。”

三番话，三把利剑，剑剑封喉。再无人语。顶上灯泡钨丝嗡嗡作响，如劈柴。大家的眼光，都集中到了黎有望身上。

他一直沉默不语。“定夺”二字，是他作为主帅必须扛起的千钧闸门。

2

“开轩说得好，说得对。不愧是良谋，军中胜子房，帷幄比诸葛。”

黎有望由衷赞叹，既而说道，倾城野战，固然可以集中优势兵力全歼源田，但潜伏之危险，也是不言而喻的。他沉吟说：“现在，已经不是十几个鬼子就能攻占一个县城的情形了。吃掉源田的两百人不难，难在我们必须得依托平州这一方城池，在东线战场这个大棋局中周旋。源田名为复仇，是日本武士的耻辱感激出的求死之心。他一路烧杀抢掠，就是想激我们出城野战，拼个鱼死网破。我们不能按照他的棋谱走棋。”

“这些鬼子从许庄开始就一路烧杀抢掠，难道我们只能龟缩在平州，看着他们残害同胞？他们可是黎司令的乡亲啊！”

叶桂材急了，用难懂的广西话夹着官话吵嚷。

黎有望被一激，忙召侦察兵问话，源田究竟干了些什么。

侦察兵翔实汇报，他们龟速行军，沿途血洗了许庄，屠杀了很多无辜的乡民，烧了很多民房和田地，搞“焦土清乡”，说要把平州仇日的根给拔了。

“他娘的，源田这个小鬼子，禽兽不如！”朱子松暴怒，“让我带三百壮兵出城，老子要跟他拼刺刀！”

黎有望按下朱子松的肩，“据城自守也不可能了，我们不能眼睁睁看着乡亲们无辜受苦，不然还叫什么救国军。子松既然请战，那就由你带着二百人出城，骑马和自行车，用游击战术，骚扰他们，不让他们有喘息之机去屠杀村民。且战且退，把他们引到平州城下。我们在南郊以逸待劳，坐等他们。”

黄开轩赞同，道：“按照司令的安排，我们如果再埋一点地雷在源田必经之路上，那样作战效果就会更好了。日军走许庄—田汉这条线往平州来，不必经过莲河。倘若他败走了，想撤退，那么走莲河是最快最短最近的可以退、可以守、可以获得增援的路。”

“埋地雷好！”朱子松赞同，“埋得铺天盖地，埋得天女散花，炸得鬼子有来无回。”

“手头地雷太少了，不可能造成大规模杀伤，只能吓唬吓唬他们。不过，开轩说得不错，源田攻不下城，肯定不会回清江方向，势必往莲河退却。莲河也是个关键点。通信兵!”

黎有望思前想后，派出了一名通信兵去找丁聚元。

只捎话三件事：一是告诉丁聚元，城内骚乱已完全平息，但鬼子来袭了。是爷们儿，大可放手一战。二是建议他做好防范，千万别让莲河失守，莲河不失，算自己真正欠他一个人情。三是放白露回来，他有要事必须白露来办。

黎有望把丁聚元所赠之盒子炮解下，交与通信兵，“骑着我的摩托车快去莲河，告诉丁聚元，莲河之劫，恩怨勾销；如果平州败了，能退的地方，只有二龙山寨了。”

通信兵得令出门，直奔莲河。

“丁聚元会听司令的吗，能守住莲河吗？如果源田孤军被困在平州和莲河间的话，我怕到时候，日本人会出动大股军力，登陆莲河来救他。我们不如干脆先夺了莲河，两头夹攻，让源田要么有来无回，要么被逼回田汉一许庄一线。”

黄开轩一边用圆规丈量着源田进军的路线，一边揸着拇指和食指，比量防线位置。

“这伙鬼子，真是个烫手山芋。全吃了不易，不吃也不易。可是，如果我们蛮力夺了莲河，自相残杀不说，北边二龙山会不会倒向赵汉生呢?”黎有望说，“我相信丁聚元。莲河，在我手里得来，在他手里丢掉，他是不甘的。他换了我一千杆新枪，也得了不少弹药，还是有能力扛住源田这惊弓之鸟的。”

众人信服地点了点头。黄开轩默不作声，独自踱到一边抽烟。

会议最后，黎有望才令人请进徐永财。

他郑重拍徐永财的肩，道:“徐局长，军中骚乱，让你受惊了。你算是平乱的功臣。现在祸不单行，鬼子又要来了，胜败难料。请兄协助，搞一次全城动员。三桩事：一是征调青壮男丁，搜集柴薪积油滚木大石，准备用于白刃战的黄豆，运上城头；二是所有警察，但凡能动的，全部上街，但有可疑而拒不听令者，一律视为土匪细作，就地枪毙；三是备好十辆马车，堆上柴薪，浇好煤油，分置于东南两门附近。把田单破燕的火牛阵化而用上，他们要是往里冲，我们就往外赶马，烧死他们。”

众军事干部的神情，已经把问题的严重性明白无误地展示出来。徐永财扫视了一圈，被这种临战气氛所感染，绷紧了脸，敬了个军礼，“黎司令放心，誓与平州共存亡！”

黎有望环视众人，问：“我听说，兵变之时，有人要推举你做平州长官？”

徐永财一惊，满脸堆笑，“没有的事，都是造谣，别有用心传谣。”

朱子松暗哼一声。徐永财一惊，慌忙改口，道：“那些叛徒，大概是坑害我。黎司令明鉴。”

“我不是追究这件事。”黎有望摇摇头，“我的意思，要是救国军败了，拼光了，我们这些人都死了，徐局长可以出来主持局面，忍辱负重，勿使鬼子屠杀全城百姓。”

徐永财冷汗涔涔而下，脸色凝重。他双腿并拢，敬出标准军礼。

“黎司令在，平州必胜！”

3

第二天天一亮，按照这次军事会议商定之事，朱子松带着两百人马先出城，机动寻找源田部日寇，骚扰打击，这算是第一条防线。

叶桂材率步兵二百出城，三件任务：一是出城三十里，挖断鬼子必经之石桥；二是退后五里，布下少许地雷，作为疑兵；三是以逸待劳，冷枪袭击来犯日寇，不正面对抗，接应朱子松回城。这算是第二条防线。

黄开轩有伤在身，坐镇司令部负责协调。

黎有望以城为防，亲自巡查城南、城东两门内外，布置最后一道防线。他查看了火力点，不看则已，一看惊心。为了获得火力密度优势，所有指挥官都把人尽可能地簇拥在了一起。

黎有望细心教导，城防不是冲锋，火力要讲究层次，这么多人都挤在一起，火力再猛，也是一个点上的火力，杀伤力很有限。他亲自布点，城墙上放置重机枪，墙根下的堑壕埋伏三层兵，城内沿街埋伏散兵。又将火力重新配置，使每层火力能独立交叉射击，后一层又能超越前层，于间隙射击。看了看堑壕，黎有望比量了高度，令众人再挖深一尺，单兵壕尽可能向前延伸，形成前沿环形火力网。

巡完城防下来，黎有望到瓮城附近检查沸油、黄豆等物资，果然十分充裕。感叹徐永财的确是个能人，不逊于任何一个国军团长，干中统特务屈才了。他放心地回到城墙上。

朱子松和叶桂材带出去的兵，都是参加过莲河之战的老兵。是原各路正规军散落出来的精兵。守城的士兵多是民团兵和新募兵，掺杂着被黎有望特赦的长江义勇军士兵。新兵、乱兵，临生死大战，战力究竟如何？只有天知道。

有几个扛着沙包的青年民兵见到黎有望就问："司令，你杀过日本兵，日本兵长啥样？是不是像画上那样，青面獠牙的，子弹都不肯打，直接拼刺刀、用牙咬？"

黎有望哈哈大笑，"你们大概看的是些日本武士的招贴画。"他在士兵胸口比画了下，"为什么叫小日本、小鬼子呢，因为鬼子的个儿就这样高，咱爷们儿一泡尿就可淹了他们。"

众人哄笑。有一两个与日军交过手的老兵，默不作声，露出苦涩的微笑。

"笑归笑，我们不能轻敌。"黎有望也捕捉到了那种嘲讽的笑容，随即亮开嗓门吼，"鬼子抢我们的粮食，抢我们的猪、我们的鸡鸭。吃的、喝的，都比我们好，训练强度也比我们大。我跟他们掰过膀子，力气不小。真到正面肉搏的时候，我们一定要两三人一组，不许单独搏斗。到肉搏一步，已经是最坏的情况了。鬼子善野战，不善攻城。此番奔袭，无重火力。咱们以逸待劳，定让这些鬼子有去无回。”

“司令，真的能赢他们吗？你这一说，我们的拳头都有点痒了。”

年轻士兵的士气被鼓动了起来，眼神之中，龙腾虎跃。他们是真不知道个“怕”字。

黎有望心中一暖，倏忽想起当年在直罗山被杀死的那个小兵的脸。心中一丝悲戚，想那个娃要是活着，二十多岁龙虎年纪，正好杀鬼子。

“能赢！去年9月，薛岳将军在长沙阻击日寇，用的就是层层耗敌的‘天炉战法’，取得大捷。我们有三层防线，一层层耗掉他们，不怕鬼子闹得凶！”

“长沙保卫战”是一个防御成功的例子，背后依靠的，是整个西南方向上政府的倾力支援，有巨大回旋的空间。平州孤城，腹背受敌，城外有敌，城内也有敌，能不能扛过去，很难说。黎有望这也是给自己打气。虽然取得了莲河一战的胜利，全歼了莲河日军，但是步步惊险，步步惊心，是走险招，靠下毒先解决了他们的指挥层。即便如此，也是损失惨重。他对日军的单兵作战能力，也心有余悸。

有个士兵就嚷了："他娘的小鬼子，欺人太甚！他们从日本跑到中国，一路杀了我们多少同胞，烧了我们多少村庄城市，毁了我们多少家，他们报个屁仇，应该是我们找他们报仇！"

士兵中纷纷响起了"杀鬼子""报血仇"的呼声。很多经历过兵灾的士兵甚至哭泣了起来，用袖子不停抹泪。黎有望费了很大力气才将众人的情绪平息下来。

一队士兵抬着几箩筐现洋到了城头。

黎有望招手喊大家围上来，他跳上女墙，高声喊话："兄弟们，这一战，是小鬼子第一次来咱平州城，说是来复仇。平州城里的百姓一个都没有散，全在，都指望着咱们豁出命去打呢。这是莫大的信任！如果我们败了，你们的父母会被杀戮，你们的姐妹会被奸淫，这平州，也许会被夷为平地。杀鬼子，报血仇，守卫乡土乃是男儿本分，是军人义不容辞的责任！现在本司令正式宣布，杀一个鬼子，赏银二百大洋！这钱，就放在平州城墙根下，打赢了发作军饷；战死了，是给我们亲人的抚恤钱！”

士兵们振臂欢呼。黎有望接着说：“咱话说明了，我的警卫排组成督战队，佩带大刀督战，临阵脱逃、乱我军心者，杀！”

他这句话一说，士兵们皆默然，城墙上下只剩下风卷军旗发出的猎猎声。他回身远眺，平原坦荡，萌发着夏至的生机，草木繁盛，群鸟高飞。那一刹那，他想到了睢阳城头的张巡、崖山尽头的陆秀夫、扬州城上的史可法，心中惊涛拍岸，胸口有万鼓捶鸣。

“大刀队督战，好厉害，到底还是土军阀做派嘛！保家卫国，将不惜生，兵岂会怕死！黎司令的这个督战队，真太让人跌眼镜了，寒了战士们的心啊！”

突然有个银铃似的嗓子，大声嘲讽。

第十四章

谍中谍

1

黎有望听到这个声音，没有恼，而是狂喜。

他跳下女墙，从砖石梯上跑下来，见一个女子正从挎斗摩托车里跳出来，站在城门下。正是白露回来了。

认得她的士兵，吹呼哨，高呼："白参谋回来了，白参谋回来了！"

黎有望的脸紧绷如一块石头。自从在莲河一别，他内心有点怯了，怕再见到白露。一闭眼就是白露举枪的瞬间。那时候，他眼都不眨一下，却没想到，她把手枪指向了自己。这一指，太重了，比在新化城从韩光义手中救下自己还要重。

他宁可白露随意开上一枪。或者丢下枪。

白露笑，露出贝齿，“怎么，黎司令，看我回来不高兴了？”

她如同远游而归，兴致未减，从容地走到高高的弹药箱堆上，替代黎有望大声说：“平州的兄弟们，我们一定要保家卫国，打败法西斯蒂，打败侵略者。假如我们不去打仗，敌人用刺刀杀死我们，还要用手指着我们的骨头说，看，这，就是奴隶。七尺之躯不做亡国奴！我们不用什么大刀队督战，让扛刀的也拿起枪来，多一颗子弹，就多杀死一个敌人！”

众人山呼：“对，我们不做奴隶，不用大刀队！”

黎有望脸上青一阵白一阵，对白露挥挥手，“好，我撤了大刀队就是。丁聚元怎么说的？”

白露表示，丁聚元同意协同作战，他让二龙山人马出九龙湖骚扰赵汉生。他自己坐镇莲河，等源田军。说自己到平州来，还没正面跟鬼子交手过，技痒难耐，专等冤家来。“若是他，而非黎有望，全歼这一拨鬼子。丁聚元声称自己要到平州县府来上班。”

活脱脱丁聚元的口吻。黎有望也并不太意外。他拉着白露的胳膊，低声道：“我这么急等你回来，是有事求你帮忙的。请你想办法联络上新四军，我想请他们帮忙。”

白露小声质问：“凭什么是我去联络？我找谁联络？”

黎有望解释，上次白露跟他们谈判买卖粮食，那个管蔚然，特别听白露的话，要加多少枪，他就加多少。管蔚然给黎有望的信上也说过，有事可以找他们帮忙。“你熟门熟路，办事方便。”

白露嗤笑道：“这种事，你为什么不亲自来？哼哼，你这算盘，坏得很啊。到时候上面翻脸，你就把我安个‘通共’罪名交出去。”

黎有望看了看左右，更低声道：“岂敢。这一仗的关键，并不在源田那两百多号人，在于江南日军整个小野师团的鬼子。他们不动，平州才能活。务必得让新四军再搞点动静。否则，小野要救源田，倾巢过江，平州是凶多吉少。”

白露疑惑了，难道要自己犯险过江去找管蔚然和新四军？

黎有望看出她的疑问，说：“不用，你只要找一个人，说服他，请他帮我们给新四军递个信。目前，电台已经失去与新四军的联络，只有靠人传信。这人你认识，兴许还打过交道。他就是一个明面的共党！”

白露心头一紧，脑子里迅速闪出老钱的脸，盯着黎有望看，闹不清他掌握了什么。

“别这么瞧我，看得我浑身发毛。‘通共’有责的话，我扛着，不关你事。”黎有望说，“我跟此人接触过，深明大义。你出面，既代表我们救国军，也代表平州百姓，定能说得通他。”

白露点点头，叹一口气，说：“我尽力吧。这人是谁？”

“平州小学堂校长，赵松的同志，左月潮。”

白露长舒了一口气，“我当是谁。左校长，他亲口承认自己是共党？是共党，就能联系上新四军吗？假如联系不上，你请89军来帮忙？”

这一连串的问题，像机关枪一样打中黎有望要害。

黎有望仰头一瞥，城上城下的士兵忙碌备战，热火朝天，长吁，“靠不上啊。我们杂牌军，爹不疼娘不爱。卫长河被俘受辱，带着78师，正虎视眈眈，巴不得我们一败涂地。这事是最高秘密，只有我知，你知。”

白露劝慰他，“鬼子要杀中国人，管他是国民党、共产党。出力打鬼子，是中国人的分内事。该找友军。”

黎有望深受感动，伸手去握白露的手，指尖刚一触碰，通了电一般。他迅速地抽回来，也不敢看她的眼睛，嗫嚅道：“你先回去歇歇，歇好了再去找左月潮。”

白露内心中时刻有一束玫瑰在燃烧，火焰炽热，比枪林弹雨还要灼人。相比之下，似乎丁香花一般的唐晓蓉，更能让黎有望感到平静。然而，有谁能像白露这样三番五次，拿自己的命护着他？这事山一般沉重。他宁可是反过来。

目送走白露之后，黎有望恨恨地骂了一句：“王八蛋丁聚元，想要枪，就拿呗，试他娘的什么狗屁枪法！”

2

白露并没有回去休息，也没有急着去小学堂找左月潮。她去了大元茶楼。

到了二楼雅座包厢，叫了些茶点充饥。然后她借用茶楼电话，打了电话到绿柳晴旅馆，请老钱来结账。不多时，老钱赶来，见面就问，为什么不直接到旅馆找他。

白露看了看左右，“你不是要求保持警惕嘛。现在有要紧事，事关平州几十万百姓的安危，必须找你商量。”

白露就迅速低声把自己跟黎有望去上海，以及目前的平州局势、黎有望的意图一说。老钱看了看左右，小声说，左月潮暴露了，他不可能联系到新四军。现在，整个平州组织都处于冰封状态。上级还一直没有弄清楚究竟是怎么个情况，甚至左月潮本人究竟有没有问题，都不好说。“为了救平州，我要冒险再启动电台向上级请示。”

老钱又问：“你来时，有没有尾巴跟着？”

白露摇摇头说：“没有，我小心着呢。而且，黎也不是这种人。”白露已经在下意识地为黎有望辩护了。做惯地下情报工作的老钱眉头一蹙，没说什么，让她在茶楼静候，他会第一时间带回组织的意见。

道别时，老钱提醒白露，现在她已为人所关注，要做好保密工作，处处小心为上。白露点点头，老钱闪身告辞。

徐永财分拨全城的警察巡街，在小校场集中。远远见着白露进入大元茶楼，他陡然间有了兴致，默念：“敌人用刺刀杀死了我们，还指着我们的骨头说，看，这，就是奴隶……嗯，这个女人有点意思！”

白露在茶楼里坐了一刻钟。

徐永财分拨完人马，也到茶楼里择了一个不起眼的僻静角落要了壶茶，一份萝卜丝饼，一份皇桥烧饼，一份茶馓。看着里里外外进出的客人。不一会儿，“绿柳晴”的钱老板匆匆赶来，直奔二楼，不一会儿，又匆匆抹着嘴角走了。

徐老板来时，他倒没留心，走了，他才心下一动，问来添茶的伙计：“老钱是吃霸王餐啊，不结个账就走人啊？”

伙计笑着倒茶，“哦，他有人买单吧。”

徐永财看了看木质的天花板，上面正是二楼，突然联想到了白露，不由诡秘一笑，点点头，丢了几角钱给伙计说：“再给我来俩烧饼，肉松馅儿的，烤焦一点。”

伙计取了钱，高兴地吆喝：“好了您哎，请您候着。丙三桌，俩焦煳的肉松烧饼！”

两个警察进门，找徐永财问：“老大，您不去巡查了？”

徐永财示意他们小声点，吩咐其中一个跟他去巡街，对另一个指示：“在这店里守着，喝茶吃点心，要是救国军的白参谋出来，远远跟着。去哪儿了，回头告诉我。”

徐永财带着第一个警察出门，果然，一队警察在对面台阶上坐着。他就发了急，“他娘的，鬼子到家门口了，还偷懒。都给我起来，宣传鼓动！”

警察们纷纷起身，继续沿街鸣锣叫喊：“黎司令，真英雄，救国军，枪法精，专打日本鬼子兵！”

白露在二楼上一惊，推开包厢往窗外看了看，见徐永财带着一队警察，吵吵嚷嚷地消失在街道转角。她暗自骂：“假模假样！”

随即关窗再等。时间变得极其漫长。又一刻钟，添茶的伙计敲门，“钱老板来电话，请您到旅馆看看房间。”

白露匆匆下楼结账，往宽良街的“绿柳晴”赶去。她注意看了一下，招牌依旧是“绿柳晴”。她大步迈进门厅，到柜台前。老钱正色说：“上级即刻回复，抗日事大，四哥会尽全力帮助黎有望！”

白露欣喜，问老钱是否启动电台。老钱点点头。白露释然。

那个警察远远地见白露走进绿柳晴旅馆，咬了一口饼，回去复命。

宽良街南一间临街的小阁楼里，罗耀宗面前的侦听电台“嘀嘀”地响了起来。一波来自附近的强烈信号。他匆匆做了记录。

一堆熟悉的加密数字，他怔了一会儿，伸手推开窗子向街道察看。见到白露急匆匆地走过来，走进“绿柳晴”。往远一瞧，瞧见小警察的黑色身影一闪。

罗耀宗不禁露出了一丝神秘的微笑。

3

黎有望在灯下看着一封信。

是老K神不知鬼不觉送来的。下午，一个拾荒的老者送到了司令部收发室。信很短，写着："黎少将为党国矢志守城，忠心可嘉。与新四军交易自足，未尝不可，慎防为其用。韩部可倚。詹耽敏暗通日伪，王均如通共，皆需防备。汝身侧谍影重重，唯党国盾矢，足为依赖。"

大战已启，黎有望捧着信看了三刻钟。最后，点了根火柴烧掉。信息量太大了，大到令人心惊胆战。任何事，都在老K眼中。

黎有望抽出一支烟，用纸张余焰点燃。王怀信通共，毋庸置疑。当年，他带着三十路那个师，拼命攻打直罗山，无非是想向红军靠拢。姐夫吕天平为何还要起用他？黎有望翻来覆去想不通。

詹耽敏已经被控制了起来。那天，庆贺莲河之战的宴请，就是给化装成僧人的特务争取活动的时间。作为军统的叛徒，老僧是在设法毒杀自己，作为邀功投名状，报给76号。正是老K出手，清理门户，救了自己一命。“韩部可倚”，应该是说韩光义未必想趁火打劫，关键时刻，或许能支援自己一把。黎有望当然不想战事糟到那一步。韩光义肯出手，要的可是平州了。

到目前为止，老K还在帮自己。他，就是军统系的“党国盾矢”。

罗耀宗敲门进来，拿着一沓文稿汇报情况：“司令，又开机了。我确信，宽良街有多部秘密电台！”

黎有望兴奋，问电台发送了什么。

罗耀宗摇摇头，“都是密码，我破译不了。这个电台使用两个频率，都是长波，这几天交替发报。要不，我们派人逐户搜查宽良街?”这是他第二次提出这样的请求了。

黎有望十分满意，起身拍了拍他的肩，“兄弟辛苦了，我能在王文举那里请到你来，真是大福气。不用搜查，小小的一个平州城，又不是大上海，他们能藏到哪儿去。不用破译，我也能猜到，他们发给上司的，无非是城内备战防卫的情况。我们打鬼子要紧。

你也不用再侦听了，好好歇歇，准备打个漂亮仗。”

罗耀宗敬了一个军礼，转身退出。

即将出门时，黎有望突然叫住了他，说：“等等，耀宗。我给你一个方向：看好徐记棺材铺！”罗耀宗一愣，随即颔首。

黎有望用手指竖在唇前，示意他秘密行动。罗耀宗会意，迅速地离开。

罗耀宗走后，黎有望从抽屉里拿出一份档案看。

回平州后，黄开轩呈交了一份报告。正是黎有望拜托他秘密调查所得：

“罗耀宗，江南姑苏人，丝绸商之子。民国二十三年黄埔九期毕业，原属孝陵卫陈颐鼎部87师261旅教导团。该旅光华门战败后脱队，流落江南，两年时间，踪迹未明，去年12月在太湖边加入王文举的保安团，随之移防莲河。”

“两年时间，踪迹未明”四个字下，黄开轩特意标了红。任何人，进入救国军都要经得起调查。黄开轩受黎有望之托，负责秘密调查“任何人”，也包括这位能干的罗耀宗。罗耀宗，则被授命调查其他人，包括白露。

黎有望摸着自己下巴，感叹：“黄埔精英，人才啊。整整两年，他干什么去了呢？”

黎有望和罗耀宗密谈时，白露也约出小学堂的校长左月潮到大元茶楼密谈。

她把来意讲明白后，左月潮笑笑说：“白小姐肯定不是代表救国军来找我说话。你应该只是代表黎有望司令个人吧？这城里知道我真实党派身份的，不会超过三个人。实话实说，我真的联系不了新四军。但，我不能，也不想走。”

白露反问：“您已经算是暴露了，还要待在这里干吗？我听人说，你们队伍里有叛徒。左校长弄清楚了没有？这个城里，特务非常多，各路的眼线都在盯着。”

左月潮拍了拍自己的左胸，还是笑，“赵松同志牺牲了。现在这城里，只有我一个共产党了。若说有叛徒，应该是我自己，出卖了自己吧。”

白露一时搞不清，自己究竟该以什么身份与左月潮交流了。明明是党内的同志，坐在眼前，却无法相认。世间最近的远方，莫过于此。她张嘴道“你这人”，后面却词穷了。

左月潮拍了拍她胳膊，指了指隔着几张桌喝茶的警察，小声说:“白参谋，你倒是要小心些。那边是一个钉子。我看着却不像是盯梢我的那个。是不是冲你来的?”

白露回首，见着埋头吃点心的警察，嘴角不屑一撇。

第十五章

战平州

1

黎有望和衣在办公室睡了。躺在圈椅里，盖着一件日本军大衣。睡得很沉。

他已习惯在办公室睡觉，可随时作战。大战已开，他更不想沾着床铺。一个漫长而令他心惊胆战的梦，他沉浸其中。源田从那艘巡逻汽艇上冲了下来，带着一望无尽的日军士兵拥入平州城中。他们青面獠牙，指爪间滴着淋漓的血，见人就啃咬，所到之处，烈火肆虐，屋宇皆化为齑粉。无数百姓哭号着，在血雨火海之中仓皇奔走，源田挥着长爪，撕碎了一个个身体，冲着黎有望狰狞大笑。

丁零零，电话铃声惊醒了黎有望。天还没亮。他抹了把冷汗，迅速拎起听筒，传来了丁聚元的声音："我找黎有望。"

黎有望稍迟疑说："我就是。你赏脸，接上电话线了。"

"军情如山倒。我恐请人报信来不及，只好把这电话给接上了。你布置的第一道防线破了，朱子松没拦得住源田。鬼子没奔我莲河来，直接插你的平州去了。要不要我出兵，背后捅他们一下？"

黎有望一震，旋即察看军用地图，告诫丁聚元："你部一定要坚守莲河。我自有安排！"

"嗯，你顶着。我是平州民团主任，你要顶不住，挂了，我南北两路出兵，收复平州。绝对不会让小鬼子得逞，糟蹋咱平州的。你放心。"

黎有望还想下达一些联合防务方面的指示，丁聚元却把电话给挂了。

若丁聚元报告属实，此刻，日军一定与叶桂材的第二道防线在接火。他看了看手表，凌晨5点，准备召集几位参谋来议事。

这时候，罗耀宗匆匆进门汇报："司令，我接到新四军的呼叫，他们传话来了。"

"新四军说了什么？"

"他们说经请示他们的中央军委和军部，同意与我们协同作战。

在小野师团敌后出击，吸引、牵制日军的主力，由管蔚然的支队出击。”

黎有望一拍桌子，赞道：“好，果然新四军是真友军！我们可以放开手去打了。一定要做好保密。此事，你知，我知。继续和他们保持联络。”

罗耀宗敬礼，退去。他前脚走，后脚黄开轩就进门汇报：“黎司令，日寇接连突破朱子松和叶桂材两道防线，已经打到我们城根下来了。两次伏击仗，他们只减员不到三十人。剽悍啊！”

黎有望大呼不好，还是把他们想慢了。他戴上军帽，拿起枪，招呼黄开轩往外冲。

徐永财堵在门口，也汇报：“黎司令，东南西北门，我们都准备好了。平州上下，一个人不能出去。都与城共存亡。”

黎有望系紧束腰，往弹巢里装填子弹，称许：“老徐，你很能干，大功臣。”

他举枪看了看准星，做了一点调校，冲着徐永财额头一指，唬得他连忙避让。

“我还有一个新发现要向黎司令汇报，十万火急啊！”

黎有望也不正眼看他，左右眼各闭一次，试枪口，“说！我要上前线！”

“我的人发现，咱们救国军的白参谋，就是白露，通共。昨晚她找了那个共党左月潮，密谋不轨。”徐永财边说边瞅着黄开轩。

“你的人？警察局的人，还是中统的人？”黎有望将枪插到皮套里，拍了拍，“知道我为什么喜欢小左轮吗？子弹虽少，不如二十响那么充裕，但是开火有数。做人啊，没必要无事不晓，凡事，有个数就成了。”

徐永财如坠冰渊。他不知道该承认自己是中统，还是要解释确实发现白露跟左月潮密谋。

黄开轩咳嗽一声，叱责他，都什么时候了，还纠结什么共党。日寇破了城，脑壳子都要掉一地了。仗打完了，有命活下再说。

黎有望走了几步，转头向黄开轩下令：“开轩，城要是真破了，你带着白参谋和剩下的兄弟突围，往东北去，找韩主席和卫长河的78师。不要恋平州，也不要打巷战。”

破釜沉舟，也是拳拳重托。黄开轩敬了个军礼。

徐永财追上黎有望，边走边表态：“司令，我手下那百十号兄弟，个个是带着把的汉子啊。做您的战略预备队如何？”

黎有望摇头否决，“徐局长要是忠心为民，城破了，就忍辱负重，为全城百姓争个活路吧。”

2

天亮了。又暗了。又再亮了。风云骤卷，硝烟散尽。

黎有望依然立于城头，巡视着，城墙上有数名鬼子的尸体，城墙外到处是日军和救国军士兵的尸首，还有数辆已焚烧尽的马车骨架。

谁也没想到仗打成这样子。鬼子比想象中的更难对付，差那么一点点，就攻破了平州。

日军前天天刚亮就冲到了平州城下。这帮人简直是魔鬼，行军五天，一半对一半的人轮番休息，见人就杀，逢屋就烧。行军补给，全靠劫掠。源田寅次郎要为山本和小渊报仇，心已入魔，杀红了眼。

朱子松不时出击骚扰。虽说是抗命行动，源田还是有章有法。每一处扎营，环形防御，滴水不漏。朱子松缺乏远程重武器，并没有占得多大便宜。

叶桂材的第二道防线形成了一定的杀伤力。地雷发挥了作用，可惜数量太少。他不敢恋战，按照事先部署，急速退回到城外防线布防。

日军步步紧逼，等黎有望登上城楼观看的时候，二百多号鬼子也跟到眼面前了。

黎有望用望远镜察看。源田果然也没有重武器，更没有攻城的器械。如截获电文所说的，源田一人犯上，私自率兵而来。

黎有望心中盘算，如何全军出击，整吞了这股鬼子。日军却远远架起了迫击炮轰击。所谓的九七式曲射步兵炮，90毫米口径，仰角45度，有效射程两公里。黎有望暗笑，十门小钢炮齐发，摊开了，一千多米毁伤面。只要士兵们在战壕里躲得深，怕他们个鸟。

令黎有望万万没有想到的是，源田这个疯子，压根儿就没准备用榴弹轰击。直接发射出的都是毒气弹。当黄色的烟雾开始在阵地里弥散时，黎有望有点慌。

黎有望想到，自己犯了一个大错：把那些老兵都放在外围迎敌，是不明智的。万一他们都牺牲了，那些新补充的民团士兵，如何能扛得住残余日寇的攻城？

他即刻下令，开城门让叶桂材带人撤回来。众人皆劝阻。王怀信也在城头。他指挥过一个师，身经百战，力劝："黎司令，如果开城门。日军一定会趁乱攻击。一旦他们进了城，后果不堪设想。"

"不能看着兄弟们不救。丢了我的那些老兵，平州危矣。"他扭头冲着城内吼，"二排长，把老子的41山炮拉来。弄好，相机开炮！"

军情如山，军命如山。城门大开，叶桂材带着士兵们仓皇退了进来。

日军趁机发起了"万岁冲锋"，源田抽出指挥刀，锋指平州，高呼："报仇！"

城墙上的机枪响了。居高临下射击，缺乏经验的士兵不会打出提前量，着弹往往追不住日寇散兵冲刺的速度。

此刻，城墙下失去了平射火力。这正是源田所企图的。冲锋变得很顺利。

幸是天佑平州，毒气弹的浓雾被一股强劲东风吹散了。有赖于预先备下的马车，堆满了油泼的柴草，被及时点燃却敌，发挥了阻拦作用。

黎有望及时调防，撤退回城的士兵，城墙上的士兵，迅速在瓮城内形成了一张火力网。冒死冲进来的日寇，倒下一大片。但他们并没有白死，部分人背着炸药包，趁着战斗间隙，疯狂地堆积，炸城门。

城门炸开，就没法再关上了。源田迅速组织了第二波和第三波的冲锋，每次十余人的小队，一次又一次地撕扯黎有望的火力网。

若非黄开轩亲自上阵，那股长江义勇军残部感念不杀之恩，顽强阻击，又或者源田的兵力再充裕一些，拼死冲锋，日寇险就突破了火力网，杀入城中。后果不堪设想。

通信兵在城墙脚下找到了黎有望，告诉他一系列战况：城北，伪军的一个师也兵临城下了。罗耀宗参谋带着百十号士兵出城却敌，想凭着三寸不烂之舌说退赵汉生。

黎有望赞道："罗耀宗敢孤身出城，他一定有办法。"

通信兵又报，丁聚元又一次来电问，需不需要援手。他降低要求了，只要能成，他可以和黎有望共治平州，不必非要赶黎有望走。

黎有望骂一句："他娘的，想得美！"通信兵又说吕天平司令紧急来电，说他已知日军袭城，正在协调关系，找战区顾长官借兵两个旅，紧急驰援平州。

黎有望叹一句，兵临城下，等借兵到，黄花菜怕都凉了。

好在此时，负伤的黄开轩带着预备战队及时赶来。罗耀宗城北却敌，给了黄开轩从容增援黎有望的契机。人马又增添许多，黎有望向黄开轩打手势，让他散开，沿着街道两边隐蔽，作为伏击力量。

源田在城门外叫嚷，又发起一波"万岁冲锋"。

黎有望问城楼上的士兵："毒气散尽了没有？"士兵忙着更换弹药，看了一眼，"司令，散尽了！"他端起一挺捷克造机关枪，动员散落的士兵们："兄弟们，别等鬼子冲了，随我杀出去，跟他们拼了！"

叶桂材呛过一小口的毒气，正拼命喝水漱口解毒，听到黎有望这么一嚷，也端起枪，"娘的，黎司令冒险开门，救了我们的命，是爷们儿，上刺刀，站起来跟他上！"

黎有望和叶桂材的动员令下达，只有十几个士兵先站了出来。黎有望定睛细看，都是那天参加兵乱的长江义勇军士兵。其中一人喊："弟兄们，黎司令待我等恩重如山，跟他去杀鬼子！"

此言一出，其余的士兵顿时热血沸腾，纷纷上刺刀，随着黎有望和叶桂材冲了出去。

五十多个鬼子已经顶住了城头机枪弹雨的扫射，冲到了城门口。

黎有望开机枪扫倒了几个，机枪卡壳了。他扔了枪，顺手从地上日军尸骸堆里抄起一把带着刺刀的步枪，阔步出城门，与日寇短兵相接。

后续的士兵们，按照预先训练的，两人一组，对付这股冲上来的鬼子。

杀得天昏地暗，双方的血都溅在了一起，尸身也叠在了一起。到底还是救国军人多势众，以逸待劳，不到半个小时，这股日军全被消灭了。黎有望的身上也沾满了血。

3

黎有望终于见到了源田寅次郎。上一次见他，还是在莲河的汽艇里。

与寻常的日本军人比，源田的身材算高大，约一米七五的个子。消瘦，精壮。此刻，他正指挥着剩下的百十个士兵，排列环形阵型，准备孤注一掷。身为日本军人，莲河要塞的同僚和战友们都战死了，自己独活，他深感耻辱，日夜不宁。本来，他可以剖腹自裁。可是山本和小渊的魂魄夜夜在叫唤报仇。此次违抗小野师团长的禁令，私自带兵出击，回去，就会面临军法处置。他必须要用这种方式战死。

黎有望丢下刺刀枪，高喊："平州黎有望在此，山本是我杀的！源田，要报仇，冲我来！"

绞杀战，于己非常不利。僵持下去，老兵们精疲力竭，黎有望必须倚仗新兵。那些一天都没上过战场的士兵，面对杀人不眨眼的鬼子，白刀子进红刀子出，手脚会软，心会虚。必须及早结束战斗。激怒对方指挥官，是最好的选择。

源田也看到了黎有望。

他丢下望远镜，摘下军帽，解开武装带，甩了血迹斑斑的军服，抽出指挥刀，用日语大声与左右叫嚷。黎有望听不真，也听不懂。但其意可想而知，"不要冲那个男人开枪，他就是我们要找的仇人，我要亲手解决他！”

源田的冲天怒火，正冲着自己燃起来。正合黎有望意。这敌酋，一路烧杀抢掠，手上沾满了无辜民众的鲜血，竟还使出毒气弹这种公然违背国际公约的武器。黎有望早已怒发冲冠，恨之入骨。

两人奔跑着，冲向对方。源田挥舞着军刀，黎有望则平端起刺刀枪。

蛮牛冲击。两人手中的钢铁，如流星般碰撞。源田的指挥刀，本吹毛可断，一路屠杀，已经变钝，满是豁口。他狂泄私愤，劈杀了数十村民。

黎有望用枪刺架着源田的刀。两人目光也绞杀在一起，皆可见对方眼中的红血丝，眼球迸突，青筋暴起。源田也是人样，并不是什么磨牙吮血的怪兽。黎有望心无所惧。这一搏，只有一个人能活下来。

源田在骂："支那猪，黎，混蛋，我要杀了你！"

黎有望也骂："畜生源田，犯我河山，杀我乡亲。老子要你的狗命！"

“咯噔”一声。源田的刀断了，巨大的崩断之力，也弹开了黎有望的枪。

枪里还有子弹，黎有望想拉枪栓，快速结果这个对手。

源田已经赤手空拳叫嚷着扑了上来。他像是一头发了疯的野兽，龇出獠牙来咬。

黎有望用枪架着源田，用脑袋撞击他的下巴。源田吃痛，松手。黎有望顺势丢了枪，死死掐住他的脖子，用膝盖顶其腹部，把他按在了地上。

源田练习过柔道，黑带级。生死之际，岂能轻易就范。顺势抱着黎有望的腰打滚，翻了过来，反把他按在了地上。揪起黎有望脑袋，拼命往地面上砸，要把他脑浆给砸出来。

黎有望乃军中格斗之翘楚，为国而战，命悬一线，身躯如弓紧绷，与死神角力。

天地修罗场，两位指挥官杀红了眼，双方士兵也杀红了眼。用上了牙齿在撕咬。战场上鲜血四溅，到处是号叫与悲鸣。人与兽已经不分，人与鬼已然同途。

救国军年轻士兵们在城楼上，见厮杀正酣，纷纷嚷：“王先生，我们出城去，杀鬼子，支援黎司令！”

负责守城的王怀信伫立不动，观察战场。他眉头紧锁，“这个黎有望不按照套路打仗，莽夫搏命，疯了！”此刻，从莲河缴获的41野战炮已经拉上来。这样的混战局面，并不适宜开炮。

王怀信沉吟片刻，向炮兵比了个手势，上炮弹，随时准备在战场中心放出一炮。

胶着之中，远处噼里啪啦地响起了马蹄声和枪声。

两彪人马从地平线上席卷而来。有一彪是尾随源田的朱子松。几番恶战，剩下稀稀拉拉百余人，匆匆赶回来，人困马乏，见不到平州城头信号旗的命令。他们被眼前的拼杀给惊住了。

另一彪人马直入乱阵中。为首的一个人喊：“兄弟们，平州危在旦夕。见鬼子，格杀勿论，不要留一个活口！”

三十多匹战马组成的骑兵队，在指挥官的带领下，打着呼哨，纷纷挥舞着大砍刀，冲入厮杀的阵中，精准地砍杀。

源田没有分神，他摸出了靴子里插着的短刀。一把日本武士介错刀。准备给黎有望致命的一击。黎有望左手已经掐住他脖子，右手撑着源田握刀的手，慢慢往他喉咙里送。

两人相持，骨骼和肌肉噼啪作响，都将崩裂。

生死一发。源田的身体一软，一股鲜血从胸膛喷出，瘫在了黎有望的身上。黎有望顺势夺刀，插入他脖子。

黎有望推开源田尸体。满脸是血，如铁塔般又站了起来。

“黎司令，硬汉子!”丁聚元正骑在一匹黑马上，吹了吹手中的盒子炮，竖起拇指，正色说，“兄弟在莲河听着北边噼里啪啦响动，实在是手痒忍不住了。”

黎有望抹了把脸上的血，环视战场，活着的日军已经不多了。他冷冷一笑，“你来晚了。我们守住平州了。”

“我要是晚来一步，黎司令怕是被这个小鬼子给强奸了吧!”丁聚元打起哈哈来。

第十六章

捉放寇

1

夕阳西下。血染的夕阳，就如同是战场在天幕上最终的倒影。

一架日军零式水上侦察机以最缓速度，似幽灵一般，从战场上方慢悠悠地飞过。

士兵们正在打扫战场。尸骸遍地，很多救国军战士与日军士兵尸体死死地抱在了一起，需要费力才能掰开。甚至，都无法掰开。

另一边，干枯的水塘边，站着投降的二十来个鬼子。他们嗓音嘶哑，一起在高声唱着《君之代》。已经不那么悲壮，像是厉鬼的哀鸣。有看起来十八九岁的小兵，边唱边流泪。

救国军机枪手们架着机枪，上弹链，等待黎有望的命令，处决这些俘虏。

黎有望和丁聚元两人坐在死人堆前抽烟，抬头看了看头上飞过的侦察机。

烟是东北马合烟，劣烟。黎有望连连呛咳。呛归呛，刺激强烈，自己还活着。活着，真好。他指了指飞机，“鬼子大部队的天眼，替那些老鬼子来看的。”

丁聚元看了一眼，不屑地说：“好，等着他们来。你已经灭了小鬼子，还怕老鬼子多看两眼！”

“不灭了这帮鬼子，不成啊。仇怨太深，这帮鬼子，就算还剩十几个人破了城，对平州都是一场浩劫。”

两个丁聚元的兵找他请示：“丁主任，平州兵要跟我们抢这几门炮。吹胡子瞪眼，还他娘的拉枪栓，要跟咱火并。我们能让吗？”两个兵死死抱着两门迫击炮，好似自己的战利品。

“不能啊！我们在关键时刻救了平州，这是应得的！”丁聚元说得脸不红心不跳。

几个救国军士兵抹着泪，找黎有望理论：“司令，这帮土匪打了十分钟的仗，又他妈的想抢战利品。这口气要忍了，怎么对得起战死的兄弟？”

黎有望起身，安抚部众，表示：“莲河的兄弟也有功，让出五门给他们。牺牲兄弟的命没这么贱，几门炮不代表什么。”

丁聚元的两个兵听闻此言，欢天喜地，高呼：“发财了，发财了！”

丁聚元也高兴，用手中马鞭梢敲那个人的头，“从今天起，你是咱抗日义勇军炮兵第一连的连长。”再敲另一个人的头说，“你就是副连长。”

黎有望则对几个生闷气的弟兄说：“活着就好，继续去打扫战场，凡我军牺牲战士，全抬到小校场的英烈碑下。”

那些士兵不服气，嘟哝着，负气离开。

朱子松请示：“司令，机枪都架好了，什么时候处理掉那二十来个鬼子？”

黎有望抬头，盯着天空那架侦察机看。它绕着夕阳残血，一圈圈盘旋，肆无忌惮，如一只高空睁开的魔眼。

黎有望回复朱子松：“快去城里，到临时战地医院。在教堂里，把唐晓蓉小姐请出来。我请她翻译几句话给鬼子。”朱子松得令，敬礼，立即骑马而去。

丁聚元玩弄着源田的介错短刀，左右劈砍，兴致极浓。

黎有望对他说：“既然战利品你拿了去。那么，事你得扛起来！只能答应，不能回绝。”

丁聚元指弹刀锋，直言，有屁快放，究竟何事？

“鬼子反攻，莲河，就是第一道防线。你换了我的枪，拿了我的炮，务必顶住。”

丁聚元不屑，嫌黎有望磨磨叽叽。自己提着脑袋，坐镇莲河，就等着鬼子来，拼一个痛快。

“好，其二，你得答应我，把这些日军战俘都送到长江对岸去。”黎有望指着那些在号着歌的日兵俘虏。

丁聚元跳将起来，厉声质问：“你要把这帮鬼子都放走？我操他妈，你知道这些人手上沾着多少许庄、田汉百姓的血？这事，我丁某干不了。你不敢杀他们，我来。”

飞机又飞了一圈，最后机首拉起，没有再飞回来，径直向南飞走了。

黎有望和丁聚元都不可能料到——

这架飞机上，除了飞行员，后舱之中，捎带着一位特殊客人。挂着中将军衔，长脸消瘦，如刀劈斧砍的轮廓，留着一撮法式仁丹胡，表情冷峻，目光阴郁。他非常有耐心，要求飞行员飞一圈，再飞一圈，用望远镜，仔细查看机翼下方发生的一切。

"小野将军!"飞行员看日军尸横遍野，按捺不住烦躁，通过耳机询问，"下面只是支那地方的一支民兵杂牌武装。为什么不派轰炸机炸平这个地方?"

此人，正是驻扎江南锡城的日军第22师团师团长，小野行男。

"影佐少将说得不错，黎，很有战斗的意志。恐怕是帝国的大敌。"小野行男不搭理飞行员，放下望远镜，自言自语。

飞行员拉起操纵杆，零式飞机950马力的"荣"式发动机，震天嘶吼。飞机开始阶梯爬升，之后迅速飞平。

"源田不服调遣，咎由自取。"小野似乎并不为源田伤心。师团里那些下层军官，年轻气盛，咄咄逼人，行事鲁莽，经常不把自己这个师团长放在眼里。所以他把山本孤军丢在了莲河要塞，借支那人的手敲打这些狂徒，亦是心中所愿。因此"幸"日当天，收到一封要塞内发出的"北风雨"密电后，小野令机要官扣住不发，静观其变。源田去救，他也不援。这番源田抗命，他更是大开绿灯。要看的，就是这一仗。他有志于长久经营麾下这片富庶的占领区，而不是把它变成赤地千里的死地。如此，这场战争，才能持续。这番志向，那些莽夫，安能了解?

“战争需要血液。平州是皇军的血源，有钱有粮，只是暂时还在他们手里。能用政治手段解决的城市，不要轻易用火。一个被打得稀巴烂的平州对于皇军毫无价值。源田这个马鹿，狂妄自大，害人害己，愚蠢至极!”

“嗨，明白!”飞行员深深一点头，不再多说什么，加大油门，直飞向南方。

2

唐晓蓉穿着一身护士服，宛如一个修女，身上沾满斑斑血迹。她报名参加妇女服务团，一直在县医院里，忙着为伤兵治疗护理。

救国军副司令黄开轩签发命令，平州城内依托县教会福音医院，组建了战地医院。战时，医护人员奇缺，他向全城招募了妇女服务团。

唐晓蓉只是在大学里简单学过一点看护急救，但是大战当前，保卫家乡，她也报名参加了。此刻，她被朱子松请了来，站到了黎有望身边。看着两排浑身血污、衣冠不整的日军士兵，在机枪下号歌、发抖，她不明就里。

黎有望请她向鬼子兵们翻译几句话。她不禁打了个哆嗦。

黎有望忍不住抱了抱她的肩膀，低声说："别怕，我们胜利了。你是战士！"

唐晓蓉点头，挺直了身体。

黎有望首先问："你们当中有没有通信兵，会操作电台的？"唐晓蓉清了清嗓子，翻译了一遍。

有个矮小瘦弱、戴着眼镜的士兵站了出来，摊出自己的手，承认自己是。

黎有望点点头，让唐晓蓉继续翻译："那么，好，你出列，站一边去。我们暂时请你留这儿。保证你的生命安全。"接着，他又让唐晓蓉翻译，"剩下的，你们手上都沾着中国人的血，但是今天，中国人饶恕你们一次。现在放你们回去，劝告你们的长官不要再来侵犯平州。我记得住你们的脸，再有下次，你们都活不了。"

唐晓蓉满脸疑惑。黎有望向她使了个眼色，命令。她非常不情愿地翻译了出去。

机枪手和周围的士兵听了黎有望的话，都炸了毛，纷纷鸣不平，“司令，这帮鬼子，是兄弟们用命换来的，怎么能放呢?”有人哭，“司令，他们是鬼子，踩着老百姓和兄弟们的血泊尸骸走过来的!”

朱子松、叶桂材两员筋疲力尽的战将，万万没想到黎有望会如此，挤到黎有望身边。朱子松含泪质问:“司令，你这一放，多少兄弟的忠魂在哭啊!”

叶桂材粗嗓门，“你，黎有望司令，不也差点就死在了他们的手里!”

黄开轩也进谏:“黎司令，昔日前秦天王苻坚，以仁义闻名天下，本完全可以一统中国。多个宿敌与部下纵乱，都轻易地饶恕了。结果，淝水之战过后，实力稍有不济，群小反噬，酿成天下大乱。黎司令，三思啊!”黄开轩免不得会引史作鉴。

丁聚元一旁玩着枪，看着平州兵的群情激奋，冷笑不语。

黎有望仰头看苍天，说:“兄弟们，多杀几个俘虏，纯属泄愤。

泄愤无益。如果鬼子立即再添个四五百人来。平州危矣。我们要争取时间。”

朱子松和叶桂材立即不语了，把火气硬生生地憋了回去。

黎有望挥了挥手，示意丁聚元将俘虏带走，还令朱子松随去签押。

丁聚元冷笑一下，用马鞭狠狠抽了一个日俘，下令：“弟兄们，咱听黎司令的，把这帮鬼子放到长江南去。是黎有望长官托我们放的，可不是我丁某放的。上头要追究下来，账记在平州头上！都捆起来，串着押到莲河。饿上一天一夜，后早送鬼过江！”

丁聚元的士兵找来绳索，捆绑日军。

这群日军凶神恶煞，污秽不堪，面如恶鬼。却不料，真做起战俘来，每个人也十分认真。他们排好队，一个个上前接受捆绑。没人反抗，更没人生事。所谓的武士道精神，不知去了何处。每人出列受捆之前，先朝黎有望鞠了一躬，90度角，毕恭毕敬。

那个通信兵留着，像个木桩般，一动不动。有个军曹被捆缚之前，跟他说了句话。

黎有望问唐晓蓉他们说了什么。唐晓蓉说：“坂冢君，多保重！”那个小兵姓坂冢。

丁聚元押着一队日俘，带着战利品，告辞远去。

他在平州境内第一次上阵杀日寇，趁着黎有望鏖战，亲手宰了不少敌人，心中快意盎然。

救国军士兵们个个呆若木鸡，眼看着丁聚元带着日俘，慢慢消失在地平线上。很多人暗自抹泪，“他娘的，憋屈！”

黎有望知道大家的情绪，也不急于安抚。他握了握唐晓蓉的手，想对她的护理和翻译工作致谢。

此时，两骑白马从残破的城门内疾驰而来。头一匹马上骑着的是白露，她勒住马，扬鞭在黎有望胳膊上一抽，“怎么，大英雄黎司令上阵，唱霸王和虞姬哪？”

黎有望躲不及，被抽得连连后退。

后一匹马上骑着的是黄开轩。他胳膊还带着伤，骑不快，慢了半拍。

士兵们都看出白参谋似乎对黎司令有点意思，忍不住笑了。某个人笑声一发，就容易传染。黄开轩下马来，板着脸呵斥众人：“不要笑，严肃点。”

白露带来的是好消息，她径直告诉黎有望：“赵汉生这个狗汉奸退兵了。你打赢了鬼子，我估计他不会来偷袭的。”

这的确是个好消息。

黄开轩带来的却是坏消息："78师的卫长河带着两个旅向平州进犯了，过了皇桥镇，跟我们一个民团保安营在郭店乡对峙。"

黎有望忙与黄开轩商议，韩主席要趁火打劫吃了平州？平州抗敌，他们背后捅刀，难道又搞直罗山那一出？

"为了救黎司令，我活捉过卫长河。他想要报仇，也不奇怪。不过，卫长河本人来电口口声声说，是来帮我们的，如果我们不识抬举，再生事端，则皆由我方负责。"黄开轩有点忧心，"我给郭店民团胡营长下令，没有黎司令的命令，不让他们再前进一步。"

"是福不是祸，是祸躲不过。就算他们仗着人多势众，要强夺平州，我们也得死死咬他们一口。既然鬼子已经被歼灭了，我们就先回城，让百姓们放个心，大大庆贺一下，造个声势出来！"

3

"鬼子败了！平州平安了！"

警察们走街串巷敲锣大喊。城内已经响起了零星爆竹声。

黎有望带着救国军主要指挥官到慈云寺休整，复盘整个战事。

此一战，救国军牺牲了二百余人，全歼源田部。应该是一场大胜利。在枣宜会战节节失利的情况下，江北打了这场硬仗，是前所未有之辉煌战绩。若说莲河一战，只是局部战区的震动，打出了这支杂牌军的威名，但毕竟没有赢得光明正大，兵力是日军近五倍，伤亡却比日军高。这保卫平州的一仗，硬碰硬，伤亡小于日军。全国震动，心服口服了。

城中百姓自发地抬着白面馒头到慈云寺门口，饥饿的士兵兴高采烈地抢着就吃。

日寇第一次进犯平州城，就遭到了迎头痛击。没有比在自己乡亲眼皮子底下打一个漂亮仗更喜人的事，血搏一场，扬眉吐气。有立下战功的士兵向老乡报喜："婶子，我杀了一个鬼子！"

旁边立即有人嚷："一个算屁，我操着机关枪，扫倒了起码十个！"

满城都在庆贺，只有黎有望忧心忡忡。

他浑身已经虚脱了，依旧硬撑着，接受大家的道贺。此次保卫平州，最终的战争结果完全偏离了他们的预先设想。他默默计算，如果携带攻城的大炮，日军大概只要五百人的联队就足可以攻下平州。如果陆空协同，有轰炸机助阵，需要的人数甚至可以更少。

白露在办公室外的门廊处追上黎有望，拿了两个馒头给他，说：“黎司令，这是平州群众的嘉奖，你也吃一口吧。”

黎有望摇摇头说：“吃不下，没胃口。”

白露见他强作欢颜，脸一冷问他：“刚刚取得大捷，你垂头丧气的，看来真是饿傻了吧。拿去吃，吃饱了，恢复力气继续给我打鬼子。难道你要我做一桌大餐，才肯张嘴？”

黎有望稍稍有了兴致，忆起黄开轩上次跟她学烧河豚的事，忍不住两眼放光，“大餐。说说看，除了河豚之外，你还能烧点什么？”

白露再白他一眼，冷笑着报了一串菜名，什么烧雏鸡烧子鹅炉鸭酱鸡腊肉松花什锦苏盘，舌头都不带卷的，唬得黎有望一愣一愣的。最后，她才叹口气说：“要是现在能吃上妈妈做的一盘糖醋松鼠鱼，那该多好啊。”

黎有望真的被她给说馋了，想到自己，正是因要保护像白露母亲这般寻常的平州百姓，才挺身而出的，忍不住捏着白露的手说：“等打完了鬼子，你可以一样一样地做给我吃。”

“美得你！”白露把两个馒头丢给黎有望，“这现成的，你爱吃不吃，不吃拉倒！”

黎有望慌忙双手接过，大啖几口。

一个士兵匆匆忙忙地出了通信室，通报："黎司令，收到了吕天平司令的特急电报。"

"到这时候，他才来信？说什么？"黎有望颇不快。

通信兵说："他说，从战区顾司令长官那儿求援的两个旅，由韩光义部89军78师抽调，归他本人指挥，卫长河师长担任副指挥，前来支援平州。即将到来，请予接纳。"

黎有望瞪大了眼，馒头也吃不下去了，骂道："我这姐夫，安的是什么心？你迅速给他回电，我已经取得了平州保卫战的大捷，不需要韩光义的援军。"

他跟着通信兵迅速到通信室，眼看着他一字一句地拍出了电文，等待着吕天平不知在哪个角落里的回电。

过了一刻钟，信号灯亮了，吕天平迅速拍了回电。

通信兵马上查看专用的密码本，一部道光十五年编的《平州县志》，翻译电码。很快，他起身将电文交到黎有望手中。电文内容如下：

有望吾弟，欣闻大捷，可喜可贺。目前，宜巩固力量，防止日寇再犯。速移交城防之务予卫长河部。我随后即达。

黎有望摔下电报，怒了，“我们兄弟拼命，要说论功，新四军有功，丁聚元有功，89军算什么！韩光义作壁上观，卫长河来摘果子。凭什么！”

慈云寺外，全城沸腾了，很多人在传着喜讯：“我们赢了，全歼鬼子！”

锣鼓更加密集地敲起来。一些老人将香案摆起来，向各路神灵致谢。鞭炮声此起彼伏，仿佛在过年。越来越多的人喜极而泣。

第十七章

十宗罪

1

平州大捷后的第三天，黎有望终于签发命令，同意让78师入城。

为此事，救国军上下争吵了三天，朱子松、叶桂材等人皆言战，主动出击，打卫长河一个措手不及，再捉他一回。黎有望表示，大战之后，三军疲惫，再一战，还是内斗。这条路，显然走不通。

此时，主持过对78师作战的黄开轩态度极重要。他沉思良久，提出一个字：拖。就这么对峙着，凭借平州充足的粮草、高昂的士气，与卫长河对峙，不到迫不得已，不开枪。一旦开枪，完全可以再捉一次卫长河。

他这一提议，赢得大多数军官的拥护。黎有望不好轻易表态，只得拍出了吕天平的电文，环视众人，问："那么，吕司令此令，该置之如何？我们能抗命吗？"

众人面面相觑。朱子松快人快语，直说："我等是跟着黎司令起兵抗日的，只认一个'黎'字。"话说到"起兵抗日"，见黄开轩没表态，硬生生把后半句给咽下去了。他实在想不通，自己这个老上级为何没有坚决力争。

吕天平骑马进城，着一身崭新的呢子军服，佩着两颗金星的中将军衔。几个78师的军官骑马，紧随其后。领头的，是一颇为英武帅气的军官，佩着少将军衔，戴着一副金丝边圆铜框眼镜，踌躇满志。

黎有望未曾见过，却一眼便知他是卫长河。前几日，他被黄开轩指挥的救国军偷袭生俘，旋即释放。此等丢军人颜面的事，他似乎并不放在心上，依然趾高气扬地入城，俨然是个胜利者一般。

卫长河身后跟着两个上校，是从78师暂借来的两个旅长。

黎有望一瘸一拐，到吕天平马前敬礼。得胜休养后，黎有望才感觉，与源田恶斗，用力过猛，身负不少暗伤。

吕天平下马回礼，“黎有望将军，守卫平州、抵御日寇，辛苦了。现在由我部第三战区新编江北游击总队来接防。你部可在休整后，与我部统一整编为国民革命军江北游击总队，勠力同心，共御日寇!”

两人对视，眼眶都有些湿润。许久，黎有望非常勉为其难地吼出了一句:“是，吕司令长官！平州抗日救国军接受整编，江北游击总队万岁!”

有士兵随之呼喊:“江北游击总队万岁!”

也有士兵改不了口，还在呼喊“抗日救国军万岁”，被人捅捅肩膀，醒悟过来马上改口叫:“江北游击总队万岁!”

众士兵齐声呼喊，或互相拥抱。

两支部队差异极大，黎有望这边是兴高采烈，但是制服不整，大战之后，尽显疲态。而吕天平这边，精兵悍将，军容齐整，训练有素。

78师115旅旅长周朝矮个子，微胖，蒜鼻头。他还兼着78师副师长，是卫长河得力之干将。他扫视了一下黎有望的队伍，嘴角滑出不屑，“土鳖队伍！”

旁边的121旅旅长、78师参谋长何辅汉笑着说：“可别小瞧了土鳖。黎有望平地崛起，空手掌兵，两战日寇，两战两捷，先夺莲河要塞，后保平州，一员猛将。”

“那是他运气好罢了，在战场上，好运气用不过三仗。以后这平州，靠的还是咱们。”周朝不以为然。

何辅汉摇头，不置可否。

入城仪式完毕，双方主要将领就在慈云寺内会议室落座，互相介绍。

吕天平这边介绍完毕。黎有望依次介绍了黄开轩、朱子松、叶桂材、白露、罗耀宗。吕天平向他们一一敬礼，口称：“久仰，辛苦了。”

到王怀信，黎有望犹豫了一下，就说是抗日救国军高级参谋顾问。

吕天平跨桌伸手，与王怀信一握，“久经战阵的高参！”

随后，由卫长河宣读战区司令的命令：“根据第三战区顾司令长官并省主席韩长官联合签署，此令：鄂西会战后，东部战区防务吃紧。即日起，由89军划拨两个旅，与平州地方武装合辙，整编为江北抗日游击总队。责复役中将吕天平为该部队正司令，原78师师长卫长河为副司令，厉行整编事宜，以备御寇。其余人事，由该部队自行安排，报战区暨国防委员会备案即可。”

一纸命令出，原救国军人马无不哗然。这算什么整编，分明是拿78师吃了救国军！当初78师主动从平州撤出去，一枪都没放，听说日本人要来就跑远了。而这份文件，居然对新编部队的人事安排不作一示，分明要给两军埋雷。窃窃私语，声音很小，但还是能跑到对面各位的耳朵里。

黎有望猛喝一声：“安静！”

整个会议室顿时鸦雀无声，两边的军官面面相觑。

沉默了许久，黄开轩咳嗽了一声，问询：“既然诸位长官受命而来，整编两军，那么我可否冒昧问一声，我们救国军的人马，该如何安排呢?”

卫长河又有话要说了。他瞥着黄开轩。月余前，正是这名黄姓悍将，出其不意将自己生俘，如今却低声下气问自己讨要官职。命运，有时妙不可言。他彬彬有礼，向吕天平和黎有望两人微微鞠躬，然后慢条斯理道："诸位，保卫平州，大家都做出了巨大牺牲，都辛苦了。"

他鼓掌，只有周朝和何辅汉两人应和。掌声响得极尴尬。

"鄙人虽然不是平州人，但却是平州的女婿，平州的半子。你们为我故乡做出了牺牲，这份功劳，当然不会因为整编抹杀。所以，诸位功臣都会得到合适的安排的。目前的安排是，你部独立编制，军营驻地也不变，仍以这个慈云寺为指挥部。我们新司令部，设在县政府。"

说得客客气气，但是却油滑，转移了主题，回避了最关键的问题。

黄开轩冷冷一笑，"卫师长，您这安排，还真是很体谅我们的牺牲啊！"

对抓捕过自己的宿敌的冷言，卫长河倒不以为忤，畅言道："抗战至今，激战之下，整个江北，我国军将士尚有近二十万之众。日本人抢夺了上海，抢夺了富庶的江南，抢夺了国都南京，但是我们还在。我们依托着河网纵横的平原，依托着芦苇密集的水荡，依托着皖南鲁南的山岳，依托着千千万万的民众，与敌周旋，使他们不敢贸然全面侵犯江北，靠的就是'牺牲'二字。卫某今天回来，化干戈为玉帛，誓和诸位，与平州共存亡！”

这番声口，活脱脱韩光义化身。“化干戈为玉帛”六字，是说给黄开轩听的。

2

会议散了。直到最后，也没有人宣布对于原救国军人马的安排。

黎有望也不问，待会议散后单独找到吕天平，问：“你不是说待在上海再考虑考虑嘛，怎么来得这么快，一声招呼都不打就到平州城下了？”

他心中有点憋闷，虽然是自己盛情邀请吕天平来平州担任这个游击总队的司令。但自己前脚走，吕天平后脚就到了，且专挑抗日救国军胜了日军源田之后来，还带来了89军的两个旅，就像是早就做好了一个套。这可不是打马虎眼的时候，哪怕是郎舅。

吕天平笑眯眯地反问黎有望，是不是想问，自己是不是在故意算计平州的战绩？

黎有望埋下头，不答话。

吕天平正色说：“我若不这么急着赶来，你恐怕已经是战区司令部里的刀下鬼了。卫长河和他那两个旅的入城，就是当初在新化换你命的条件。”

“我刚刚消灭了鬼子，守了平州。抗日有功，谁敢抓我？”

“有功，就能当天了？”吕天平不急不慢，从怀中掏出一份报告，“自以为是。这是你的十大罪状，有人呈报到战区司令顾长官案头上的。条条都能把你拿下，想听听吗？”

黎有望一身冷汗。有刀，居然还有十把。薄薄一页公函，能只手定乾坤？他死也不信。

“第一条说你是据城自有，军阀做派。这个嘛，务虚，谈不上什么。

“第二条，说你绑架平州，挟民众为肉盾抗敌，刀锋走险。这个嘛，你可推敲。”

黎有望哼了一声，懒得辩驳。

“第三条，说你除奸无能，挖除城中日伪间谍无力，贻误战机。你，承认吗？”

黎有望又哼一声。

“第四条，开始严重了，敲诈乡绅，恃强凌弱，贪墨军款。战区若不处理，人家要到委员长面前告你。”

黎有望忍不住拍案而起，“血口喷人！我自己全部积蓄都用在抗日中了，宁可啃着窝窝头，也不拿公费一分。诬陷！”

“第五条，暗通汉奸，私自与南京汪伪方面媾和。这可是严重的罪名了。军人条例，暗通敌寇者，枪毙立决。”吕天平目光如炬。

“缓兵之计，将在外，有权自处。”

吕天平点头，称好个“将在外”，随即报：“第六条，私纵战俘，以交好日寇，给自己留后路。也是枪毙的罪名。”

“敌强我弱，杀俘无益，是以羊公之策。”黎有望拿历史典故自辩。羊公就是羊祜，镇守魏吴边境时，安抚百姓，减免赋税，鼓励生产，深得百姓爱戴。连敌国吴国的百姓，都深受他善政感染，纷纷来投。

吕天平不理，继续念：“第七条，日寇来犯，不能在防区边沿主动迎敌，致使两个乡的同胞惨遭敌人屠戮。你还蔑视上级，无视省政府对于你部的管辖与指导。这第七条，绝对是韩光义呈上的。其心可诛。”

抗战最难之时，须忍辱负重，收缩防线，委曲求全。将在外君命有所不受，只要这平州城多一天在中国人手中，就多一份力量。一只飞虫落入黎有望手心，他用力一握，碾为齑粉，轻声道：“问心无愧。”

“好个问心无愧。本来嘛，顾司令也没在意这些说辞。但下面的，得认真斟酌。”吕天平面色愈发凝重，一口气报出了“八”“九”“十”三条。“第八条，暗通共党，在平州纵容共党活动。这个真是要你命的说辞。第九条，你与新四军私下交易军粮。这个关系到我了，我岂能不顾？第十条，各方断定，你有投共倾向，不能委以一地防务之重任，尤其是平州这枚江北楔子。这三条，党国最忌讳。你死定了。”

“我不惜粉身碎骨，费尽心力，保卫平州，那些人，就凭着这轻飘飘一张纸，背后捅刀？岳武穆之冤屈，也不过如此。”

黎有望欲哭无泪，对这个党国、那群官僚，已经满心的不服了。

吕天平说，因为私交，顾司令把这十条用急电拍给他。他就知道自己想在上海多待几天，已经不可能了。前线良将激战，朝廷磨刀待功臣，翻看二十四史，这样的戏码太多了，黎有望不是最惨的那个。

“我不来，韩光义就会举三个师，来攻打平州，点名抓你和丁聚元二人。78师只是先锋。在卫长河的背后，韩光义还准备了十三个团。你也知道，他合纵连横，收编了大量江北地方武装，不是光针对日本人或者汪伪的。不要以为你可以阻挡得了。”

吕天平拿出一纸密文给黎有望看，低声道：“今年，3月7日，委员长公开对八路军发布五条训令，要他们守规矩，不得擅动，尤其不应违抗政府。训令之外，就是密令各路军政长官，随时可用‘五条’原则为借口，惩戒中共。这就是他一贯的主张，‘消极抗日、积极反共’。”

黎有望颓坐在椅子里，“那么，你们要剥夺救国军全部军权了。”

3

“我这么多年帮着顾长官办事，可不是白做的。他帮我暂且拦住了韩光义。”吕天平起身，手背腰后，感慨，“老韩也不是吃素的，硬塞给我一个卫长河。这礼，不收怕是不成。今天会上说了，以后你还带着你的人马，但是平州的军事你怕是插不了手了。我思前想后，你可暂时抓抓政治工作，肃清日伪敌特。”

黎有望怄气，说干脆把枪交了，还去小书店卖书。

吕天平摇头，宽慰他，军报发刊词上说“忍一时骂名负一方责任成败皆由天意，献一个头颅洒一腔热血生死都为中华”。

“张自忠将军可以做到，我们也可以，不能心灰意冷。为国为民，自有天道。”

官话说完，黎有望怏怏不快，问姐姐黎带娣的后事。吕天平告诉他，后事，刘琴秋在料理了，葬在万国公墓。

黎带娣，是两人共同的痛。吕天平立即转移话题，指着军用地图道：“平州守卫战，也算囫囵胜利了。让我复盘你的战斗部署，我们先来检讨这场仗的得失吧！”

吕天平先是赞扬他的忠勇，随后一口气指出黎有望指挥中的若干隐患与破绽，一针见血指出来全指望老兵们的两道防线阻拦日军，太过于轻敌了，也白白牺牲了太多老兵。吕天平毕竟是吕天平，眼睛毒。吕天平又指出黎有望此番亲去上海，过于草率，军心未稳，主帅擅离中军大帐。这是起祸之道。

4

两人正欲深聊，突然一个士兵进门，报告说大事不好了，两部人马打起来了。

吕天平一惊，追问，为什么事打起来了？士兵如实汇报："朱营长不许89军的人进城。在城东门杠起来了。"

黎有望迅速开动那辆挎斗摩托，带上吕天平，赶往东城门口查看。

打得正欢，朱子松和周朝两个主官在交手。各部人马各自呐喊助威。吕天平脸色极难看。黎有望拉了拉吕天平，"让他们继续。以后同城驻防，一支队伍的，不打不相交嘛。"

朱子松大战刚歇，往鬼门关走了好几遭，身体疲惫，还真不是周朝的对手，被连续几个过肩摔，躺倒在地，但是他不肯屈服，倒了又立刻鱼跃起身。

周朝看他一脸泥巴，竖着中指招引他，"再来，杀鬼子的英雄！你要是把老子撂倒了，今天我的旅就不进这平州城了。不然，你得躺着，让我们一个个从你头上跨过去！"

朱子松大骂“你个龟孙”，一跃而起，半蹲于地上，急着想扑。扭头瞥见，人群中黎有望看着自己，用手指点了点脑袋，顿时醒悟了。这是让自己打架得动脑子，出阴招。他不动声色抓了把沙土，站起身时迎面一撒，然后就是抠眼眶、扯头发，用尽全力将周朝撞倒在地。

周朝没防朱子松这一手，掩面骂娘不及，被他给摔倒在地。两边的士兵发出了内容截然相反的呼声，一边是“好”，一边是“嘘”。

黎有望跳下摩托车，脱了上衣，对着周朝115旅的人说：“子松杀敌在外，累了，不算。你们中谁最能打，冲我来，一把定输赢！”

真有虎背熊腰的一个士兵冲了出来，“老早就听说黎司令威名，在望江楼上单枪匹马杀了一队鬼子。今天有这个机会，我乌力吉就是想讨教。嘿，得罪了！”

无人制止他，那个士兵直冲黎有望而来。

这个叫乌力吉的士兵脸圆唇厚，像是察哈尔或者热河的蒙古族人，应极善摔跤。黎有望目测，单凭蛮力肯定扳不倒他。在乌力吉近身之时，他矮下身子，猫腰前扑，全部的力量用到一条腿上。乌力吉没防备，展臂熊抱，却抱空，再想腾手抓黎有望的腰，却被他顶住了自己腰。黎有望全力一运劲，他就四仰八叉地倒于地上。

乌力吉气急败坏，在地上嚷:“不算，再来!”

黎有望哈哈大笑,“我力气没你大，但是我赢了。兄弟，岂曰无衣，与子同袍。咱们以后一起摔鬼子去!”

他拉起了乌力吉。乌力吉伸手就要再摔。很多115旅的士兵却为黎有望喊:“我们的黎团长赢了!”

黎有望从中听到一两个熟悉的声音。那是自己老175师522团的旧部。他鼻子一酸。

周朝挥手喝止，轻蔑地下令:“暂不进城!”众人默然。

“嗟我将士，尔肃尔听。国民痛苦，火热水深……”

双方士兵之中的老兵，不知是谁首先唱了起来。黎有望一愣，跟着唱道:“土匪军阀，为虎作伥。帝国主义，以枭以张。本军兴师，救国救民……”

吕天平本不欲表态，静坐摩托车挎斗内。听此歌，心中一痛，黯然泪下。他知道，六年前，175师被改编，全师的士兵们，是唱着这首曲子，踏过泥泞山道走出直罗山的。

教唱北伐军歌，本来是他亲自给老175师师部所规定的“励军八操”之第一条。他退出军政界，专心经商，再也没有听到过这歌声。忍不住，他也跳出来，站在摩托车上，挥手打着节拍，高声和大家一起唱。

周朝摘了军帽。名义上的长官吕司令如此，再看看自己的部下，和衣衫狼藉的救国军士兵们，他暗骂：“娘的，一帮猪猡相，脑子烧!”

当晚，卫长河设宴。

宴请以吕天平的名义发出，请黎有望部的人，说是庆功宴，也是换防宴。杯盏之中商议正事。正式会议，不讨论只宣布。这是北洋以来，军界的一种陋规。自从袁世凯起，无论是开战、媾和、提拔、夺权还是杀人，大大小小的事务都在酒桌上先谈好。

黎有望知道规矩，就等晚上这场宴请。果然就来了。这是“杯酒释兵权”。倘若没有吕天平及时赶来，或许还是一场“杀虎宴”。自己喝完酒，就被卫长河宣读十宗罪，拉出门外枪毙掉。这也是规矩。

好在今晚，有吕天平。

饭桌没有摆在饭店酒楼，而是摆在卫长河老丈人唐经方家的“白金汉宫”。

黎有望来时，也没见唐晓蓉。参加宴会的人，包括吕天平以及卫长河在内，都是军容严整，气质高迈。黎有望的人，军装破旧，面容憔悴。

卫长河笑着问：“再次见面，都熟悉了吧诸位？”

周朝告恶状，“师座，嘿嘿，熟悉。还摩擦上了，不打不相识嘛！”

开席了。酒是孙家坊里的极品玉兰馨，菜是平州传统的“八鲜”。

时令已经入夏，天气很暖，离炎热就差一步了，各种菜品赏心悦目。但黎有望吃着却味同嚼蜡。

卫长河举杯，“诸位，喝了这杯酒，以后就没有89军78师，也没有抗日救国军了，只有游击总队。从今以后，我们都是吕司令的兵了！”

众人饮罢。依旧各怀心思。互相不敬酒，也不说话。

气氛很尴尬。卫长河推了推金丝边眼镜，看了看吕天平，又看了看黎有望，咳嗽了一声，方入主题。

“我权且代表吕司令把本队改编意见大致说说吧。平州的防务，由115旅接管。以后115旅在89军保留番号编制，但在总队，为暂编一大队；121旅为暂编二大队，负责莲河防务。‘金平州、银莲河’，我们要把防区前移。原来抗日救国军的人马，按照吕司令的意见，为暂编独立大队，黎司令担任总队副司令，黄开轩担任暂独大队长。大战过后，三军疲惫，你们暂时不划防区，原地休整一个月再说。黎老弟，你的意见如何?”

黎有望独自喝了一口酒，拍下筷子想说点什么。

突然听到外面有人高声嚷:“他娘的，都端着酒喝上了，排排坐分果子。怎么不通知老子呢，要把老子搁到长江里去?”

第十八章

起萧墙

1

闯进来的人脸上一道耀眼疤痕，面红耳赤，怒气冲冲。正是丁聚元。他捏着一颗手雷闯进门，五个士兵都没拦得住。

卫长河误认为黎有望搞什么名堂，率然起身，责问："黎司令，这人是谁，他要干什么？"

丁聚元自报家门："行不更名坐不改姓，前国军南京卫戍部队89军宪兵营少校营长，现任国民政府平州县民团上校训练主任，光复莲河要塞抗日义勇军司令丁聚元！"

丁聚元怒了，带着极大的愤怒，杀气腾腾的愤怒。众人都被惊住了。

卫长河昂然不惧，笑问："你是来喝酒的，还是来挑事的？要喝酒，吕司令长官在这儿，你得先敬三杯；要是来挑事，黎司令在这儿，他专治挑事的。"

绵里藏针，先礼后兵。拿吕天平和黎有望来挡。

丁聚元收起了手雷，睥睨卫长河。双手一拱，作揖，算是赔礼。取酒杯酒壶，先喝三杯自饮。又倒一杯，敬向吕天平，道："吕师长，您能来平州，百姓的福气。自罚三杯，再敬您一杯。战友一场，都在杯中。"

吕天平没表态，喝了酒，悠然道："丁营长，直罗山一别，几去经年。若非自报家门，我还认不出你。听说，脸上这道疤，是在南京留下的？为国尽忠，我敬你一杯！"

他目光如炬。丁聚元心虚。直罗山，是吕天平败走的麦城。

"吕司令，当年直罗山，奉命行事。您大人不计小人过。"丁聚元拱手一拜。

"此一时彼一时，都是旧事，还提来做甚……"吕天平话中无尽沧桑，直罗山一记暗枪，断了他北伐开始的戎马生涯。"九龙湖二龙山的水泊里，你的人马安在？今年挑起事端想劫平州的也是你吧？”

丁聚元不辩解，说，是。吕天平点点头，不再多言。

卫长河顺势质问：“你带着家伙就闯夜宴，准备再劫一次平州？”

丁聚元摇头说：“打跑了鬼子，我本来是专程带着酒来找黎有望痛饮的。到此城，却听说平州被89军给接管了。我们在平州浴血奋战，人死光了。你部来接平州，这是唱的哪出？你们又准备把我、我们往哪儿安呢？”

“给你脸了是吧？你什么东西，一个脱了队的兵匪，还敢质问师座？”周朝憋着气，猛站起来，大力推搡微醺的丁聚元。

“你算什么东西！老子给89军南征北战卖命之时，你他娘的不知道还在哪儿嘬娘奶呢。”丁聚元更怒了，反手抄起周朝手腕，铁钳般钳住，“我堂堂抗战英雄，若非上面过河拆桥，怎么就成了匪？你们才是匪，眼看着平州被犯，按兵不动。小鬼子被灭尽了，就来抢果子。真是打得一手好如意算盘。”

周朝挣扎，丁聚元的力气远比他想象的大，纹丝动弹不得，只好骂娘。

“够了!”吕天平说,“是我邀请卫师长率部来接手防务的。日军两战失利，若不甘心，卷土重来，你们挡得住吗?盖子是你们掀开的，现在，我们替你们一块扛!”

这话是说给丁聚元听的，也是说给在场所有人听。瞬间鸦雀无声。

丁聚元松了胳膊，撒手放开周朝。周朝一个踉跄。

“这是平州琴湖八鲜中的簖蟹。什么是簖?就是拦螃蟹用的竹篱笆，上头高出水面三尺，那些最勇敢爬的螃蟹，才能过这个‘簖’，才能往前走。过了簖，就是收它们的竹笼子。掉进笼子的蟹最壮实，也最味美。我们吃的，就是簖蟹。这个‘簖’，就是保卫平州，就是打鬼子，就是抗战。过去，就是个死，你们过不过?”

吕天平夹了一只螃蟹，掰成两半，把一半放到黎有望面前，另一半放到丁聚元面前。

这意思再明白不过，前面是血海刀山，是悬崖断壁也得过去。

“打鬼子，赴汤蹈火，义不容辞!”丁聚元说,“我到许庄察看过，源田把三十多个乡亲集中起来，拿铁丝绑上，用刺刀一个个捅死，惨不忍睹。这个血仇，一定要报。”

卫长河问:“既如此，你的人马还欲啸聚山林、自行其是?”

吕天平不发话。

“丁聚元，既然爬过了簖，就没有回头路。如今，我们都掉在笼里，唯有拼死向前，彻底打破笼子，才有出头之日。不然，”黎有望一直在喝闷酒，此刻不得不幽幽表态，“只有被宰割。你别惦记平州了，你的人就编成游击总队下一个支队。莲河交一半给暂二大队的何旅长，你们共同防守。你的二龙山人马也编成一个支队，龙湖支队，作为战略预备地。鬼子真来一个师团，我们定然扛不住。胜不得，都退到水荡子，打游击去。”

卫长河心知肚明，黎有望服软了，默认了改编。他端起酒杯来说：“好，黎司令的安排，很妥当。鄙人佩服。喝酒，我们都来尝尝簖蟹，以后齐心协力保平州。”

黎有望一饮而尽。丁聚元一肚子闷气，也只有跟着咽下眼前的苦酒。

2

黎有望酒醒，发现自己跟丁聚元两人和衣而睡。睡在了一张极其宽大的旧木床上。是一间雅致的房子，各类陈设古朴、素净，看起来像是一栋老人住的偏院。

一次夜宴，酒酣如此。摸摸脖子，头尚在颈项上，想来终没吃成杀人的请送宴，也真是险。黎有望一时记不起身在何处，隐约还记得昨夜事。天气转热，他嗅了嗅自己身上的汗馊味和酒气，迫切想去冲个凉。出门到院子里转转，果然院中一口深井。他脱光了衣服，提出一桶冰凉的井水，喝了个饱，然后从头淋下，冲个痛快。

满院的紫藤开放，墙脚荼蘼、月季也正艳。

战火虽然不绝，时岁迁移，按照自己的节奏运行。其中有真趣，欲辨已忘言。

黎有望肆意沐浴。冷不防，院子门“吱呀”一声被推开，有个女子闪身进门，喊：“黎司令，你醒来啦。”

却是唐晓蓉的声音。这还是唐家院。

黎有望一惊，用水桶挡着自己，“嘿，我冲澡呢，你别过来！”

他和唐晓蓉之间隔着一大丛的荼蘼花。唐晓蓉只能看见他湿漉漉的头和半截伤痕累累的胸膛，但听他这么一吼，立刻脸红了。“黎司令，我把早饭和换洗的衣服搁在这儿了，你完了自己来取。”放下东西，她闪出院子门。

黎有望等唐晓蓉关上门，立即去取了衣服穿上。

院子里响起了哈哈的笑声。是丁聚元也醒了，也到水井边脱光了冲凉。黎有望咀嚼着皇桥烧饼，喝着大海碗的稀饭，在紫藤架下看着他冲澡。

丁聚元说："你老爷们儿光屁股洗澡。人家大姑娘来，你怕啥。该怕的是她。这么多年，有过女人吗？"

黎有望猛吸了一口粥，不回答他的问题。

"嘿，别全喝光了，留给兄弟一口解解渴。我怀疑你压根儿就是个没开过苞的雏儿。我猜，你压根儿不知道女人滋味多美。驻防南京的时候，我跟罗汉巷一个做鸭血汤的小寡妇好上了。名字可好听，叫小月。要不是日本人来，小月不知是死是活，我怕早退役和她一块到老门东卖鸭血汤去了。金陵国都的女子啊，来斯，胸脯子白得像雪……"

黎有望看到丁聚元赤条条的身上伤痕累累。斑斑点点犹如血迹，想必是炮弹破片给打的，比自己的伤疤还多三倍。无声勋章，令人肃然起敬。黎有望不理他。

"好好，说正经的。吕天平什么意思，韩光义的苦头还吃不够，怎么把他给招引过来了？老实说，在平州地界上，他能靠的，还不是你我这两千多号杂兵。如此一来，岂非让你前功尽弃？”丁聚元最后打了一桶水，灌顶浇下来，连声呼，“爽，爽！”

黎有望将原委告诉他，吕天平原本找战区借兵，没想到借到手的，却是韩光义的人，估计也是哑巴吃黄连吧。他把大半碗粥给搁下，抽抽鼻子，发现自己感冒了，“吕司令一定有他自己的计划。我们安能蠡测他的谋略。”

“我费尽心机意欲抢平州，到头来，还是卫长河捡了便宜。真不如当时趁你打莲河，一举拿下平州。以后该如何？”丁聚元抖抖身上的水，拿旧衣服再穿上。

“休整。正好，这段时间，抓间谍，把日伪在平州的眼线统统给挖出来。被他们坑得真是惨。”

“我不会交莲河的。”丁聚元斩钉截铁，“让何辅汉带着121旅在五里铺老实待着，有事互相照应。若再往南一步，我是不会客气的。吕天平是你姐夫，不是我姐夫。你有吕天平罩着，我没有。”

“打鬼子前，咱们有约定，我若出兵，赏点枪支弹药。一千杆新枪，弹药若干。现在，它们也不全归救国军了，趁早弄点给兄弟。现在平州变三瓣了，不给我，也要被卫长河的人给拿去。”

丁聚元一边系着武装带一边说。坐地狮子大开口，毫不客气。

黎有望爽快答应，立即进屋拿笔墨写批文。临走，交代丁聚元：“枪，你迅速提走，夜长梦多。不交莲河这事，你也掂量好了。二龙山你怕都回不去。”

丁聚元见到批文，叹息：“黎爷大人大量，义薄云天，不计前嫌，拿我当兄弟了。我算明白了，都是为抗日。那些党国的狗，凭什么霸槽多一点，就觉得自己豪横？我不怕他们，大不了，过江投奔新四军去，去找管蔚然。”

听丁聚元欲投管蔚然，黎有望也是惊雷一震，心中的隐隐所思，竟然被他先说出口。黎有望将批文递给丁聚元，“你够硬气，投共产党也敢说。你先回莲河，枪弹随后就到。”

“事不宜迟，我马上就得去取。万一卫长河听到风声，一个枪子儿都没了。”

丁聚元迅速抢过批文，笑起来，从裤子里摸出一颗手雷来，晃了晃，丢给黎有望。

“这是喝酒通行证，记得挂腰带上的，怎么就掉裤子里去了。还好没爆了。药性可大，一颗能结果一屋子的人。逃了一劫。我说你是个雏儿，有空到莲河，我找个中看的婆娘帮你开个光。”

丁聚元说走就走，最后撂下一句话：“到莲河我就传令，二龙山我要是回不去，所部人马，只认你黎爷指挥。走到那一步，好好待我的兄弟们。别拿他们当匪！”

3

丁聚元心急火燎去领枪，说走就走，疾风骤雨。为了避开平州人的耳目，也不许黎有望送上一程。

黎有望独自一人在院子里吃光了剩下的烧饼，咀嚼着浓浓麦香。心中颇为羡慕丁聚元。一个人，敢把自己的退路想清了，就不会再有任何顾忌了。而自己此刻，深感重枷披身，左右不能。猛然间，无事可做，也无处可去。想就此离开唐家大院，去军营召集士兵们出城轮操。转念一想，大战过后，弟兄们都累了，让他们安生地歇几天。

慢悠悠地出了院子门，迎面遇到了唐晓蓉。

她穿着学生装套裙，于院门外游廊边坐着，在等着自己出来。他整了整衣装，“唐小姐，昨晚贪杯，就不向令尊告辞了。谢谢这一晚收留。”

唐晓蓉嫣然一笑，“没事。黎司令，你还有没有什么日军的资料要翻译了？听说我帮你做事，左校长特意减少了我的课，要求我多帮你们救国军做事。”

“左校长可是个不错的人。他没对你说些其他什么？”

这是旁敲侧击。单纯的女孩子撒不了谎，唐晓蓉摇了摇头，“没有，完全没有。你让我保密的，那些材料，我一步也不会带出自己的房间。”

唐晓蓉脸上露出了灿烂的笑。一口洁白贝齿，于日光下熠熠生辉。

黎有望不敢再跟她单独待着了，匆忙告别唐家大院。

黎有望对这座几进几出的宅子，感情极其复杂。唐晓蓉一定不知道，年少时，好多个春节，他都会跟随着母亲，一起到这所大宅子里的厨房做短工。忙年帮厨做饭，挣点钱过年。

那时候，院子比现在规模要大上一倍。唐家的老太爷、唐大老爷都还在世。特别是唐老太爷，须发尽白，拖着个长辫子，蜀锦马褂，拄着拐杖，常颤巍巍踱步到后厨来查看。

彼时，唐家长孙唐经方的两个小姐，是一高一矮两个小女孩。蝴蝶一般绕着老头子。皆穿着浅绿的英式羊毛格子连衣裙，戴着大红蝴蝶结，洋气四溢，光彩照人，宛如小仙女。灰土布棉袄的黎有望自惭形秽，与富人有莫名的隔阂。

唐老太爷见到他母亲带着小男孩来做工，也不责骂，总抓出一把唐经方从英国带回来的太妃糖给他。他母亲却诚惶诚恐，坚决不许他拿糖吃。

光阴驰转，自己竟这般成了唐宅的院中宾，不由百感交集。

离开了唐家大院，黎有望上街漫无目的地闲逛。

大批周朝115旅的人队列整齐，往平州城里开拔。他们崭新的军服，得意扬扬的神情，如阳光中的军刀一样刺眼。两个年轻的小兵四处张贴安民告示，宣布游击总队扩防，全部接管平州。在这些新告示旁边，还张贴着黎有望此前发布的奉劝谍匪自首的告示。

黎有望不声不响地撕去了自己发布的命令。

有人猛拍他的肩膀嚷：“黎司令，都找您一个上午了！”

黎有望转头一看，竟然是徐永财。他手握一份报纸，递给黎有望看，“报告司令，有人混入城中，散发了这个！”

黎有望接过，定睛细看，竟是上海汪伪编辑的《中华日报》。上面赫然刊登着一则消息：“原蒋记国军中将吕天平为保和平，设局杀发妻，赴任平州。”

他一惊，慌忙看下去，“吕天平之所以能够摆脱富商寓公生活，赴平州任职江北游击队总指挥，就是通过刘琴秋攀上了蒋军第三战区顾司令长官这条大腿。顾某有意把他的表妹刘琴秋许配给吕天平，两人就此暗结珠胎。黎姓发妻久病不愈，得知此事，不肯让位，所以吕天平学吴起杀妻求将，设局杀发妻，栽赃给特工总部。”

报纸还附有一张吕天平与刘琴秋相会的图片，以及一段貌似“善意”的评论。评论说：“吕天平素来主张和谈解决中日问题，或许他此举是为民族大义考虑，只身到任，调停江北蒋军与新国府及日本友邦驻华军之间的摩擦与误会。若果如此心，也堪为伟丈夫也。”

评论者署名“青禾”。如此时机，无疑是浑水摸鱼的离间计。《吴越春秋》里，越王勾践让吴王夫差猜忌伍子胥，便是让人到姑苏城传谣言。

“这种汪伪报纸，从来不得在本县出现，哪里来的？”

徐永财如实汇报：“有一群小孩在街头散发，大家哄抢。问了小孩，说是一个挑担的货郎让发的。给了小孩子糖果。我派人沿街去查挑担商贩，在青阳巷发现他丢下的担子。人不知所向，线索就断了。想必是一早换防，他乔装混进城里散发的。”

第十九章

疑金兰

1

黎有望怒气冲冲地闯到县政府。

卫长河的士兵内外忙碌，布置着游击总队的司令部。清扫房间，搬运家具。

黎有望见到了滕勇，问:“滕秘书，吕天平司令可在县府?”

滕勇脸色一寒，撇撇嘴示意，“赵县长那间办公室，被他征用了。”

黎有望就径直推开办公室外的警卫，闯到了吕天平的面前，把报纸拍到了他的桌上。

此时，吕天平正在起草一份于抗日阵亡将士葬礼上的讲话。看到汪伪的《中华日报》，他从口袋里翻出一副老花眼镜，架在鼻子上仔细看。看完了，默不作声。

黎有望问：“那个姓刘的女人，是不是顾长官的表妹？”吕天平点点头。

黎有望仰头，又问：“我姐清醒的时候，知不知道？”

吕天平冷静地说：“我是个男人，也没有和你姐正式结过婚。我和谁在一起，不需要谁的同意。”

“你就是一个乱搞女人的花花公子，背叛我姐！”

吕天平拉开抽屉，拿出枪，拍在黎有望的面前，“如果你相信这是事实，现在就一枪打死我。”

黎有望也立即抓起枪，对着吕天平额头。仅仅僵了两三秒，他又放下了，“我有这么蠢吗？这个报纸胡说什么，我知道。”

吕天平重新拿起那把勃朗宁小手枪，深思利害。“你太容易冲动，人一冲动，就会受敌人的控制。对方为什么要这样做，还要煞费苦心送到平州来散发？”

黎有望分析：“挑拨我们的关系，让我们彼此猜忌。就算我们能推心置腹，三人成虎，手下将领也多半会对此起疑，这是要往还没有熔为一炉的游击总队里掺沙子！”

吕天平忧心忡忡地说明，这个执笔的“青禾”在玩阳谋，布局的人是高手。不仅如此，吕天平是游击队的总指挥，小报不说他是丧家之犬，却说他搞桃色绯闻。连“吴起杀妻求将”这样的比附都搞出来，那些醉心戏文的黎民，一听便懂。其心可诛。造这种谣，一向有人爱听，极不利于游击队队伍的发展，来投军的一听游击总队司令是个登徒子，觉得挂不住脸，也就另投他处了。

“战争，也是包括舆论战的。枪把子，笔杆子，钱袋子。有时候，笔杆子起到的作用比枪把子还大。”

吕天平说的当然对。

十多年前，自打他认识吕天平并在上海第一次见到姐姐黎带娣，黎有望就知道他们两人的关系不同寻常。

姐姐长年瘫痪在床，神志时好时坏，基本就是一个废人。让一个生龙活虎的大男人，一辈子守着这样的女人过日子，不近人情。道理，黎有望也明白。但是他还是无法接受，一个到处宣称是自己姐夫的人，跟别的女人有了关系。特别是为了抱大腿而攀上的女人。他感到有点恶心，莫名地窝火，忍不住还是问一嘴：

"若你没有做安排，那么那天在上海打退76号，解救我们的人，那些自称新四军的人，是从哪儿冒出来的？"

吕天平反问："难道不是你安排的？"

两人瞬间都僵住了。

吕天平想到了什么，没必要跟黎有望搅和下去了。他忙岔开话题，质问黎有望为什么给丁聚元枪支弹药。若说为守卫莲河考虑，这个重任就要交给何辅汉的121旅。

"丁聚元要我传个话，他不欢迎韩光义的人，121旅只能驻扎在莲河北的五里铺。再往南，他就不客气了。"

吕天平轻轻一哼，心知丁聚元不是不欢迎韩光义，而是不欢迎游击总队。他就问黎有望怎么看丁聚元。

黎有望认真地想了想，说："这人有时候无恶不作，有时候又十分仗义，不管怎么说，都是一个真心实意的抗日精忠。我喜欢和这样的兄弟一起打鬼子。"

"卧榻之侧岂容他人酣睡，此人必不甘于蛰伏。他虽然打着抗日救国的旗帜，但已落草为匪了。你们两人本来是生死对头，现在却有了生死之交。算是一段缘分。我可以给他一条生路，一笔钱，礼送出境。”

吕天平很冷静，黎有望认丁聚元做兄弟，驱逐丁更刻不容缓。

“睡在榻边的，是卫长河好不好？游击总队在平州立足方稳，要让四方诚服，正是千金市骨的时候，一个丁聚元都不能容，还能容下谁？”黎有望觉得吕天平犯糊涂。

“曾文正公云，兵贵精，不在多。他起兵时，只有不到五千兵，却要面对五十万之众的太平军，丝毫没有个怕字。打仗，要的是精兵，不是一群乌合之众。我已经让何辅汉派人去阻截丁聚元了。若一切顺利，他们能乘势收复莲河。”

黎有望急了，拍桌子责问：“你这人，什么时候变得跟韩光义越来越像了？你这是破坏抗日，我怀疑……”后面的话，他硬生生咽下了：你吕天平来平州的目的，是与日寇、汪伪媾和。

“怀疑我什么？你要有能耐，就继续追查散布谣言的人。报纸是上海来的，我让人在上海那边查。散发小报的人，或许就是策动刺杀我的人。你姐，真的只是受了连累。”

黎有望说：“好，我不会让我姐死不瞑目的！”

2

吕天平刻意把黎有望留在了县政府开会。全军营以上干部，县府上下公务员参会。

面对众人期待，吕天平直陈当下工作思路：

三件事。

第一件事，整编。他带来的两个旅以及黎有望本部人马，连以上干部可以不动，但是士兵必须打散了重编，互相渗透。游击总队的队本部，按正规军制，设作战、训练、参谋、侦缉、军需、政工、医卫诸部，尽快竖起江北游击总队的旗帜。

第二件事，废除原来的保甲制，改为乡村制。遴选当地士绅或行政经验足、热心抗敌者充任各地专员，尽快恢复或强化基层政权，充分动员起乡村资源，收容流民和散兵，挑选能扛得动枪的入伍。

第三件事，征税与筹款，解决军需与吃饭问题。发出征兵令，用一切形式动员群众，招兵买马，加强部队训练，剿匪练兵。

吕天平随后逐一陈述在各个方向、各个乡镇的治理策略，却唯独没有提及莲河。但黎有望却深知，“剿匪”必定是剿莲河和二龙山的匪。换句话说，若丁聚元不同意整编，又不想让出莲河，在吕天平的计划里，是非剿不可的。这件事不以他的个人感情为转移。

吕天平还给各人分配了工作责任，他主管全局，兼管作战，卫长河管参谋、训练与政工，黎有望负责侦缉，王怀信负责军需与医卫。

分拨妥当，卫长河不反对，他麾下的部属也无人反对。

大家将目光投向黎有望时，他站起来公开表示反对。他还坚持自己原有的建议，给丁聚元部一个特别支队的番号，且让他安安心心驻防莲河。若有二心，可以随时拿下他本人，劝解不成再下手也不迟。游击总队刚刚成立，就对自己人动刀子，既损伤实力，也失信于天下。

会上顶牛，完全不给长官面子。哪怕是姐夫。吕天平按捺下性子，继续劝解黎有望。

“给丁聚元一个番号，他就光伸手要钱要枪，莲河还在他的控制下。他一南一北，钳形套在平州外围，哪有这等好事？这不行。这会令我平州很被动。既然黎司令力保他，我可以给他指两条道：

其一，参加整编，包括莲河以及二龙山的所部，都必须打散，驱逐匪类，保留老兵，另外给他一个副参谋长的职位；其二，他让出莲河镇，收缩本部人马，退到二龙山的水泊子去，作为战略预备队存在，给他一个团级的支队长。一起协作抗日。既然他请你传话给我，那么就请黎司令，也传话给他。”

黎有望说“好”，心想，要是截杀丁聚元得手，这指出的两条道，岂不都是屁话？暗自猜度，以丁聚元宪兵营长出身的警觉，何辅汉应该不是他的对手。

吕天平问座中各位还有什么意见。

王怀信有话说：“上午，丁聚元就报领了救国军的一千条枪和弹药若干。有黎司令手谕。我准他的人给运出城去了。没来得及请示您，我自请处分。”

吕天平表示领枪的事，他已经知晓，没有下令阻拦，是不想让丁聚元察觉。

黎有望冷笑，吕天平分明想靠运枪，拖延丁聚元返程速度，给何辅汉的阻截争取时间。

会开得是又臭又长。军事之后，便是民事。

吕天平让县府秘书小滕，领着县府有司，一一总结平州近几个月的治理。县政府各个科、各个股的科长、股长，向军政长官逐个汇报了各自的工作。

到了饭点，吕天平让人抬进来一筐粗粮馍馍招待大家，赞许道:“黎司令治军简朴，平州富庶地，但救国军无论官兵，商讨问题，就靠几个粗粮馍馍充饥。这是好作风啊，我们游击总队将来或许要打很苦的仗，克更大的难，这样的作风，一定要坚持。”

大家吃着馍馍，热火朝天地开会。

心急如焚。被吕天平点名赞扬，黎有望更无计可脱身。

平州城上空，突响起刺耳的防空警报声。众人顿时大惊失色。

吕天平挥手说:“日本人空袭！撤到院子里去!”会场中人匆匆忙忙撤往院中，训练有素地躲避轰炸。

最后走出的，是吕天平和黎有望两人。吕天平询问黎有望:“防空警报系统是你布置的吗，反应时间多久?”

黎有望说:“基础部分是赵松在世时一手安排的。我稍做改进。十分钟的反应时间。”

吕天平显然对这个回答颇为满意，无声地点头称许。

大部分人都已狼狈进入县政府防空洞里躲避。唯独吕天平和黎有望两人还没有进去。

吕天平左手拿着望远镜，右手握枚怀表计时。黎有望也拿望远镜，向天空探看。五分钟后，天空中隐约的轰鸣声越来越响。是那种雷在云层里滚来滚去的轰鸣。

日军的轰炸机果然来了，并且绝不是一架，而是足足一个机群。黎有望冷汗如浆。这个机群，足够把整个平州都夷为平地了。若说不怕，是自欺欺人。

吕天平看怀表，又向空中巡视，从容计算，口中念念有词："仅八分钟，少两分钟。不要慌，我在上海几年，躲避轰炸也不是一天两天了。是祸躲不过。听这个响，大概十架机。日本人这是在玩什么花样？源田来进攻的时候，不跟着轰炸，此刻前来，为什么？"

黎有望见他丝毫没有躲避轰炸的意思，心想，这个姐夫要么是胆大超人，要么是被气糊涂了。

3

黎有望大出意外。第一波三架轰炸机飞过头顶时，并没有投下一颗炸弹。随后的第二波、第三波飞过去，也都没有投下一颗炸弹。

他陪着吕天平站在空旷的院子里，看着一架又一架的飞机飞过。

轰炸机飞行的高度极低。他们很自信，此地毫无防空武器可用。望远镜中的画面，绿机翼下涂着红色膏药旗。

飞机从头顶上掠过时，黎有望清晰地看到，投弹舱已经打开，黑色的航空炸弹挤得满满的，有如死神所孵的恶卵。螺旋桨巨大的轰鸣声震得人耳蜗生痛。机上投弹手只要一扳投弹拉手，引擎声就能立刻变成死神的呼啸，让平州瞬间陷入地狱。

但，这些飞机并没有投弹。

飞机已匿于无踪。

吕天平松了口气，说："一共十三架飞机，三菱九七式轰炸机。看来日本人这次空袭的目标并不是平州，它们折向东北飞过去了。应该是去盐州方向。"

黎有望疑惑地说："难道是飞行员把航图给弄错了，跑错地方了？"

"没有跑错，是有人让他们顺道吓唬我们一下。"

敲山震虎，日本人也懂这个词该怎么使用。

“前脚，我在平州竖起游击总队的旗子，后脚，他们就来飞这么一圈，给我们一个威慑。你也看出来了，只要这么一次集中轰炸，这平州基本上也就全废了。”

天空之中又传来轰鸣声。黎有望一惊，又举望远镜探看。

这次只是一架单机，它打开腹舱时，投下了东西。却不是炸弹。雪花般的传单，一路飘飘洒洒，散落在县城的大街小巷。有几张落到了县政府的大院中，如冥钱一般。

黎有望伸手抓住一张，是南京汪伪政府和驻华东日军司令部敦促平州及吕天平归顺书。这果然是一次有计划的警告。先让轰炸机示威，再进行劝降。

“应该不会再有飞机了。就当是一次突发的防空演练吧。”

吕天平也抓到一张劝降书看了看，下令：“你赶快回去，叫人查看全城百姓防空逃生情况。有无拥挤踩踏，有无趁火打劫。以后，要多搞搞这样的演练。平州城陷入炮火，只是日军一念之间的事。如何保城不毁，慎之又慎！”

黎有望默不作声，早等着吕天平支开自己。一次悬而未至的大轰炸，让他心中的疑窦又添几分。吕天平好似知道，日本人不会真的轰炸。

日机飞过，整个平州空空荡荡。下午三点半，他匆匆忙忙地跑回慈云寺，摇通了莲河的电话。

等了好久，才有人接听。

话筒里传出了丁聚元那一口大碴子味的东北话："喂，黎司令？我知道你要问什么。他娘的韩光义的人打我黑枪。不过，就凭何辅汉那破枪法，还想截杀我?！靠溜须拍马换来旅长，真不知道自己几斤几两。"

黎有望了解丁聚元的警觉和能耐，"枪你没有运到莲河吧?"

"我这点人手，临时雇车，押运这么多枪走，肯定是累赘。埋半道上了，以后有空挖出来。蚂蚁搬家，慢慢运回来。"

黎有望叹一声够机灵的，犹豫再三，终道出实情："截杀你，并不是韩光义和卫长河下的令，而是吕天平。"

"吕天平自己的意思吗?"

"是。他让我传话给你。"黎有望把吕天平讲的两个方案一说。

这次换成丁聚元纠结了。他大喘了口气，"黎爷，我对你的这个姐夫万分敬佩，真心拥护他。我跟他无仇无怨。当年在直罗山，他吃暗枪，不是我干的。鲸吞175师，全是韩光义的指令。他刚下车，想拿我当立威的行货，我可不会认这个屄。若我拒绝这两条道，是不是吕天平他就派兵来打莲河、二龙山？”

黎有望长叹，道：“九龙湖里二龙山，水泊深重，芦荡密集，易守难攻，他不会去。但是莲河作为平州通长江的门户，他一定会拿下的。”

话说到这份儿上，傻子也明白了。丁聚元稍沉默，终道：“他想逼着我到水泊子里当匪。莲河，日本人作为沿江要塞经营。外围固若金汤的防御工事，都是朝北开。只要你敢来，咱谁都不客气。黎爷，你那姐夫到平州的这几手，跟江湖上盛传他重义惜才、舍身国难的大名，十分不符。他什么目的？不能不容兄弟我多句话：你得当心吕天平。”

黎有望鼻子一酸，长久不语。最后，只听到丁聚元怏怏太息，“他日，战场见。”

搁下听筒，黎有望在圈椅里闭目发呆，复盘自己去上海，目睹姐姐遇难，吕天平派遣王怀信，安排自己返回平州的整个过程。

在咖啡馆外解救自己的新四军，究竟是不是吕天平联系的？为什么在76号重重监视之中的吕天平能大摇大摆地离开上海？为什么他非要在自己消灭了鬼子之后，把89军的人给引来？为什么他到平州就迫不及待地冻结了自己的兵权，反而倚仗卫长河的人呢？为什么他非常自信地看着日军轰炸机来，好似知道它们一定不会扔下炸弹呢？为什么他非要逼迫表明忠心、矢志抗日的丁聚元呢？

他突然想到，吕天平说自己与南京汪伪二号人物舟先生熟悉，与之周旋。

这个“周旋”二字，耐人寻味。周旋的结果是什么呢？是这个姐夫同意下水，并以平州为筹码换取自己的红顶子？

黎有望越想心越惊，觉得吕天平给自己带来的，并非抗敌前景，而是硕大的迷魂阵。有必要和几个亲密战友一起，把万端头绪理清楚。

第二十章

埋忠骨

1

半晌漫无头绪，黎有望心中烦躁，就出办公室走走。出门正撞见白露在外面等着他。

误以为他在午睡，白露未曾惊扰他。见面，白露出言讽刺：“听说黎司令直接到唐家大院子去喝酒了。还留宿了。见到了二小姐没有？”

黎有望挠了挠头，尴尬不已，连说贪杯误事。

白露忍住了笑，扬了扬手中的报纸和日军散发的传单，道：“这个报纸，我也看到了。明显都是汪伪和日寇搞的离间计，谁信谁愚蠢。”

黎有望说自己当然不愚蠢，但是复盘上海之行，有个疑点令他很困惑，为自己解围的那些穿工装的枪手，自称是新四军的人。他以为是吕天平所联络，吕天平以为是黎有望联络。秘密接头地点，只有他和吕天平二人得知。76号是跟踪吕天平而去，新四军又是从何得知？

白露心中一惊，开口欲报“我联络的”，还是硬生生把这句话给咽下去了，顾左右而言他地说：“可能，新四军是跟踪76号的人而去。”

这个解释合理。黎有望勉强信服，叹息，“我这个姐夫，城府深似海。真怕抗日救国军改成游击总队后，就不再是我想要的那支队伍了。”

“你想要一支怎样的队伍？秦军，还是岳家军？有了这样一支队伍后又要干什么？”白露质问他。

前面这个问题，黎有望倒是想过；后面这个问题，还没有想过。他就问，秦军与岳家军有何不同。

“秦军是最具备国家军队性质的常胜军，谁指挥，战绩都辉煌。认律不认人。而岳家军是具有私家军性质的武装，岳飞一死，部队就垮了。我看，吕将军是有志于为国立制的人，不是专心建吕家军的人。所以直罗山受暗算排挤后，立即交了军权，退出军界。所以，你和他在基本理念上就有分歧，彼此间有误会很正常，他刚到平州，是要示意公平。总有个互相适应的过程。”

此言甚合公论。黎有望信服。

有士兵通报，黄开轩邀请黎司令去墓园查看。

县府后的墓园里，黄开轩悠然等着黎有望来。此刻，他正吊着一只胳膊，带着县府财政科兼救国军的会计，与棺材铺子的徐老板结账。

恶战中，黄开轩先敉平兵乱，又坚守城门入口，功勋卓著。可卫长河这一来，因被俘一事，对他怨念极深，使他处境极不利。

正与徐老板聊着什么，见黎有望来，黄开轩远远招呼：“黎司令，兄弟们的棺木已经入土。等你来确认一下，徐老板按六折收，签个字吧。”

黎有望走近，接过账单看了看，二百零三口薄木棺材，连收敛、整容、穿衣、造穴、担杠人工、纸钱纸马、花圈等林林总总，价数近万元大洋计。他核对之下，用南京官话骂：

“徐老板，你这人太不来斯了，非要我请你侄子徐永财局长来抓你？六折，你也好意思要！这是葬保卫咱平州的英雄。没他们，你那铺里的棺材早就留着自己用了。你低价拿了我们多少军械箱木板打棺材？上个油漆，转手高价给我们，还狮子大开口！你个黑漆麻乌跟我要二胡。我告诉你，你不要糊里糊涂的，要是比成本价高一分钱，老子就把你铺子端了，送回南京傅厚岗，让小日本特务机关找你。”

徐老板被唬，连连说“么的么的”，用一口地道南京话赔不是，愿意二折捐给救国军。

等吓走了他，黎有望才与黄开轩到赵松的坟前。拜了拜，长聊。

黎有望眼见一排排坟后又出现一排排新挖的坑穴，黯然道：“那么多生龙活虎的兄弟，一场仗打下来，全躺到这里了。”

黄开轩伸出未受伤的胳膊，抚了抚赵松坟头的碑石，“我有愧。每到赵县长坟前，汗流浃背。哪天我要是死了，你给我在他旁边堆个小坟。把我跪着入葬，给他磕长头，赔罪。”

说中黄开轩的心事，黎有望换了话题，把吕天平对丁聚元的态度说了一下。黄开轩深深吸了口烟，静静听完了，问吕天平是不是要对丁聚元动手。

黎有望不答，给黄开轩点了支烟。

黄开轩吸了一口，说：“何辅汉上午出城，想必是去动手。但，以丁聚元的本事，应该没成，是吧？”

果然神算了得，不愧是“小诸葛”。自救国军组建以来，黄开轩忙着副司令职责：招募训练新兵、管后勤补给、参谋军事、坐镇平州等常务，作用很大，却不显山露水。关键时刻，谋他人不能谋，担他人不能担。黎有望不否认，直言：“开轩，你跟过我姐夫，十六七岁就入赣军，当勤务兵，当副官。打北伐，收江南，收平州，也是老臣。若非直罗山一劫，你现在，至少是他的参谋长。你劝劝我姐夫，在我和他之间，需要可信赖的传话人。”

“不会，我跟着丁聚元做了一趟匪，吕将军不会再那么信任我了。他不治我的罪已经是上上签。”提及往事，黄开轩有点感伤，随后直陈己见，“我想去趟莲河，劝劝丁聚元。有三点必要：一是大道理。不管我们是叫抗日救国军还是游击总队，根本宗旨是打鬼子。这个大目标下，就要各方团结，兄弟齐心，其利断金。二是小道理。吕将军重新出山，兵强马壮，强龙过江。我们的人马只有一个半团。源田一战，伤亡率高达六成。想平衡力量，就得设法引入丁聚元。三是我和丁聚元在南京战场，有救命之情，他的人里有我不少二龙山的旧部，也还惦记着我。不能看着两边兄弟，就此火并。”

黎有望嘱咐黄开轩好好养伤，道：“既然要去劝降，我亲自去岂不比你去诚意更大？我跟他通过电话，丁聚元怎么肯轻易低头，叫嚣逼急了，他会到江南投新四军。”

“投新四军？”黄开轩把烟头在赵松的碑上掐灭了，“大家都烂在一口锅里，不管怎么翻腾，还总是一坨坨，荣辱与共，实为一体。投共，死路一条。”

此时，吕天平带着卫长河、周朝、何铺汉和王怀信等几个部属，并唐经方、詹耽敏、宋醒吾等平州乡绅也来墓园祭拜。

一个排的礼兵踏着正步为他们开道。

2

葬礼极简单，却很隆重。二十九名礼兵对空放枪，排枪打出空包弹十一响。向国之殇，致以最高军礼。

吕天平亲手取一面青天白日旗，覆盖到第一个墓穴里的棺木上，铲土掩埋。随后卫长河、黎有望、王怀信等各掩一个墓穴。其余军烈家属和士兵们同时掩埋英烈。

吕天平慰问完家属，就在赵松坟边给大家做演讲。他抹了把泪，掏出文稿，振声道：

“诸位，自抗战以来，我四万万孱弱之华夏同胞，孤军奋战，以血肉之躯抵御寰球最凶残之法西斯蒂——日本帝国主义，前仆后继，牺牲之数岂以万计矣？今岁，自枣宜会战以来，更有无数中华男儿抛颅疆场，甚至有张自忠将军这样的军人楷模以身殉国，风云变色，举国喑咽，抗战已达至暗时刻矣。倭寇犯境，赖有我平州大好男儿挺身而出，阻敌于城外，扬功于蹶踣。吾捧检两战中阵亡名册，除了平州籍民兵，还有四面客州乃至淞沪、江南、东北、西北、华北、四川、江西、两广的健儿，为保吾乡客殇，何等大德，不禁枯坐垂泪直至天明。今日吾等在此掩埋忠骨，他日安不备侪辈掩埋吾等？唯有抱定牺牲之念，方能求民族解放之功。吕某不才，返乡主持军务，自当以乡亲为父老，以平州为血骨，翼护好数十万民众，以军事为矧，谋和平为盾，保境为主，安民为上，竭力与日伪周旋，以期天佑人助，直至驱除倭寇、恢复中华，以告忠烈之良魂。呜呼哀哉，伏惟尚飨！”

这一篇演讲，吕天平倒是真的动了感情，抑扬顿挫，听者无不动容。讲完后，他举起预备好的酒杯，洒酒祭奠亡魂。

众人端酒，为国殇招魂。

黎有望端着酒碗，问身边的黄开轩："詹耽敏那个老狐狸，暗通汪伪，策动兵变，还未审清楚呢，谁让放的？"

"吕天平司令。"

黎有望恨恨，"他到底想干什么？"司仪卫长河高声宣布"祭酒"，大家都把手中酒洒到地上，黎有望则一口喝了下去。

葬礼结束了，众人散去。

黄开轩要忙着去给烈属发抚恤金，拍了拍黎有望肩膀，告辞。黎有望拉住他，"你腰上的那把刀借我用一下！"

黄开轩有随身带刀的习惯，身为军人，刀口舔血，无论何时，都有个武器防身。他便从皮腰带内侧掏出短刀递给黎有望。那是一把瑞士产的折叠弹簧刀，精致小巧。

黎有望弹出白森森的刀刃，吹毛可断，赞道："人在刀在啊。军人的警惕性，好！我找吕天平问几句话，如果不对，我可能要用到。"

黄开轩皱眉，提醒一句："不要轻易使，刃上有毒。"

吕天平正在和詹耽敏说着话，大概是商议重振战后平州通商事宜。

见黎有望走过来，詹耽敏抱拳，“吕将军回来撑持局面，平州的大福，改日请您到寒舍长叙。您内弟这人，太冲动。田舍翁詹某就先行告辞！”

詹耽敏走开。黎有望就挨到吕天平身边，愤然问：“吕司令，有一句话，心里头揣着不踏实，想问问你，向你请教。”

吕天平摘下手上戴着的日本川洋纱纺的白手套，也摘下军帽，擦了擦额头汗珠，让他但问无妨。

“‘以军事为刜，谋和平为盾’，这十个字什么意思？”

“刜，就是并加一个刀刃的刃，就是刀刃的意思。”

黎有望脸色更难看，“我问你，‘谋和平为盾’怎么解释，跟汪伪日寇有什么和平可讲？”

“你这是质疑我？难道我们的战士做了这么大的牺牲，不就是为谋得国家的和平吗？”

吕天平鹰视黎有望，目光像刀子一样锐利了，“丁聚元方面，有何消息？”

黎有望的手插在军服的下兜里，捏着黄开轩的刀，指头生疼，

“我想亲自去一趟莲河，当面力劝他。明天。”

“在平州，你是我不多的亲人。”吕天平拍了拍他插在口袋里的那只手，“你独自去，我不放心，辛苦周朝旅长，带一个营随着你。”

周朝听令，立即敬军礼，表态道：“是。若丁匪仍不听黎副司令的劝告，属下视之土鸡瓦狗，敢立状书拿下莲河。”

黎有望的手被吕天平一拍，似乎被焊死在了里面，手心手背，汗汩汩而出。

“不，你得听黎副司令的指挥，以和平为盾。否则，军法处置。”吕天平语重心长地对周朝说。

3

游击总队开始按部就班运行，吕天平总揽了军政事务。

黎有望一下子变得落寞，无事可做了。午后，他闷待在慈云寺自己的办公室里，把玩黄开轩的弹簧刀发呆，心绪乱如麻。按着那个红底白十字的盾形钮，“当”一声，刀刃弹出。如玉珠投盘。这，就是吕天平嘴里的“刜”。

刀口隐隐有幽蓝的光，像一只深不可测的眼睛。狼，或者豹子的眼睛。

黎有望想，黄开轩真是个十分小心的人，这把刀子不但锋利，而且还淬上了毒。他发现黄开轩的这把刀子，是在莲河望江楼杀山本之时。当时黄开轩被山本压着，几乎要送命。黎有望一直以为是自己飞刀，救了黄开轩。

战后，他草草检视尸体的时候，发现山本下腹已有一处小刀伤。应该是黄开轩自己藏着一把防身刀。这次情急之下，找他一问，居然真的有。这东西真漂亮，黎有望寻思着自己也该学黄开轩，常备着一把。

徐永财探进半个身，敲门。大战有功，他春风满面，志得意满。

黎有望请他进来。徐永财阿谀道："黎司令，吕长官有话，责成您专职反敌特，让我全力配合你。您亲自指导，卑职无上荣光。"

"不敢当，我指导不了你。重庆徐恩曾长官才有这个能耐。又要举报谁是共产党了，我跟你去抓他？"黎有望话中带刺。中统监视军政，是党国之耳目，自然为所有军政人员不喜，特别是那些地方豪强。

“哪里，我服从总部和地方双重驱驰。”徐永财略略鞠躬，正色道，“属下不才，这一次无关共产党，而是真正的敌特，汪伪的间谍。”徐永财拍了拍手中资料袋。牛皮袋封着，封口盖着“绝密”印。

黎有望兴致被激发，问是否取得詹耽敏通敌的证据，伸手便去接那个袋子。

徐永财看了看身后左右，手掩嘴唇，故作神秘，“非也。此案涉及的人，怕你难以接受。白露有汪伪特务的嫌疑！”

“徐局长，你耍我！”黎有望去抽挂在椅子边的枪，发飙了，“一会儿说白露是共产党，一会儿又说她是汪伪特务。你知不知道，她可是韩光义主席的千金。”

徐永财迅速打开资料袋，慌忙解释，自己怀疑她是共党是有根源的。比如她跟那个左月潮接触，还跟“绿柳晴”的钱老板，很不正常地接触。

“都是我派她去的，为了保平州找路子。我都告诉你了，心里没点数，别瞎说八道。你嘴里的话，可是别人脖子上的刀。”

黎有望是真怒了。

“司令息怒!”徐永财忙不迭点头赔不是，并进一步解释道，“若白露不是共党，那么，我更确信她是汪伪那一边的了。这些资料，总部从重庆秘密送达我手。你刚才说她是韩光义的千金。那我就先给你这份资料。”一沓资料，他先抽出了一份南京中央陆军医院住院的病历照片。孰先孰后，他心中早有安排。

黎有望看了看，正是韩光义的病历。病历言，大腿接胯部深嵌炮弹破片，需行外科根治手术治愈。

徐永财对之做出解释:“北伐途中，当年的韩营长奋勇杀敌，于阮水陷入重围，赖部下拼了命才救出来。这伤，就是那时落下的。党国的功臣啊!”

黎有望不禁想起在直罗山被枪毙的许汉山，一声叹息。

徐永财继续说明，那以后，韩光义大腿根子留下了一块弹片，害怕伤着传宗接代的命门，一直没下决心动。北伐成功、天下稍安，蒋委员长亲自延请一位德国名医，在中央陆军医院为他动手术。手术成功，医生顺便用西洋最新医学检验术，检查是否伤及了命根子。

“结果令人大吃一惊，他有先天暗疾，输精管畸形，根本就不能生育!”

徐永财抽丝剥茧，缜密说明，额头渗出一层密集的汗。

黎有望则不动声色，“白露还有个弟弟。”

“既如此，显然，另有真相。”徐永财迅速拿出另一张照片，“她那名义上的弟弟，是韩主席领养的部属遗孤。这，是他在抚育院签字的领养证明。”

白纸黑字，黎有望见韩光义手迹甚多，无可辩驳。

“至于白露嘛，我给您看看这个。”

他拿出一张照片，照片上是三位年轻军人的合影，皆是雄姿英发，少年气象。中间一个明显是韩光义，左右两边站的黎有望却不认识。

徐永财逐一介绍：“黎司令若是淮城人，一定知道军界鼎鼎大名的淮城三杰，韩光义、刘寿杰、许卓城，他们是乡党，还是结义兄弟。在私塾开蒙，皆拜于宿儒淮镜先生门下。其中，刘寿杰是老大，最先由保定武备学堂而入北洋军，官做得不小，相当于师级参谋长，风光一时。”

此人面目俊朗，只是双眉粗短，倒也合相书所谓夭折相。

“许卓城是老三，淮城大地主家公子。家资颇丰，撒钱开路，投靠刘寿杰，进入北洋政界。据说，在乡教书的老二韩光义，看兄弟们都飞黄腾达，也辞了教职，欲投靠刘寿杰。刘寿杰密授，三兄弟都在一个篮子里，貌似呼朋引伴很风光，却暗藏危机。指路他去广州投考黄埔，就算将来兵戎相见也是一个照应。”

黎有望一叹，“刘寿杰倒颇有远见。”

“可惜命不硬，战死在与奉军作战之中了。顺便一说，刘寿杰还有个同宗堂弟，叫刘寿良，他被大哥安排跟了韩光义，民国二十六年，战死在南京了。日本人一来，整个刘家都败落了，死的死，散的散，刘寿杰只留下了一个儿子，叫刘清和。大学毕业后，被我们中统吸纳进来做事，安插在北平世界日报社。这些资料，都是总部调查刘清和背景时收集的。如今，拔萝卜带泥水，带出这么多重要情报。”

听得“刘清和”三个字，黎有望虎躯一震。

徐永财眼见他的震惊，却故意另开话端，又抽出半张照片。

“这个女子，黎司令可眼熟？”

这半张残照上是一个身着日式裙装的美丽女子，模样颇像白露，照片时间却是：“明治四十五年春　东京本乡町　樱荫西洋相馆。”

黎有望细细辨认，“她是白露的母亲，净凡居士！”

“不错，她原名叫白淑怡，当年可也是平州一美。去维阳师范学校读书，与韩光义相识。民国二年初，教育部公派，去日本进修。此时，翩翩公子许卓城，作为北洋政府所遣第一批文官，也赴东京学习。韩遂托许，多多关照二嫂。两人因此过从甚密。修学未满一年归国，白淑怡与韩光义结婚，生下了女儿，名韩映雪，便是白露。结合这么多情报来看，司令，您应该有大致上的判断。”

第二十一章

劝莲河

1

徐永财为人时昏时明，死硬反共。黎有望常暗自纳罕，中统怎会看上这样的人。一番彻谈后，黎有望不禁高看他一眼：此人绝非凡人。

徐永财用手帕抹了抹额头和嘴唇，继续说：“韩光义爱面子。手术后知晓真相，也没有发作，只是悄悄与原配白淑怡离了婚。至于白露本人或者许卓城，知不知道这些隐情，我不得而知。奉军易帜后，许卓城一直留在北平，继续当官。在北平读书、工作时，白露还是很受许卓城关照的。并且在父亲韩光义和许卓城的安排下，还跟刘清和谈起了恋爱。不过，据我所知，这个刘清和现在在帮76

号做事。”

“嗯，够了。虽然这个故事挺精彩，但是到这里，并不能证明白露就通汪伪。”

黎有望内心已经是翻江倒海，却依旧要为白露辩护。

徐永财知道黎有望对白露有私情，难以接受这样的事实，但仍然坚持把话说完：“目前，许卓城下水做了汉奸，担任着华北临时政府的要员，曾是王克敏跟前的大红人。今年6月5日，王克敏下台，王揖唐接任伪职。许卓城跟他不是一派，很受排挤，汪伪正好竭力拉拢，他很可能要到南京任职。我们本来只是想查许卓城的资料，意外牵扯出了这么多大情报。既然韩主席不能生育，白露应该多半是许卓城的女儿。所以，很多事，黎司令该可以明了了吧？”

他又拿出一张照片给黎有望看。一个西装革履的中年男子，眉目清秀，衣着奢华，颇有英伦绅士派头。

“照片上，就是许卓城。这是军统天津站陈恭澍，为策划暗杀行动准备的照片。”

黎有望拿起照片，仔细盯着这个许卓城看，也看出了白露的轮廓。徐永财的话，他心中已信了九分。净凡居士、白淑怡、许卓城、刘清和……

一串名字，令他头昏眼花。

两害相权取其轻。黎有望宁愿选择相信白露是共产党，也不肯相信她可能暗通汪伪。想起刘清和说过与白露一起约定去上海，想起韩光义对待自己女儿怪异的态度……黎有望坐立不宁。

“嗯，说到军统。我想问问黎司令，是不是他们把我的身份泄露出来的？是老K？”

徐永财居然质问起黎有望了。

黎有望故意不答，下令，徐永财掌握的情报，完完全全封锁，不得向任何人，包括吕司令透露半点。

徐永财迅速收好那些材料。黎有望沉思须臾，勉强点头。

“我会帮司令把老K也找出来的。军统的人，欺人太甚！”他丢下一句狠话，敬礼告辞。

徐永财走到走廊上时，正撞见罗耀宗也夹着一沓材料走过来。

两人见面，各用意味深长的眼神碰撞一下。徐永财先赔笑，“罗参谋，神出鬼没啊，忙什么呢？”

罗耀宗打哈哈，“还不是抓敌特，打鬼子，保平州。徐局长是不是又逮住哪个共党嫌犯了啊？”不无讥讽。

徐永财照样打哈哈。

罗耀宗低声威胁：“少跟踪白露白参谋，我至少撞见三回了。”

他的手，按在枪套上。徐永财脸色一冷，匆忙告辞。

黎有望不知道，徐永财玩的是一手声东击西。

自发现白露与钱老板接触的蛛丝马迹后，他凭直觉去推测，白露有共产党嫌疑。他还曾潜入白露寓所里秘密搜索过，虽然一无所获，但看到白露收藏着很多绝版的“激进书籍”，就更怀疑白露乃至黎有望的政治倾向问题。

中统与军统不同，他们对有左翼思想倾向的人更为敏感，军统则对于国防、军事类问题更为敏感。若论搞间谍和反间谍之类，中统自认是军统的老大哥。

收到总部情报，徐永财如获至宝。不管白露是共产党，还是通伪，徐永财都想借着黎有望的力，去挖出她的真实面目。

徐永财走后，黎有望心中焚起烈火。

自己动情的女子竟是汉奸的女儿。此事一旦泄露，恐怕自己和游击总队声名会大受影响，若再被有心人利用，那将是一场后果难测的风暴。更让他烦躁的是，应该如何处理与白露的关系，是继续发展，还是克制后退。

心情是如此糟糕，连罗耀宗闪进门来他都没有察觉。

罗耀宗叫了几声，才把他给唤醒了。罗耀宗汇报："黎司令，果如你所料，这几日，城内秘密电台开机频次太密了，能确定大致位置了。甚至电文，也约莫能破译一些出来！"

黎有望让他细说。

罗耀宗回头看了一眼，查看徐永财有没有偷听，随后低声说："按黎司令的指示，我把监听定位在徐记棺材铺。铺子里应该潜伏着一架大功率的电台，靠自备电源发电。开机最频的，就是这架电台。"

"什么情报，可是日寇或者汪伪的电台吗？"

罗耀宗汇报，是军统的，使用了加密电文。加密层级并不高，他在军中学习过类似密码，能破译大概。有条电文，乃直接请示戴老板的：

"吕欲驱丁，丁或去江南投共。可联络文强主任，劝投江南忠义救国军。”

文强乃是军统鼎鼎有名的大特务，此时，正在江南建立“忠义救国军”。以“忠义”二字号召义士抗日救国，搞出不少大动静来。

2

“丁聚元，军统惦记着他的人马，想把他的队伍弄过去。吕天平和卫长河逼迫他，他走投无路，要么投共，要么跟军统走。我得去找他一趟。”

一支队伍能被戴老板看上，那是肉离虎口半尺。据说，戴笠在重庆被美国人比附为“中国希姆莱”，他深感做特工险处太多，很想趁着抗战自立一军，改入军界。军统因此四处伸手，急欲拉拢各路杂兵。吕天平眼中鸡肋，正是戴老板眼中香饽饽。

黎有望连捶他胸膛三记，称赞：“辛苦了，不居功，不要钱，埋头苦干。时机成熟，我给你记功升职！”

“为了抗日，性命尚不惜，何况为官为财。”罗耀宗敦敦肺腑之言。

黎有望更高看他一眼，“好样的。姑苏城丝绸大王罗家大少爷不做，为国难颠沛流离，出生入死。不愧是黄埔精英！”

罗耀宗身躯一颤。显然，黎司令也悄悄摸过自己的底。他随即一字一句答复：“家富家贫，当了亡国奴，皆生不如死！”

第二天天一亮，黎有望就和周朝两人点齐了一个营的人马，急速行军，沿着莲河岸走，直赴莲河镇。

黄开轩力劝黎有望别去。不听。

一路上，黎有望沉默不语。他并没有事先通知丁聚元。自回莲河后，丁聚元也没再打电话。两人不通音信，未知有变数。

莲河两岸，几日前源田带着日寇报复，烧毁了不少村庄，黑垣断壁，废池乔木。某一处，还见到深深的壕沟、鹿角，以及爆炸的弹坑和斑斑的血迹。正是叶桂材所部第二道防线所在。

周朝跟黎有望不熟，更瞧不上这个“黎副司令”。两人一路无话，到莲河镇北五里铺。这里，是当初偷袭莲河日军的预先扎营之处。林木更葱郁，有鸟发出哀鸣。

黎有望主动说：“周旅长，你带着弟兄们就在这里扎下营来。再往前，就会遭遇丁聚元的人了。大家搞误会了不好。吕司令为啥点你，而不是何辅汉来，原因，想必你也清楚。”

周朝语带不屑：“何辅汉干事不利索，没做掉丁匪，得以放虎归山。换成我，根本就不劳您跑这一趟。”

黎有望淡淡笑笑，摇头。只身一人，打马进入莲河镇。

丁聚元的人马荷枪实弹，三步一岗，沿着镇主街道两边陈列。黎有望在马上，每走几步，就有士兵竖枪立正，口呼：“奉迎黎司令！”

他轻车熟路，拍马慢走，至原日军基地外。门口还挂着“抗日义勇军司令部”的牌子。

丁聚元在场院中间摆了张八仙桌，备着酒菜。周围都是荷枪实弹的部下，圈成了一个半圆拱之。

“你一个人？我还以为吕天平倾城而出。”丁聚元招手示意他，坐下喝酒。

黎有望下马，伸手倒酒，一饮而尽，“恍然如梦啊，几月前，观音庙前劝老兄，现在还得劝老兄。”

“带枪了没？”丁聚元摊开手问。

黎有望把柯尔特左轮手枪拍在了桌上。表示，自己不会强迫他的。若他去投新四军，还能帮忙联络管蔚然。但最好，还是归顺游击总队为上。

丁聚元摆弄起左轮手枪，将里面的子弹全部退了出来。六发，散乱地摆在桌上。他取了一颗塞进弹巢，随手一拍转轮，满腹委屈倾泻而出：

“上次，在莲河，让你跟白露玩枪，试出了真金。这次，不逼你，轮我玩。这玩法叫作‘俄罗斯轮盘’，兄弟在东北时候刚流行，白俄带进来的。不过，还没玩上两把就撤到关内了。为了在这地盘上争口气，你知道我受了多大委屈？夺平州，熊五被击毙，黄开轩跟你走了；劫白露，枪杀了翟老二；查内奸，毙掉了侯三。这次吕天平来，又要动我。我一个堂堂宪兵营营长，想带一支队伍打鬼子，上头没人罩着，就这么难？”

黎有望不答他话，询问是否有人劝他去投江南军统的忠义救国军。

“我瞧不起军统。就算被憋死，也不会跟他们尿到一个壶里去。”丁聚元把枪拍下，“可我手下这帮兄弟乱了，分成三派。有想归顺吕天平的，有想找新四军的，有想找军统的。我觉都睡不踏实，生怕他们炸营，割了我的头去邀功。这样吧，六发，五颗空膛。最多五句话，你说服我和我的兄弟们！如果不能，交给天意了。”

说完，他拿起了手枪，先一饮而尽，然后对着太阳穴开了一枪。空膛。

俄罗斯轮盘，丁聚元在自己身上玩。着实震撼。黎有望拍了拍他肩膀，迅速提出，带着这么大队人马去找新四军，目标太大。过江走不了多远，就会被日本人吃掉。

“我可以化整为零。你吓不倒我。”

丁聚元又自斟，喝空，举枪，第二击。

黎有望一惊，伸手握住丁聚元的手腕，击锤还是撞在了弹巢上。空膛。

黎有望知道他玩真的了，端起一杯，“敬你是条汉子。是我需要你。大路朝天，你随时可以走。吕天平回平州，大谈‘以和平为盾’，我担心有人要跟日伪媾和。没有你的力量在，真有变数的时候，我怕吃不住吕天平和卫长河。”

丁聚元抹了抹短髭，咧嘴笑，“你要反你姐夫，可别诓我。不过，这才他妈的拿我当兄弟！”

甩枪丢给黎有望。黎有望拿起枪，喝了口酒。烈日当空，他仰头一喟，对着自己的太阳穴，扣动了扳机。

“啪”，清脆一声，又一发空膛。

丁聚元拍着他的肩膀，大笑。所有的人都大笑。

大营门口，啪啪响起了枪声。丁聚元一惊，黎有望也一愣。

转眼间，周朝带着大股荷枪实弹的士兵冲了进来，高呼“不许动”。他们都戴着德式钢盔，打着绑腿，背负着咖啡色牛皮弹匣袋，端着清一色汤普逊冲锋枪。悍兵强将，一目了然。丁聚元的兵纷纷举枪投降，无人反抗。

“十五分钟！”

周朝提着一把汤普逊，径直来到桌子面前，将枪重重地摔在了桌上，抬起手腕，看了眼表，说：“丁大当家的，我的特战排，跟着黎司令渗透进莲河，杀进你的指挥部。怎么样，还有什么好说的？”

“明修栈道，暗度陈仓。”丁聚元冷笑，“好，有种，跟我玩这手！”

丁聚元迅速拿起黎有望的枪，冲着自己的脑袋连扣扳机。

黎有望眼疾手快，紧抓住他的手腕，奋力把枪口朝向了天。

最后一击。“啪”，裂响。莲河易主。

3

获知丁聚元同意被收编，吕天平波澜不动，不喜亦不惊，提出整编纲领：“丁聚元这人不可带兵。我本来想灭了他。既然是你说服了他，那么也不能做绝。给他一个位置。编为暂编五大队，撤到五里铺。何辅汉的人进驻莲河。整编，士兵们都打乱了分配。”

“李存勖听信谗言，冤杀郭崇韬，导致身死族灭。这是在埋雷，给韩光义，给汪伪日寇机会！”

郭崇韬是灭蜀之功臣，忠心为国。后唐主李存勖，只是听信刘皇后谗言，派人秘密击杀，导致部下一连串叛变，一代战神，自己被杀。黎有望双手撑在吕天平的办公桌前，用五代之典，兴师问罪，怒火中烧。

他的怒有缘由。周朝买通丁聚元的部下，带着特战排，趁着自己劝说丁聚元时，冲入指挥部。显然，都出自吕天平的授意。正因自己单枪匹马去说降，丁聚元才毫无戒备。但在丁聚元看来，好似这一切都是吕天平和黎有望的谋划。

“黎有望，我是游击总队司令。我知道怎么做，有利于我的队伍，有利于抗日，无须你来教我!”

吕天平的语重心长、吕天平的春风拂面哪里去了？变脸比变天还快。黎有望力劝自己冷静。

“渗透进城散布谣言的敌特抓到了没有?”

“我一定会抓到!”

他愤愤然离开了吕天平的办公室。

丁聚元也被放了出来。他刚刚和卫长河签了整编协议，同意莲河所部八百人编入游击总队统一训练。二龙山上留守的一百二十人作为镇守支队存在，交出机枪以上级别的重武器，保留轻武器自卫，接受游击总队粮饷。禁止扰民、劫掠等一切行为，否则以匪患视之。

两人都被变相地削了兵权。

黎有望愧见丁聚元。越是有愧，越想说清楚自己无辜，“丁兄，全是吕司令和卫长河的安排。我亦是被蒙蔽的棋子。”

就一句话，丁聚元信便信了。不信，也毋庸多言。

“暂五大队队长，驻扎五里铺。轻松了！”

丁聚元笑，苦涩、无奈、憋屈，但还是在笑。“跟卫长河签下了整编协议，我的人，一张纸，全拿去了。韩光义在新化没办成的事，现在，成了。我欠下平州不少血债，杀了赵松，也殃及一些百姓，怕平州容不得我太久。”

丁聚元话中却无怨艾之意，伸手示“请”。两人就到县府附近一个大碗茶棚坐下，抽烟，慢聊片刻。

“真心抗日，过去的事都过去了。谁动了歪心思，投敌叛变，就算过去有天大的功劳，也不能容忍。”黎有望发了狠。

“兵都没有了，发这种叫花狠，多没劲。你说我们两个，几个月前，还在为争平州斗得你死我活。结果，都㞞成这样了。”

一碗冷水，冰冷醒脑。黎有望不语，喝粗劣的大碗茶。

丁聚元沉默良久，压低声调说：“我不妨告诉你一个大秘密。我说去江南，找新四军，不是随便开玩笑。转眼快到7月份了，我估计，韩光义这孙子也得意不了多久了。你还记得那个张德文吗？”

他伸出右手中指和食指。

黎有望努力回忆，“被你们杀害的那个共党教员？”

他终于记起自己见张德文的最后一面，仿佛又见那年轻人抬起血污遮面的脸，冲着自己微微一笑。张德文摇了摇头，吐出一口血，用尽力气说“内奸是”。

掏出烟给丁聚元敬上，点起来。

“哈德门，好烟，就是不给劲。”丁聚元深深吸了一口，“张德文，有骨气的共党。”

丁聚元似乎顾虑很多，但最终还是道出了那个秘密：

“我当时告诉你，观音庙本是我等入城匿伏之地，张德文是黄开轩入城后所捕。他是共党无疑，还真是嘴硬，死不招供。这也启发了黄开轩。那封信确是伪造，是黄开轩的手笔，本想在夺城过程中用之，他有圣手书生的本事。你黎爷蹦出来，计划全破了。”

“圣手书生”萧让，乃是水浒好汉中最擅书法一将，模仿过枢密使蔡京的笔迹，几乎以假乱真。黎有望一听便懂，当时宣称伪造，果然不差。

“其实，这件事，只是一半真相。黄开轩反水从你，劫城失败。我原打算把张德文放了。他一个穷教书先生，又打不出什么钱，没必要养肥猪。我一直主张，劫富济贫。盗亦有道。”

黎有望几乎要喷出茶来。“盗亦有道”，亏大老粗丁聚元说得出口。

“我被你逼到了观音庙里伏着，抽空跟他最后谈了谈，准备放人。黄开轩都没打出什么名堂，这样临死不惧的汉子，我可能从他身上掏出什么东西来吗？他跟我一番说道，把我的话给套去了。他问我是不是军统的人。我就跟他说，老子跟军统的人不共戴天。你是知道的，在南京麒麟门，我全营的兄弟，都被军统递的假情报给坑了。他们用我们拖延时间，让韩光义从容乘船去了江北。兄弟们跟十倍的鬼子肉搏，全死光了。”

此事，黎有望略知一二，这时听来尤为惊心动魄。

“张德文说，我们那次劫城，是被人利用了。是被军统所利用。”

这番话有内容，黎有望不禁竖耳恭听。

第二十二章

不速客

1

“那时，我已夺城失败，能不能活着从观音庙出平州，真不好说。正因此，张德文才开诚布公告诉我说，赵松的确是共党。之前，赵松已强烈预感到自己可能有危险，想让他离开平州，却被我们抓捕。赵松有仁有义。张德文说，在军统那里，他已经暴露了，不想活了，但如果我想活，可以给我指路。”

“什么活路？”

“他请我帮他一个忙，求我杀了他，让他最后死在庙门外。”丁聚元的声音越来越低。

黎有望不解，“让你杀了他，是他自己的意思？”

丁聚元沉默了一会儿，又接上支烟，说:“是啊，壮士啊。我除了想自保，没有任何心思追究什么国共之争。升斗小民，都是炮灰，管不了那么多，何故再跟共党结梁子。”

“那么杀了他，怎么有活路?”

“他要用自己的死，为其余的共产党人报信。”

“报什么信?”

“鬼知道。”

黎有望瞬间想到张德文临死前模模糊糊口吐“内奸是”。共党有没有内奸，内奸是谁? 他脑子中纷繁芜杂。或许，他就是单纯要通过自己一死告诉同志，军统已经盯上他们了。

最关键一点，黄开轩是怎么得知张德文中共身份的。想到这一层，令人不寒而栗。关键时间上，黄开轩就像韩信，他选择丁聚元，则丁聚元能夺城；选择自己，则自己夺城。

恐怕，黄开轩选择自己并非如他宣称的那么简单。黄开轩，究竟是什么人，他从何得知张德文和赵松是共党?

“作为交换，张德文给我指了一条道。”

丁聚元回头，看了看远处的县政府。两个卫兵表情木然地挺立，别无他人。他伸出了四个手指头，晃了晃，“新四军要来平州了！张德文劝说我，新四军在江南防区四处受顾长官的重兵挤压，缺粮缺饷，已经立下东进北上的策略了。下半年，就会有一支力量移师江北，与八路军南下力量会师。”

“下半年，什么时候？”

“我要知道是什么时候就好了。张德文也不知道。他劝说我，如果不跟韩光义干，不跟军统干，也不甘心落草，可以跟着新四军走，将功赎过，走一条光明大道。”

“他让你杀，你就杀？”黎有望百思不得其解，“用他的死来给自己的同志报信？你完全可以把他交给我，我可以保护他。”

丁聚元嗤之以鼻，“我若得手平州，张德文兴许死不了。要不是你，平州我都得手了。你，平地里冒出来。张德文更不清楚你跟军统什么关系。就算你不杀了他，你以为城里其他人不想杀他，比如徐永财？”

此言甚是，黎有望无可辩驳。他感叹不已，赵松屡次找到他商议起兵，其实也算是一种自救吧。夺城以待新四军。

他更懊悔不已，早一日答应起兵，赵松也不至于死。

“新四军要真来，你说，我有多大能耐跟新四军打？两万五千里，老蒋都没困住他们。他们不灭我，已经是上上签。我当然不想杀张德文，相反，还想把他带出平州加以诊治，却没想他摸到了枚旧瓷片，割腕自杀。眼见没救，我就急急召集你谈判，并把他带了出来，让所有人见到，他已气绝。遂了他的愿。”

黎有望吸了一口冷气。想不到众多人质中，丁聚元偏偏要把张德文拎出来给众人看，原来还有这样一层安排。心中却又生出另外的疑惑，韩光义一直想肃清江北共党，他戒心很重。这些共党，靠自我牺牲，迷惑韩光义？韩光义把两个旅搭给吕天平到平州，其实是一石二鸟，收编杂牌军，同时防御新四军北上？游击总队说到底无非还是个杂牌军，卫长河这些人自认为是中央军嫡系，不带着什么目的，怎么会屈尊到一个游击总队中来呢？韩光义和吕天平是否存在某些默契，拿平州作为一个模糊的缓冲地带，一个中间地带，保持这种不战不和、不降不抗的状态，实质上在调兵遣将防着新四军？

“张德文不惜一死，跟我说新四军要来。不论如何，新四军下半年看来都要过江北上。新四军一来，平州和江北这局大棋，就更有意思了。咱们怎么办，得考虑清楚。我巴不得他们早点来。这样一来，我们就解脱了。这事，我也露底给你了，你怎么想呢?”

丁聚元喝尽了茶，咀嚼起非常粗劣的茶叶和桔梗，苦，涩，甘，三种味道杂陈。黎有望没回答他，心中层层谜团，如同被触动机关一样轰隆作响。他开始陷入深深的犹豫之中。

“先告辞，到五里铺与周朝办交割。我这个暂五大队长，也要上任去了。不管怎么说，好歹是恢复队伍的军籍了。我不指望那些兄弟一辈子跟着我瞎混。很多人也倦了，不想再做一支散兵了。给他们一个名分，也就罢了。不然，周朝凭啥能撬动那些兄弟反水?”

丁聚元看出了黎有望的犹豫，打了招呼，就告辞出城。出城时，他完全换了心情，无形之中卸下了一个沉重的担子，吹着呼哨，直奔城南马场取自己的马。

黎有望拱手送客。

跟丁聚元这番长谈，给黎有望巨大的震动。

平州格局，比自己想象的要复杂得多。他很想去找黄开轩谈谈，找左月潮谈谈。但转念一想，新四军要来，还未见眉目，不能声张。当务之急，是查清散发报纸的人。

秘书滕勇，见着黎有望，毕恭毕敬，“黎司令，还在？有事请吩咐!”

黎有望闪身，笑，“没事，先走!”

黎有望走远。

一个戴着礼帽、穿着西服的人，看着他的背影走上前来，笑对滕秘书道:“您好，您是吕天平司令办公室的滕秘书吧? 鄙人从上海而来，想找吕司令，跟他谈谈生意上的事情。这是介绍信。”

滕秘书打开介绍信，是一封南满商贸会社金碧辉社长写给吕天平的信，介绍本社驻沪分社经理来平洽谈通商。他笑着说:“南满商贸会社的刘经理吧，吕司令就是让我来迎接您的。请随我来。”

那个人抬头，看了一眼消失在街道尽头的黎有望，客气地说:“好，有劳。”

2

吕天平上下打量了一眼面前的年轻人，质问:“金碧辉社长，靠的是那位大名鼎鼎的女汉奸川岛芳子女士? 你好大胆子，怎么敢来我这抗日游击总队的司令部!”

“做生意嘛，笑脸相迎八方财。既然吕司令已经开放了平州的城禁，什么人都可以进来，我自然也敢大摇大摆进城来。卫长河的兵不同于黎有望的兵，只要给上三块两块大洋，对来客会很友好的。再说，吕司令您不也是拿了舟先生的手谕，大摇大摆离开上海的吗？您知道，我在上海盯了您多久，您特别喜欢在午夜时分到二楼阳台上抽一根雪茄。”

咄咄逼人，来者不善。

吕天平丢下介绍信，冷冷问他准备到平州做什么生意。

“猪鬃换粮食。我想，吕司令对这门生意不陌生吧？不要卖给美国人了，风险大。卖给我们满洲国。至于猪鬃来源，只要有钱赚，我们不会追究是不是从新四军那儿来的。”

“刘清和经理此行，不会只是因为猪鬃生意这样简单吧？”

来人，正是刘清和。日伪又一次安排他潜入平州了。

“猪鬃嘛，只是个添头。我此行，一是给吕司令送大富贵；二呢，是来监督吕司令与舟先生的君子协定。”

这是利诱，更是威胁。吕天平不吃这套，反问：“刘清和，你的堂叔父刘寿良将军可是战死在南京的英雄。你却觍颜事敌，明目张胆为敌来劝降，就不怕死吗?”

“我敢来，自然是不怕的，两国交兵不斩来使。况且，平州这孤城，就像弃子一颗，还够不着让我怕。”刘清和的脸上全无惧色，“你以为这城里，就全是你们的人吗？我全权代表南京政府，督促你早日归降。”

吕天平表示，由刘清和出面，恐怕还不够分量。要有诚意和平解决平州问题，得搬出一些够分量的大人物来。“目前，时机也不成熟，平州不完全由我说了算。”

“嗯，我听懂了。您有自己的难处。”刘清和拍了拍自己手中的帽子，“刘某虽然是个马前小卒，但还是能帮吕司令解决一些事情的。比如兵匪头子丁聚元。再比如，您那个不青不红、不知深浅的内弟黎有望。”

吕天平微微一笑，“如果即刻将你礼送出境呢?”

“吕司令不要执迷不悟，拒绝和谈。这份报纸，您仔细看过没?”

刘清和捏掉了礼帽上的一根枯草叶，拍了拍吕天平案头上的伪《中华日报》。

“你就是那个散发谣言的人？你就是‘青禾’!”

吕天平脸颊微抖，随即不动声色。

"怎么能说是谣言，您跟舟先生之间不是有口头协议吗？否则，76号如何会轻易让您离开上海？这是于私。于公，您别光顾着看关于自己的小道消息，也要看看报纸头条。"

吕天平这才注意到那份报纸的头条，赫然刊登着"皇军战机编队轰炸盐州，全力遏制江北赤化问题"，随题配发了一张盐州县城遭受轰炸后，残破零落的航拍照片。

吕天平一惊。都是那天编队从平州城飞过的轰炸机干的。

"一次轰炸，打烂了一千八百多年的盐州，毁掉民房上千间，炸死两千多人，物资财产损失无数。都是无辜的同胞啊，您说，我不心疼？我的心在滴血！您既然提及我的堂叔刘寿良将军，我也知道他曾是您的战友，您就当我是自家人。这些炸弹，要落到江北明珠平州城头顶上，吕司令以为会好一点吗？清和不才，望司令三思，为平州数十万民众着想。想清楚了，再跟我说礼送出境的事。"

刘清和痛心疾首，几乎是涕泪全下。

吕天平看不得这种表演，端起茶杯，自顾自喝茶。

端茶送客。刘清和识得，向他微微鞠躬欲告辞。到了门口，他转头甩一句话："这几日，我就在平州城待着，如果吕司令的人想找我，随时。如果您想保证刘琴秋女士和您女儿的安全，想请您帮我打听个人，白露。她是韩光义的女儿，也是我的女友。"

吕天平把茶盏重重地摔在了地上。

刘清和不失风度地微笑，出门。

3

吕天平仆从上任，就宣布平州进入和平状态，开放平州城禁。

大量不速之客进入平州。先是卫长河的两千多号人马，在新化洼地吃糠咽菜驻防很久，有饷无处花，到了富庶的平州，大有乐不思蜀之态。之后，难民、流兵、客商、身份叵测的掮客、形形色色的过路人都拥进了平州。大量的物资、商品也随之而来。战火旋涡中，短暂的狂欢。

面对这汹涌而来的人流，花天酒地的士兵与军官，各种醉生梦死的杂色人等，黎有望等人也是一筹莫展。

卫长河、黎有望和丁聚元三股人马在换防整编，平州四境关口管理变得乱糟糟的，人员身份甄别也变得不可控。黎有望与黄开轩、朱子松、叶桂材、罗耀宗等特别小心，暗中对那些与游击总队密切相关的人逐个排查。工作量巨大，不胜其苦。

这一晚，游击总队的高级参谋官王怀信回到了他在绿柳晴旅馆暂住的房间。

身为中共地下党员，按照上级的指令，他抵达平州后，就入住这家旅馆。平州城内旅馆说多不多说少不少，为何指定在这一家，王怀信也看不出端倪。他一度想跟姓钱的老板套话，也没套出什么意外惊喜来。那老板要么是毫不知情，要么是嘴特别严。

回到旅馆，王怀信在哼着戏文："龙在沙滩被虾戏，虎落平阳被犬欺。有朝一日我出头，手持三尺斩旌旗。"

突然有人打门。

在旅馆里敲门，这事很不寻常。

王怀信拔出手枪，凑到猫眼查看，是一个身材窈窕，穿着灰布旗袍的女子。一脸风尘仆仆依旧掩饰不住她柳眉杏眼的美艳之色。他迅速开门，左右一瞥，惊愕，"是你？"

那个女子佯嗔，"怎么了，你有落脚地，就忘了露水妻了？不欢迎？我现在就走。"

王怀信一把拉进那个女子，用脚踢上门，“我想你想到恨不得变成你的肉中骨，岂有不欢迎之理！”

两人相拥缠绵，倒在床上。

正热烈着，王怀信突然又推开亲吻自己的女子，警觉地问：“你是怎么能从上海到平州找到我的？”

女子从身上掏出一份伪《中华日报》，“喏，看这个报的。我听你提到过你要复出，跟着吕先生干事。既然这报上登着吕先生到了平州，我在沪上寻你不着，就到平州来找找看了。到这里被守城门的兵头头吃了豆腐，但却打听出你的下落了。”

王怀信颇为感动，坐起来，冷静地说：“含玉，没想到你对我动了真情！我都知天命之年了，从牢里出来，落魄成这样。为了避人耳目，才托身烟花之地的。那日，从你那儿不辞而别，以为我们发的那些海誓山盟也都成过眼云烟。没想到你当了真。我这样的过客，你应该见得很多吧？”

那个女子叫肖含玉，原本是上海天乐门剧院的舞女，风月场上认识了落魄的“老克勒”王怀信，得知他曾是党政要员、失势军人。她就认定要跟着他。

肖含玉紧紧拥抱着王怀信，“怀信，你是大英雄，杀敌打鬼子。我真心仰慕你的。只要跟你在一起，就算到南平的山间去采茶，吃糠咽菜也是好的。现在这抗战乱世，有个像你这样的男人伴着，比什么都好。”

一个沪上石库门里走出来的秀美江南女子，话说到这个份儿上，也真是掏心掏肺的托付了。

王怀信老家就在福建南平，武夷山绵绵林莽之中。因其籍贯，深受同为武夷人的三十路军司令长官器重，视为肱股，年纪轻轻就提拔为师长。长官有亲共倾向，他也跟着亲共。长官抗击日寇，他也跟着抗击。长官欲据闽自立，他也跟着。结果，长官兵败垂成，流亡异国，他无路可去，只得投降中央军。

兵败被禁闭之后，王怀信被老蒋打入另册。长官出走海外，部下纷纷离散，原本倚重的那些关系瞬间土崩瓦解，对他如瘟疫般避之不及。他成了孤魂野鬼。但组织上秘密找到了他，拉了他一把，动员他到敌后继续发展抗日武装。

回想往事，王怀信不禁抚摸着肖含玉细细的后颈，“嗯，妾有情，郎有义。放心好了，吕先生带我到平州来，这里，就是我东山再起的地方。我还不至于当个叫花子。”

王怀信吻她的脸。肖含玉推开他，说："这次，我不会再让你溜走了。我不要那么多好听的话。娶我。"王怀信点点头发誓："时机成熟，我一定八抬大轿娶你。"

"不，就是现在。我来时想好了，我是个舞女，不是个婊子。你若不娶我，我马上走。今生今世，我都不会再跟你王怀信有任何的纠葛了。我不要八抬大轿，我只要你一声'嘎子婆'。你要有心，今天就洞房。"

王怀信再度拥其入怀，"好，我娶你。今天月亮正圆，我们对月拜结。"

他找出三根烟放在桌前，点燃，两人对着窗外的月亮跪下。王怀信扭头问："含玉，你不后悔？你可是天乐门的头牌娇娘，随了我这半糟老头子。落魄将军不如横行丘八，将来，不知还会有什么风浪。"

肖含玉斩钉截铁，"永不后悔。这世上，愿得你一人真心待我。这世上，我也只愿意真心待你一人！"

两人拜天地，共说誓词："我，王怀信；我，肖含玉，愿缔白头之约，良缘永结，佳偶天成。今日赤绳已系，花好月圆；他年瓜瓞绵绵，尔昌尔炽。谨誓。"

誓毕，肖含玉已满眼是泪，“夫君。我此生跟你了，要我吧。”

王怀信长叹一声说：“我王均如何等福分，能得你这位红颜青睐。战局中，不方便请人证婚。我若负你，天诛地灭。”

两人相拥倒在了床上。

城内另一端的密室内，罗耀宗红着脸，摘下了耳机，关掉了“1号线”的监听，揉了揉太阳穴，长舒一口气，用铅笔在便签上记录：

6月20日夜9点，庚辰五月十五，上海舞女肖含玉（？）找到王怀信，两人结为夫妻。此人行径，十分可疑。

第二十三章

不期遇

1

整编是个麻烦事，比任何人预想的都麻烦得多。

士兵皆打散了重新编队。两个血统不同的部队要糅在一起谈何容易！军官层面的整合，在吕、黎弹压后，还能维持表面上的客气；底下士兵之间，可就没这么容易了。

黎部主力是平州民兵。吕部主力则是外州籍的士兵，骨干是韩光义在淮城、豫西、皖北、鲁南新招募的“淮海健儿”，其余是保卫南京失利后被打散的各路中央军残兵，老兵油子。简而言之，客在平州。双方互相看不顺眼，摩擦日多。

连平头百姓都在窃议八卦小道消息，日本人倒是没来得了，两个司令不知什么时候准打起来。

救国军的士兵，早就不服吕天平那两个旅的耀武扬威，处处以正规军自居，未立寸功，倒仿佛是救城英雄一般，窃据各路要津。上海小报添油加醋散布流言，说吕司令杀了黎司令的姐姐，打的是鸠占鹊巢的主意。刘清和的挑拨煽动，火上浇油，直把平州变成了斗兽场。

已经陆续发生了好几次冲突，都是为诸如走路不让道、吃饭抢馆子、泡澡堂子抢浴池、听戏抢座之类小事而起。有些人实在不像话，打架都打到花街的妓院里去了。

黄开轩不得不四处奔走，调停士兵之间的斗殴。今日一早，黄开轩就到兵营里协调换防士兵的铺位，有人匆忙来报，说一伙士兵在小校场约架。宪兵连已经把他们都给原地扣押在那里了。

军容军纪已经渐渐不成体统，黄开轩不得不派人去请黎有望出面。

黎有望晨起，跟着兵工排的人在打铁。

救国军建立后，县农具厂就被征用，建了一个军械厂。维修枪炮，收集空弹壳灌新枪火。

保卫平州的白刃战后，黎有望总结经验，倡议全军佩砍刀、朴刀之类的冷兵器，近战能占上风。光凭着枪刺，一对一，是干不过鬼子的。

凡有得空，黎有望就跟兵工排的战士一起打刀，算是晨练。

听说士兵约群架，黎有望叹一声“热闹”，就赤着胳膊赶到了小校场。

两边冲突人数差不多，共约三十个。朱子松也在里面，见黎有望来，还记得军鞭的厉害，羞愧地低头，退缩到众人身后藏起来了。

正中央，一群老救国军的士兵大声吆喝着。三个人正抱着一个大汉。那大汉铁塔般不动不移，发出狼嚎似的吼叫。

黎有望不声不响地走到黄开轩身边，赞叹道：“在英烈碑下打架，真是会挑地方。”

黄开轩侧过头看了黎有望一眼，叹息，“入行伍这么多年，这支队伍越来越不成体统了。不要说直罗山上的队伍，就连二龙山水泊子里的兄弟，都比游击总队军纪强。”

“给战死的兄弟们找找乐，傩戏，娱灵。”

黎有望和黄开轩打哈哈。

与丁聚元长聊后，几日内，黎有望反复在回味他的话，对黄开轩这位老战友，心里说不出地五味杂陈。他秘密让罗耀宗摸过黄开轩的底，忠诚党国，如清水濯洗一般干净。张德文之死固然可悲，黄开轩虏而杀之，是为夺城的权变，是丁聚元在挑拨离间，还是他另有所图？

黎有望也说不清这种感觉。像刀锋上的寒光，越是锃亮，越是惊心。

“那个汉子，我查过，叫乌力吉，察哈尔人。草原上的汉子，原来还是个小喇嘛，日本人把他们喇嘛庙轰了，他参加西北军到了这里。我赌，至少要五个人才能把他压趴下。”

黎有望清了清嗓子，大喝一声：“稍息！”

大部分人瞬间站定了，还有几个人在推推搡搡。黎有望瞪了众人一眼，沙着嗓子吼：“怎样，还要我把机枪排给调来，喂你们吃枪子？”

众人肃静，跟着看热闹的百姓都默不作声。

黎有望振臂一挥，“打架违反军纪，按军纪条例办。但尔等敢闹事，说明有勇。这次，本司令就给你们一个机会，让你们给自己争脸。打架，要光明正大地打，要打出本事。”

众人面面相觑，不解他是何意。

“我与吕、卫两司令已经议定要选拔宪兵警卫队的人选。这是本队中精锐之精锐。既然你们有力气没处撒，各位兵爷，是汉子的，这一遭见分晓。”

黎有望请黄开轩把他们分成三组，自由组队，唯一的前提就是：每组原救国军与正规军的人数必须各一半。然后在一起比赛，三国演义，混战，只动拳脚，最后哪组能取下搁在英烈牌上的游击总队旗帜即为胜者，以胜者为搭建宪兵警卫队的班底。

有黎有望的命令，本来有些胆怯的人群开始炸锅。

“司令，看我的，这个队长必须是我！”

朱子松第一个响应。找到与自己斗殴的一个国军上尉连长，搭成一组。每组十人就干开了。这可不是互相谦虚的时候，一番混战，三组人马，组内成员互相配合，各逞机谋与拳脚。朱子松很机灵，晃了个身子绕过乌力吉，踩着他后背一跃，抢在78师的人之前顺利取得旗帜，擎在手中挥舞。

一场比试下来，既避免了处罚，又打出个明白来。两边人马都舒畅不少，算是不打不相识，互相搂肩搭背，众军士喜悦，谁说两个司令不和？这他妈的就是奸细搞鬼。

只有大力士乌力吉闷闷不乐，不跟任何人勾搭，直接找到黎有望，“司令，我不服，你们南方人脑子灵光，这是比滑头，不是比勇。我乌力吉浑身力气，找不到敌手！”

黎有望哈哈一笑，拍了拍他的肩膀，“乌力吉，敬你是条汉子，别愁有力气没处使。正好是打散了重编，你不用到宪兵队去，直接做警卫班班长。我天天陪着你掰膀子，练摔跤。”

“好！”乌力吉一听，顿时乐呵呵地笑开了，“那我就跟着黎司令！”

没人不欢喜了。黎有望看黄开轩，“以后不打仗的话，多搞搞军事竞赛，军人运动会。大家感情自然会熟络起来。”

黄开轩大摇其头，认为治军不是儿戏，队伍会毁于嬉闹。

黎有望正和黄开轩聊着，抬头，远远见百姓之中似乎有一个熟悉的面孔，慌忙撇下黄开轩追过去查看。

2

那人发现黎有望注意到自己了，按下头上的礼帽，遮住了脸。混入散去的百姓中，隐身于巷陌。

黎有望追着走了两条街，最终还是跟丢了他。他有点疑惑。这时，有人从他身后拍他的肩，“黎司令，到处找您。”

黎有望转身，擒拿住此人手腕，却是县政府的滕秘书。

“喔哦，黎司令好大力气。”滕秘书揉着生疼的手腕，“有件事，我须得向您秘密汇报。”

他把黎有望拉到一个避人耳目的地方，将刘清和拜访吕天平的事大概说了。

黎有望大为吃惊，“刘清和这个混蛋，明目张胆，跑到咱的肚子里闹腾。全城搜捕!”他这才确认，自己刚刚所见之人，的确就是刘清和。

这两天，刘清和就是这么大摇大摆地在平州四处转悠着，把整个平州的大街小巷、城防布局摸了个清楚。

所谓的“游击总队”近况，混乱得令他大跌眼镜。黎有望是怎么凭着这帮乌合之众连打两个胜仗，灭了那么多日军的？或许，纯粹是运气好。杂牌军在小校场里的闹腾，刘清和也尽收眼底，见识了黎有望拉拢的手段。不过儿戏罢了。

甩掉了黎有望，吹着口哨至尚义街。刘清和是靠着打听找到这条街的，也找到了一个叫作求知书局的铺子。

除了店名，书局外还挂着两块小牌子：“抗日救国军士兵俱乐部”“抗日救国军军报编辑部”。刘清和微微一笑，感叹，“麻雀不大，五脏倒是俱全！”

俱乐部的大门洞开，屋内空无一人。堂屋的书架都被环摆到四周，正中间搁着三张八仙桌，十来条板凳，还有一块黑板，上面用粉笔写着“抗日救国、奋勇杀敌”之类的字句。一角的条桌上搁着一架手工油印机。印刷前，须于钢板蜡纸上刻字，用油墨滚，一页一页地推刷。油印机上吊着一盏煤油马灯，旁边放着一摞刚刚印刷好的救国军军报。

刘清和无声无息地跨进门，拿起一份军报来。出于职业本能，他认真拜读。其头条是《论持久战（节选）》。倒头条文章是短评

《抗战时期国民教育战》，署名“左月潮”。文章写道：

> 普法之战后，德人欲亡法国，在普鲁士力推德语教育。今天，日本人在朝鲜、台湾省和东北等地推行日文教育。殖民地之民大多忘有中华，甘为法西斯蒂战车做炮灰。教育战之可怖，远甚于屠城，须以死志坚守……

刘清和嗤之以鼻，摇头一叹，“天真！”

正翻着，听到木质楼梯上传来脚步声。有个女子声音说：“士兵识字速成班第三期，整编结束后再招生。要看书，自行登记，从书架上取。”

随后，一个穿着军装的女子整理着自己的武装带走了下来。正是白露。

刘清和颤抖着，刻意把帽檐压低，“我就随便看看。来看书的军爷多吗？”

白露听声音、看身形，也是一惊，“看书读报的士兵倒是不少，但他们还是更乐意到斌园里听戏看洋片。先生您是？”她摸了摸腰间的手枪。

刘清和摘下礼帽，轻轻叫一声：“映雪，是我，清和！”

“刘清和！”白露真的惊了，慌忙往室外看了一下，疑惑地问，“你怎么来平州了？”

“在上海等不到你，就来找你。老天保佑，我还能活着与你相见。你怎么穿上军装了？”刘清和极力压抑自己激动的情绪。

两人稍稍寒暄。白露告诉他，自己困在平州，遭遇到了兵乱，母亲不幸病发去世了，就滞留在了这里投军。

刘清和不解，问她一个女孩子家，怎么会投军。白露坦言：“说来话长了。你到上海怎么样，有没有找着门路？坐下来说话吧，我给你冲杯咖啡。”

她转身到楼梯下木柜台，用暖壶给刘清和冲泡咖啡。

“这兵荒马乱的平州还有咖啡！”刘清和靠一张八仙桌坐下了，“我还以为你会回去找你父亲呢，差点去新化找你。”

“城禁开放，搞到少量越南咖啡豆。虽然品质不好，但可以喝。”白露一边倒着咖啡粉，一边解释，“我父亲和我，不冷不热。在平州，遇上可以信赖的朋友。大伙倚重我，就跟他们一起投军抗日了。”

“抗日，你一个女孩子家家跟小日本打？我们不是说好拿着干爸的推荐信，到上海去谋个和平的营生，远离这些是非的吗？是不是有人扣押了你？”

白露挑了少许白糖到咖啡里搅拌，解释：“清和，可能你误解了。我想离开北平，但没想过到上海找什么和平营生。世界都乱了，哪有什么和平可言。”

她用搪瓷水杯把咖啡端到了刘清和的面前。

“有的，相信我，我要带你去一个地方，那里有青翠的牧场，有一望无际的羊群，有安静的世外生活，富足、美满、和平，远离是是非非。”刘清和深情地说。

白露则立即表示，世界上或许有和平之地，但她不想去。现在，她已经是一个上了火线的战士。

“什么战士。我在这儿的街面上都亲眼看见了，纯粹是一伙散兵游勇，朝不保夕的乌合之众。跟他们去打日本人，简直是以卵击石，我十分担心你的安危啊！”

刘清和急了。

“混乱是暂时的。你不熟悉他们的指挥官，是一个不太一样的人。你看这个小书店，就是他以前经营的。现在我接手，做了个读书俱乐部，给士兵们扫盲，让他们学知识。我相信，他们的队伍，会有条光明路。”

刘清和伸手，打翻了咖啡杯，抓住了白露的手，“小雪，别鬼迷心窍了。跟我走吧，我说的那个地方真的有，在阿根廷，在巴西，我正在想办法，搞签证，到那里去。买一块大农场，保证能给你最幸福的日子。立刻跟我走吧。”

“别这样，你误会了。刘清和，我们只是朋友。”白露惊了，连忙把手给抽了出来。

忽然，一队荷枪实弹的警察闯进了堂屋。

徐永财举着枪，顶着刘清和脑袋，“刘先生，我们黎司令正挖地三尺，找你这个狗汉奸，没想到你跑到救国军俱乐部来了，贼胆包天。跟我们走一趟!”

徐永财身后。黎有望铁青着脸，一言不发。

3

刘清和被请到了徐永财的警察局审讯室。

他依旧是风度翩翩，从西服口袋里掏出一份伪《中华日报》，从容翻看着。

黎有望坐在他对面的阴影里。徐永财则得意扬扬地绕着他问话。

徐永财手持一根皮鞭，皮笑肉不笑地说："刘清和，你老家在淮城。你不知道，我们平州人好厨艺，我烧得五样好菜。第一道叫水包皮，锤敲鞭打，太花哨，太暴力了；第二道叫皮包水，外面无损，里面断得很有分寸，求生不能，求死不得；第三道叫天女散花，拿神经做文章，用针刺入主痛的穴位，疼，肝胆寸断，可脑袋还特别清醒；第四道叫电光火石，全身通电，慢慢放电，酥麻欲仙；第五道叫……"

"你叫徐永财，中统江北区平州站站长。大半年前，我们还做过中统同事。"刘清和哑然失笑，搁下报纸，反唇相讥，"逼供，就是扛三分钟的事情。我左右的槽牙里分别有两种药，一种麻醉，一种自裁。尽管来试，只怕你试了会后悔。做人留一手，回头好见面。小心落到我们的人手上，他们会到北平，把大清刑部孙姥姥的干儿子请来，带上全套祖传凌迟的家伙，请君入瓮，片片水煮鱼。"

徐永财脸色一变，哑口无言。

黎有望不再沉默，道："真没想到，这么快就和刘先生见面了。你到底是中统的叛徒、伪《中华日报》的记者，还是南满商贸会社的刘经理？"刘清和的老底，他掌握着。这是底牌。

"我是什么人，你还不清楚？黎司令，这次，总算肯正眼跟我说句话了。找你说不通，我得换个人谈。昨日拜会了吕天平将军。现在，你把我请来，我们继续谈。你看，我方诚意，还是很大的吧。"

"你和吕将军，谈了些什么？"

"想跟你谈什么，就跟他谈什么。我们行阳谋，不搞阴谋。"

"吕将军必然拒绝。否则，你怎么还在平州转悠。"黎有望颇有信心。

"得给他时间啊，我们的耐心还没用完，可以从容等他。"

刘清和也不怯阵。这是心理角斗。

"黎司令，我们留给你的时间可能不多了。吕、黎合兵，势力极速膨胀，平州已经成功引起多方的注意。从南京方面来说，我们更愿意招降吕天平，这是政治上的考量。吕天平是北伐功臣，游击队总指挥，如果他能降，带个好头，会形成一个降将如潮的局面。"

心理角斗，虚而实之，实而虚之。这听来，是实话。

“而你，黎有望兄，平地蹦出来的，国军弃将，对我们并没太大价值。如果你愿意归降自然是好；不愿意，我们会毫不犹豫地考虑把你除掉。甚至，为了逼迫吕天平归降，先杀你儆猴。你以为如何？”

这是虚而实之，还是实而虚之？刘清和表情从容，仿佛他是一个判官，在深深的地狱里操控着平州的生生死死。

“吓唬我吗？我也捎句话：你们来试试。”黎有望眼神迅速冰冷。

“不用我们来试试。”刘清和指了指徐永财，“只要我向上头传个话，这位徐局长就会动手干掉你。”

徐永财怒斥一声“你”，却不敢再说。中统、军统这几年多有叛将。

“我恨不得明天就干掉你。”

刘清和语气变得阴冷，寒气逼人。随即话锋一转，“不过，算你运气好，南京方面有何志祥欣赏你，不忍见你枉死。你早听他的话，在吕天平来平州前投诚，早就解脱了。现在，摆在你面前的路其实就两条：一是说服吕天平一同前来归降，可以活命，得享高官厚禄；二是绝不归降，但就得先下手为强，除掉吕天平，继续用平州做筹码赌下去。我这可是伍子胥头悬城门谏夫差，黎兄若不信，可以杀了我再举事。不过，记得把我的头悬挂在城门上，我会含笑看着你跪迎南京和日本人的队伍进城。”

黎有望终于看透此人的套路了，先恐吓，后利诱。一惊一乍，扮猪吃虎，将对方拿下。

“老子见多了狗，还是第一次见识你这种疯狂的！江北游击总队下周誓师成立，我就拿你刘清和的头祭旗。”

黎有望立即拔出佩枪顶住刘清和的头。刘清和大笑，称黎有望未必敢杀他。

徐永财慌忙来劝阻说：“司令息怒，他是使诈，从长计议。”

“你扣一下扳机，上海万国公墓内你姐的遗体会被扒出来喂狗！你是匪兵出身，不仁不孝，死人无所谓。那活人呢，你管不管？”刘清和俨然一副不惧的样子。

黎有望抬手一个耳光，打得刘清和嘴巴流血，眼镜掉落。

刘清和笑得更疯狂，揉了揉左颊，“你现在扇了我一耳光，就有人马上也要挨一耳光。何止如此，若皇军得了城，平州还要拿一百人来相抵。”

“要挟我？你这狗汉奸，我先毙了你，再把你们的同伙统统杀尽！”

黎有望抓起刘清和的衣领，把枪管塞入他嘴里，扣动左轮手枪的击锤。

刘清和死死盯着黎有望，“你扣着我心爱的女人，杀了我吧。我死，平州灭。”

审讯室外的电话响了。

一个文职警察接听后，迅速敲门汇报：吕司令来电，请黎司令接听。黎有望抽枪，去听电话。

“抓了刘清和？”吕天平故意压低声音。

黎有望说是，在审。吕天平指示：“不要用刑，尽量智审。还有，琴秋和囡囡被76号绑架了，说等他们的人安全了，才会放人。有望，你看着办吧。”说完，他挂了。

黎有望听着“嘟嘟”的忙音，僵住了。

顿时，他心乱如麻。徐永财悄悄靠近，“黎司令，这人实在惹不起。要不，先把人给放了，加强盯梢？把白参谋给扣起来，慢慢审。有她在我们手上，这小子绝对猖狂不了!”

徐永财不说倒好，这一说，黎有望心更乱了。

“这就是你们中统人的节操，一变节投敌，就变得比疯狗还要疯狂!”

满屋子的警察都转过脸来看，徐永财尴尬地向他们挥手，示意各忙各的。

第二十四章

断手足

1

黎有望在审讯室外抽了几支烟，平息了情绪。自己真是太冲动了，反而中了别人的计。刘清和敢这么大摇大摆来，安能没有几手防备？一个发誓要跟敌人周旋到底的人，怎么能这么轻易被敌人牵着鼻子走？

黎有望捶了额头几下，冷静地思考对策，最终再次走进审讯室的门。

刘清和正用一块手绢擦拭着眼镜，像一匹蛰伏的狼，一条每个鳞片都暗含剧毒的奇蛇。

黎有望拿起了他之前看的报纸，问："你的人，散了这份报纸？‘青禾’，就是你。”

刘清和点点头，笑说：“是我散发的。”

“那么实话告诉我，是吕天平跟你们配合，杀了我姐姐？”

“这个嘛，我也不是很信。”刘清和笑了，盯着黎有望的眼睛，“只要写出来，有人信就好了。最关键的，就看你愿不愿相信了。”

黎有望抽出一支烟递给刘清和，刘清和拱手，说不抽烟。

“做人留一线，日后好见面。敢玩阴的，我也能。比如给你绑上个定时炸弹，换人后炸死。”

“吓唬我？”刘清和笑着摇头，“你愿意拿吕天平的女人和女儿冒险，拿平州成千上万无辜者的生命冒险，我可以陪你玩到底。自古两国交战不斩来使，这是规矩，咱们都是买卖人，不要坏了规矩。我也爱惜生命，以身犯险，不得不做点准备。不算阴招。”

黎有望表示那个汪伪政府不是国，是粪坑。两个中国人狗咬狗，并不是两国交战。得利的，最终还是日本人。

“那你开枪啊，你杀了我，再去把吕天平杀了，也就全解脱了。”

“疑兵计，离间计，苦肉计，造谣，绑票，威逼利诱，一步接一步。”黎有望又摆弄起手枪，心中却在盘算，敌人阴谋阳谋并行，如何破之？

"我听人说，你姐姐救过吕天平的命，代吕天平吃过枪子。"

刘清和把话题转移到黎带娣身上了。见软肋，死死攻击，这场心理战，他不会手软，"这种恩情，是一辈子还不清的。吕天平对你都讳莫如深。而根据我们掌握的情报，民国十六年，也就是1927年，一场血雨腥风的事变。当年的几个当事人，都大有文章。除了你姐姐，有吕天平，还有黄开轩。黎司令，我帮着你查出真相，你是不是有兴趣跟我们合作？"

黎有望听出来了，这是虚而实之，其实刘清和还没有真正掌握当年的真相。索性不搭理他，黎有望抽出他身边的那份伪《中华日报》，翻到第二版，敲了敲某篇报道，"此人，跟你，跟白露什么关系？"

刘清和瞄一眼。《华北维新政府重新组阁，要员许卓城有意就职中央》，一篇旮旯里的汪伪小消息。

"我看过一本心理学的书，人要是思考让自己十分纠结的事，语速会自动放慢三分之一。看来，我手里也不是没有牌的。此人是你们的义父。俗话，干爹。"

黎有望开始进攻了，"去年，你是作为中统的人被从上海派去北平的。中统派你去，是为了接近许卓城。你的父亲刘寿杰，跟他有旧谊。结果，在他的利诱下，你反水了，向此人出卖了中统。你职级低，没什么破坏力，中统也就放过了你。或者，他们利用你，准备放长线钓大鱼。那时候，许卓城夹在王克敏和王揖唐两个大汉奸之间，首鼠两端，自顾不暇。为了给自己铺路，许卓城又把你推荐给了76号，让你去上海。我说得不错吧？”

刘清和没有防备，阵脚稍乱。很快，他镇定了，“你知道这些，又有什么意义？我得告诉你，是许先生安排我认识映雪的。他希望映雪，也就是白露，我们俩能够结合，成为男女朋友。并且，我们正式相处了几个月，互相颇有好感。”

“那么，白露是不是也在帮你、帮汉奸们、帮日本人做事呢？如果是，我得立刻逮捕枪毙她！”

黎有望猛一拍桌子，故作厉声质问。

刘清和一震，他迅速垂下头。这是黎有望的心理战，他还是本能地一怯。或许，装作本能地一怯。

这一瞬，被黎有望准确捕捉到了，机不可失，他连连逼问：

“你们的‘千手观音’计划，是联系詹耽敏这只老狐狸策动兵变。都是暗中操作的。一次兵变未遂，群妖毕现。你全盘接手了，改成明着来。有恃无恐啊。我跟你说，无论是中统还是军统，在上海，还是有人手的。事情做得太绝，天怒人怨，你和白露都会死得很难看。

“白露这么好的女孩，为我们救国军做过那么多事情，假如因为你被挂上一块汉奸间谍的牌子枪毙在街头，太可惜了！”

刘清和狂笑，上气不接下气，许久才平复下来，呛咳，道：“黎有望啊黎有望，我算看走眼了。你知道我见她时，最怕的事情是什么吗？”

黎有望面如寒霜。不答。

刘清和还在笑，“白露，是我在这混乱黑暗世界所见的唯一一束光。我担心她似乎对你有意，而你，甚至比我还爱她。现在看来，我，哈哈，真的没什么可怕的。”

他突然不笑，阴冷地说：“你他妈就是一个自私自利的土军阀，乱世枭雄，根本配不上她。你等着，我要先断你的手足！”

有士兵敲审讯室的门。

黎有望下意识地预感不好，迅速出门。那士兵汇报：“黎司令，平州闹起民变来了！”

2

黎有望急匆匆来到忠信大道。

主干道上挤满了百姓，大量的游击总队士兵在拦着人，维持秩序。以詹耽敏为首的几个农商会乡绅，带着几十个百姓拉着“血债血还”的横幅拦在大街正中。

丁聚元带着一队士兵被拉扯、扭打。

黎有望打听原委。从昨天开始，就有人开始传游击总队整编，二龙山和莲河的丁大巴子要换防到平州城里来。消息一流传，全城百姓愤慨。有人说，丁聚元曾为匪，要劫城，杀害了赵松县长，杀死了许多无辜百姓，再回平州，居心何在。

对此民情暗涌，黎有望却全然不知。

一早，卫长河下令，丁聚元并所部骨干入城，赴小校场办理整编入列仪式。周朝负责迎接他十几号人马进城。

以往，丁聚元到平州都是快进快出。随员在城南外远远驻扎，自己单枪匹马，来去如风，无人注意。此番他公开入城，早有人得到消息等候，聚集在主街拦截。

众人高呼:“丁大巴子的队伍又回来了!”

有个年轻人听到这个消息，疯狂地闯入队伍之中，端着一把钢刀扑向了丁聚元。丁聚元毫无防备，幸好他一个手下替他挡住了。年轻人顺势就捅了那个手下十几刀，血溅大街。那个年轻人高呼道:“杀人者，小学堂张德文教员的胞弟，张德彬是也！我乃替兄报血仇，与他人无关!”

丁聚元的人，立即拿下了张德彬，把他按在血泊之中，用盒子炮顶住他的头。有老妇哭号，求人。她是张德彬的母亲。唯恐丁聚元开枪报复，想把自己的小儿子给拉回来。

民众瞬间被激怒，奔走相告，拥上大街。将丁聚元十几号人团团围住，拳打脚踢。

詹耽敏等乡绅见状，打出横幅，向吕天平请愿。匪不能入城为兵，血债需用血还。

黎有望在人群中，挤进了包围圈。

丁聚元的人马围成了一个圈，不断有人用鸡蛋、烂菜甚至是砖头、石子砸向他们。几个骨干军官手持盒子炮，频频向天空开枪。圈子中心，横陈一具尸体，丁聚元的两个人死死按着张德彬。丁聚元本人神情恍惚，却像斗兽场里的狮子，不知所措。

这就是刘清和说的“断手足”。黎有望掏出手枪，朝天开枪。

群情激奋，枪声变得无足轻重。有人认出他，高呼：“保卫平州的黎司令来了，就是他击退了丁匪。我们就请他主持公道，为平州讨回这笔血债！”

煽风点火，却是詹耽敏的声音。这一手毒辣，但也坐实了他通伪。

黎有望欲揭穿詹耽敏，仓促之中，众人如何能信。

忽有人紧紧拽了他的手。转头一看，竟然是白露。白露低声说：“民心难拾易失。有些话不能多说。别冲动。”

她使了个眼色，示意黎有望后退一点，自己却站出来，慷慨陈词：“这些土匪虽然欠有血债，但也是这方圆百里人家的丈夫儿子，他们不是天生要做土匪的，只是没有活路。现在既然他们愿意归降，一起去打鬼子，为什么就不能给他们一条出路呢？大家都是中国人，兄弟阋于墙，外御其侮，民族救亡是头等大事！”

有人就喊，白参谋，你又没有亲人死于土匪之手。

“我的母亲就死于土匪绑架！如果这些土匪真心愿意归降抗日，

我母亲在天之灵一定会饶恕他们的罪过。她就跟你们的亲人葬在一起。”

众人瞬间沉默下来。

听到白露的声音，那老妇人跌跌撞撞赶来，哭号着哀求黎有望出面，请丁聚元饶她儿子一条性命，张德文走后，她只剩这么一个儿子了。说着，就下跪磕头。

老妇人非要黎有望立即表态，又一路膝行来拉白露的手，“姑娘，你是跟着黎司令的人，你就帮着开口求下黎司令，别让土匪再带走我唯一的儿子了！”

白露哇地痛哭。

她内心早已哭出血，张德文是她的同志，自己母亲也死于丁聚元的劫城之乱。跟刘清和见了一面，却不想，故人是敌特。

张德彬在人群中喊：“娘，我是给哥哥报仇，土匪敢杀我，救国军一定会剿灭他们！”

黎有望无话可说，慌忙想上前扶起张德文的母亲，却怎么也扶不起。他冲着丁聚元吼：“丁聚元，快他妈给我放人！”

“好，该我们还一条命！”

他的手下立刻把张德彬推出了圈外。几个百姓拉住了张德彬，继续呼喊：“驱逐丁匪，还平州公道！驱逐丁匪，还平州公道！”

民众对丁聚元的包围越来越紧了。周朝见势，悄悄使了个眼色，让那些阻隔民众的士兵退出来。黎有望看在眼里。他被愤怒的人群挤压着、推搡着，无计可施。

忠信大道如一个火药桶，慢慢滚向一堆越烧越旺的烈火。

街北传来了“突突突”的冲锋枪射击声。

循着枪声看去，只见吕天平骑着一匹白马，手挽缰绳，举着把汤普逊冲锋枪朝天开枪。

“吕司令来了！”

人群情绪恢复了平静，自动为他让出一条道来。

吕天平直接骑马来到丁聚元的跟前，马蹄发出嗒嗒的轻响，一记，又一记。吕天平看了一眼地上尸体，也环视民众。他将手中的冲锋枪丢开，丢向黎有望的手里。黎有望狼狈地接过。

吕天平睥睨狼狈不堪的丁聚元，抛出一个黑色小布袋到他手里，铿锵有力地说：“丁聚元，现在，你不会怪是本司令不容你了吧？一日成匪，万年是匪。给你指个活道，所部人马留下，你立刻走，越远越好，以后半步不得踏入平州!”

丁聚元打开黑布袋，里面是五根小金条。是遣返费。他苦笑，向众人拱手道别。

乘势驱客，是刘清和“断手足”的计策，还是吕天平将计就计，利用民变驱逐丁聚元？黎有望吃不准。他选择了沉默。

3

吕天平指派黎有望和黄开轩二人，跟随丁聚元，礼送出境。

临行前，吕天平秘密指示黎有望:“丁聚元奉行的，永远是有奶即是娘。民情如此，平州是绝对不允许他手下这支部队单独成建制存在的。现在，怨已公开，放他回二龙山也不成，相当于背部插一颗钉子。只有他走了，下一步才能安稳。我知道你惜才，但是此人不能用。”

他同时下令，周朝带人缴掉丁聚元旧部的枪械，欲离开者，发给路费。愿意留下的，打散编入游击总队。丁部三人以上，不得在同一个班。

黎有望和黄开轩两人各骑一匹马，跟着丁聚元走到平州与新化界。

一路上三人话不多。终于要到分手的时刻，丁聚元才开腔：“吕天平还是不放心啊。既然说走，我肯定走。丁某若能再回平州，还将抗日到底。”

黎有望策马与他并驱。从直罗山到夺城，从夺莲河、新化互搏到共同抗击源田，所有事历历在目。平心而论，他慢慢也把这个面目可憎的丁大巴子当成肱股。本想作为外援，刘清和这一手不动声色，果然毒辣。吕天平究竟不知是计，还是顺坡下驴，一时叵测。

“今天这事，有因种果。不管怎么说，张德彬寻仇，是你该受着的业。归根结底，是我们防御日伪奸细渗透有疏。”

“如此赶走我，亏啊！还不如说我与日伪勾结，把我当汉奸给明正典刑了。这样一举数得，平州军民更会高呼吕天平万岁，上下同心了！”丁聚元讪笑，掩饰自己的落寞。

黎有望询问他要去哪儿。丁聚元胡诌说，去当和尚，千把兄弟，换了五条小黄鱼，先要找个销金窟，点上几个头牌姑娘，花天酒地，败光拉倒。

随即，他低声郑重嘱咐黎有望："小心吕天平。还如我们前约，莲河、二龙山的人，听你的。好好待我兄弟，后会有期！"打马而去，一路高唱：

"小妹妹送情郎啊，送到那大门外，手拉着那个手儿，问郎你多咱回来，回不回来我定会，捎上封信哪，怎舍得让小妹妹，时常挂心怀！"

本是东北小曲，此刻听来，煞是心酸。

斜阳如焚，落日熔金，悬在远近高木之上，像有人举着大火把。丁聚元在这一团大火中，消失于地平线。

黄开轩一直没跟他们两人搭话。他有心事，觉得黎有望应该知道，当初张德文是被自己所虏，并加以刑讯，导致其重伤身亡。丁聚元这是替自己受过。黎有望从来不提，是他确实不知内情，还是另有心思？

他策马到黎有望马边，说："平州不收容，新化去不得，丁聚元只有学三姓家奴，去江南投新四军。不能让他走。"他拔出枪，对准丁聚元的背影。

黎有望拦在黄开轩的枪口前，笑着凝视他的眼睛，劝解道：

“已出平州界，我们管不着他了。都是战友，随他去吧。平州，还有大敌等着我们去收拾。”

黄开轩收枪，入匣。黎有望瞥了一眼，他并未打开保险。项庄舞剑，意在沛公。黄开轩在试探自己。

“除了詹耽敏那个老狐狸，平州又来了个狠角色，刘清和。”

黎有望不动声色道：“老狐狸策动兵变，只是‘千手观音’的前奏。他们开始第二步了。我姐姐遇难，谣言四起，驱逐丁聚元种种，都是刘清和所为。我刚抓住他，可奈何不得，只能盯着，不能杀。”

黄开轩若有所思，“号称白露参谋的男朋友？”

黎有望稍作犹豫，终还是把事情的前前后后、原原本本，跟黄开轩说了一遍，包括徐永财所提供的白露身世之谜。

黄开轩吸一口凉气，问还有谁知道这事。黎有望说目前就徐永财。不过，吕天平应该很快就会知道。

沉默良久，黄开轩问黎有望：“有些话，我不知道当不当问？”

黎有望想，生死与共的兄弟，唯有黄开轩，便说，有什么尽管问。

“俗话说，男大钟情，女大怀春。黎兄，这位身世不明的白小姐，还有那位唐家二小姐，你更钟情于谁？”

黎有望脸一红，本想说匈奴未灭何以家为之类的话，最终舌头打了结，反说：“丁聚元是土匪，立定了抗日之志，还闹出许多波折，若白露真是大汉奸的亲生女儿，这麻烦可就大了。难怪韩光义都不肯把她留在身边。”

黎有望巧妙地回避了问题。

“看来你还是偏爱白露。”黄开轩焉能不察，一针见血，幽幽道，“唐晓蓉小姐，其实很像你姐姐当年。”

黎有望欲试探黄开轩对刘清和及白露的态度，不防备他突然提到姐姐。他对这些情况似乎早有预知，俨然胸有成竹。

“你是见证人。当年，他们到底怎么了？”

第二十五章

连环劫

1

“当年，乱世，天地修罗场。兄弟可以反目，手足可以相残，朋友可以变成敌人，敌人也可能变成朋友，你杀我，我杀你，也分不清什么是非。那时候，我实在太年轻了，十九岁，懵懂无知，被卷入杀戮当中。”

“那么到底是谁在杀谁？”

“清党运动，你说谁杀谁？无论国共，不跟老蒋的人，都要被杀。你姐姐救过我一命，也救过吕天平一命。十三年过去，我继续帮你和吕天平做事。天注定。”

“黎司令准备怎么处置白露？”黄开轩轻描淡写地说一句，随即话题转向白露，“就算杀了徐永财灭口，谁也不能担保还会不会有第二个徐永财出来。何况，凭这个理由去杀徐永财，也没法下得了手。这是其一。纸包不住火，凡事可能变坏，就一定会变坏。白露的身世迟早有大白天下的一日。这是其二。”

黎有望追问该怎么处置白露。

黄开轩直陈，当前的选择也就两种。其一是与白露了断，并且要把白露排除出游击总队。日伪千方百计想分化拉拢收编我们，用汉奸的女儿，这事不行。其二是爱美人不爱江山，随时做好把部队交给吕天平的准备，带着白露远走高飞。

黎有望会带着白露远走高飞吗？那不是刘清和口口声声宣称要做的事吗？他比自己更在乎白露。可惜他是个汉奸。也好在他是个汉奸。

黎有望低下头来，拍了拍自己的马脖子，摇头，无声否决了这个建议。一边是家国，一边是缥缈未定的情感。他有自己的度量。

黄开轩便试出了他的心意。

“既然儿女情长这种事，你不擅长，不妨对她打开天窗说亮话，把她是大汉奸女儿的身世告诉她。泄露的后果，也说清楚。她是明白人。不用太绝。白露不要留在游击总队。让她去办办报刊，经营书店，到小学堂教书都成。她要主动离开平州，就更好了。”

“只要她本人铁心抗日，我们为什么就不能用？她也是无辜的。”

黎有望还是要为白露辩护。

黄开轩拉转马头想走，撂下一句话：“那你试试。没人拦着你。”

黎有望忙拉他胳膊，内事外事不决，都得问黄开轩，向他求对付刘清和之策，“对付刘清和，老K或者共产党会不会出手帮我们？或者，我干脆直接弄死他得了。”他隐去了76号绑架刘琴秋和囡囡之事。

黄开轩轻轻一笑，称刘清和，癣疥之患，不足为虑，别想着弄死他。既然吕天平能容他，我等也能。派人把他看死了。看菜下饭，看谱落棋，见招拆招，“他是带着一整套计划来的，目的就是谋平州。敢摊开来跟我们闹，还有什么可怕的？可怕的，是那些看不见的敌人，那些不像是敌人的敌人，那些貌似是自己人的敌人。”

大将风度，是泰山崩于前而色不变。

自认识黄开轩以来，不管逆境危境，黎有望从未在他脸上见过一个“慌”字。临阵换帅，策谋攻伐，敉平兵乱，守卫城防，皆是缜密从容。黄开轩，更像自己的姐夫吕天平，蕴藏无尽秘密，一个深海。此人深不可测。

“听君一席话，胜读十年书。现在，我信心满怀。”黎有望叹服，“大鬼子、二鬼子欺人太甚，但怕他们个鸟。平州要想落他们手中，也要先得从我的头颅上跨过去！”

旷野无人，黎有望还有重重心思要跟黄开轩长聊。比如“新四军要来平州”，是否该透露些许给黄开轩，看看他有何等反应。

黄开轩却高声呼啸一声。那马听了他的啸声，开始慢慢加速。黄开轩的话掷地有声：“黎兄，你要好好活。要死，我先来！”

天已暮，想想白露、刘清和此刻都在平州城内，不知还有什么意外情况发生，黎有望便慌忙打马跟上黄开轩。两人快马加鞭，直回平州。

2

白露启动异常联络，匆匆到绿柳晴旅馆。

“晴”字依旧，风平浪静。

恰好碰到谭傻子。他伸出沾满污泥的手掌，乞讨："大小姐，再给点钱呗。"

白露掏出三块钱，塞到他手里，嘱咐："拿它去东街布衣市买件新衣裳。你身上这身长袄是寒天穿的。夏天近了，得穿单纱褂子和裤子。买到衣服，先去澡堂子里洗个澡，剩下钱再买吃的。"

她一条一条说，谭傻子笑嘻嘻点头。鼻涕流到唇边，又哧溜一声吸回去。

以谭傻子为掩护，白露查看身后左右，确认无任何盯梢，方敢进店门。

到门厅，白露没先看见老钱，倒先撞见了一个穿着翠绿旗袍的女人。其人身量苗条，面容姣好，嘴唇鲜红。

"哎呀，哎呀，白露小姐，真是人生何处不相逢，我怎生会在这里遇到侬哈。"

那女人声音甜美，见白露，准确报出名来。

白露吓了一大跳，瞪大眼睛反问："您是，我认识您吗？"

女人嫣然一笑，说一堆莫名其妙的话："北平城后海针线胡同，许卓城许先生府上，五进五出的大院子，里面那个金碧辉煌，美气哎。侬煞记不得啦？"

白露面色变冷，心跳加速。

那女子打开了话匣子，便难收住：“阿拉是上海天乐门剧院的舞女。年初寒天，许先生派专门的飞机把我们天乐门的人，从上海请到北平。是为他五十大寿献艺哎。我记得，侬也是祝寿嘉宾。还是他的干女儿撒。舞会上，你说了好大一通话，哎哟，慷慨陈词。连我这个小舞女都被你的话，给惊醒了，决意投奔我抗战杀敌的男人来。”

这个女人说的，没一句假话。白露冷汗如浆。

今年初，自己受报社委派，也受父亲韩光义委托，到干爸许卓城府上去贺寿。贺寿是假，执行组织任务是真。许卓城颇为宠这位干女儿，视如己出。韩光义长年征战四方，白露在北平读书、工作，许卓城多有关照。组织上深思熟虑，让白露把握好这条线索。

许卓城与父亲曾经是结拜兄弟，也是华北伪王克敏政府的要员，政治上摇摆不定。组织上意在派遣她去探探虚实，掌握华北伪政府动态。

本是一次纸醉金迷的寿宴，白露勉为其难参与。许卓城偏点她说吉祥话、贺寿词。白露怒起，演说国家沦陷，日人横行，同胞惨遭屠戮，亡国耻辱，既不可喜，也不可贺。

她话还没说完，人就被许卓城的侍卫给拉走了。

或许是许卓城特别偏爱这个干女儿，她后续倒没有遇上什么麻烦。北平沦陷区内这样态度激进的青年，何止她一个。组织上认为，白露继续待在北平太危险，择机把她调到南方来。

白露便是服从这个安排，到平州来探母。

那女子能准确地认出自己，显然她们真照过面。北平往事已了，灯红酒绿，红男绿女，过客匆匆，此刻还是不要相认为好。

白露礼貌地笑了笑，说了句“对不起，小姐，你怕是认错人了”，便想避开她。

那个女子依旧坚持认白露。

正好，老钱出来解围，道：“白参谋，您来了，我带您看看要订的房间。”

说着，伸手邀请白露上楼去。两人径直到顶楼，至屋顶瓦面、有老虎窗的小工作间中，坐定说话。

“最近，为什么不跟我联络了?”老钱劈头严肃质问。

白露就不高兴了，“哎，你这同志。我找你多了，你说容易暴露。不找你了，你又怨我不跟你联络。”

老钱给自己解围，道：“怨我，我不会工作。好，我先跟你说些事吧。因为黎有望在搞监听，最近，我一直无线电静默。趁吕天平开放城禁，上级派了交通员入城，给我传了个情报。我想，必须得跟你说说。”

老虎窗的毛玻璃投下斑驳阳光，使得老钱的脸看来有了温度，暖洋洋的。同志的信任与温暖，轻盈如闪光的羽毛。

“我这边也是一堆火燎眉毛的急事。一是救国军改游击总队，你也见着了，丁聚元被逼走了，我观察吕天平的作为和言行，十分担心他有向日伪投降的倾向。二是有大量日伪敌特渗透入城了，他们要明夺平州，我想找你确认一个人的身份，他叫……”

“刘清和!”老钱报出了名字，“前中统北平站初级调查员，伪装成进步青年，被中统派去策反华北伪维新政府要员许卓城的。他却反水，叛变中统，投靠了76号。现在，受上海梅机关影佐昭彰派遣，潜入平州。目标非常明确，策动吕天平或者黎有望下水。”

白露震惊。"这些情况，上级全掌握了？我还以为黎有望冤枉他。"

"组织的眼睛是雪亮的。就是因为察觉到这一点，上级才把你调离北平，保护你。上次，日军轰炸盐州，故意绕飞平州上空恫吓，也是为配合刘清和进城。现在，貌似风平浪静的平州，各派斗争局势，已经白热化了。正是我们得咬紧牙关的时刻。"

老钱一字一句，吐字极清晰，态度极坚定。

"刘清和居然变成了狗汉奸！"白露愤怒，"找机会，我秘密枪毙了他！"

她与刘清和也算是自小相识，互相看着长大成人。虽家道中落，刘清和学业一直很优异，留学日本，算是一个人才。儿时玩伴，转眼变成汉奸，国之大敌。她不能不愤怒。

"不成！"老钱说，"这个人的背后，是大股日伪势力，杀之容易，却之难。我们在盯着他们，还有人在盯着我们，时时刻刻想置我们于死地。这是连环相杀的劫面，无间之局，每一步都要慎之又慎，每一步都要小心翼翼，稍有差错，牺牲掉的不仅仅是一两个人的生命。你得多加小心。不过，告诉你一个好消息。"

老钱不说，只是笑，卖关子。想必便是他开始提及的，上级派交通员传输的情报。

白露急催他快讲。

“新四军要来了！”

白露兴奋了，阴霾一扫而空。老钱预料到她的反应，笑眯眯地继续说：“中央一直有让新四军跳出江南的战略部署。日寇轰炸盐州后，中央认为时机成熟，新四军东进的力量，可以与八路军南下的力量会师。要赶在日寇从枣宜战场抽身之前，开辟出一个范围足够大的江北根据地，继续给日本侵略者以沉重打击。平州，是他们渡江北上的一个良好通道。不过，基于战略考虑，新四军不考虑长期接管这四战之地。”

“能看到自己的同志，真好。我们能为迎接新四军做点什么工作呢？”

“上级没有给我任何指示，只是让我们准备着。迎接新四军不是我们的任务，有另外的同志在付出努力与牺牲。我们的任务，就是观察好吕、黎二人。吕天平和黎有望对新四军的态度，是对他们重要的考验！”

3

出绿柳晴旅馆，白露往来路相反方向去。一路走过其他两家小旅馆，佯作订房，找掌柜打听了房价。兜完一圈，她才回到位于宽良街的寓所。

吕天平忙着整编部队，没人来俱乐部看书看报。

白露开了门，上了楼，对着二楼外间挂着的母亲遗像拜了拜，点起三炷香插到香炉里。拜母。她看了一眼地面，不声不响掏出手枪，蹑手蹑脚打开房门，朝着里屋喊："不许动！"

床边端坐着一个西装革履的男人，正戴着礼帽垂头而坐，捻着手里的香灰，"用香炉的灰撒在楼梯、入口上，看似无意撒落，其实是有心安排。是祈祷伯母亡灵保佑你，还是防备有人秘密潜入呢？训练有素，这是黎有望教你的，还是军统，抑或共产党？"

白露拿枪对准刘清和额头，冷冷地说："你下水做了汉奸，差点被你这个无耻之徒给骗了。多少鬼魅伎俩，使出来啊！"

刘清和摇摇头，惨笑，解开外衣，露出胸口处一个枪疤，幽幽道："你永远不了解我的心。我根本不在乎你是谁，甚至也不在乎自己是谁。我只有一颗心，要给你幸福！”

白露好似一尊塑像，不为所动，静止如木。

刘清和喉结滚动，死死盯着白露，似乎想把她所思所想尽数读出。

“你都不知道我为你做了什么。今年年初，你大闹许卓城的寿宴，被他的侍卫赶出许府，你以为就这么轻易过去了吗？有人要杀你，你知道吗？这个疤就是证明。我一路跟着你走过后海，在北下洼子胡同，他们动手了，我替你挡了一枪。而你浑然不觉，你真以为那次暗杀是针对我的吗？是冲着你的！”

阳光在室内游走，刘清和拍了拍手。手中所沾之香灰亦随之疯舞。

“你来平州干什么？”白露扣着扳机的手指在打战，掌心有如锥刺。

“伯母已经仙去，你完全没有必要待在这个是非之地了。除非，你还带着别的什么目的。”

“抗战打鬼子，算不可告人的目的吗？”

“只要不是因为黎有望，你有什么目的，我都无所谓。他根本不爱你，只是在利用你。跟我走吧，我们离幸福很近了。我会像爱一个初生婴儿一样爱你。”

双方默然。静默之中，有根弦在慢慢绷紧。一只不知蛰伏在哪儿的蟋蟀突然鸣起，铿锵有力，悄悄带来无尽杀气。

刘清和突然站起，伸手欲拉白露。白露晃了晃手枪，吸一口气，“汉奸，别动，差点被你绕进去了。我抗日，是为民族，又不是为黎有望。你走，否则，我立刻开枪。”

“有你在，我无处可去！”

刘清和不顾一切，似山魈一般，舒展双臂，去抱白露。

白露反击，两人搏斗。

听不到枪响，刘清和认为白露终还有意于自己，反抱得更紧。

白露用肘部向后一击，反转手腕绕开刘清和捏着她的手，手枪抵在了他的腰部，冷冷地说：“放手，我真的开枪了。”

刘清和立即竖起了双手，“果然训练过。是黎有望教的？”

白露望了一眼门外对面母亲的遗像，“刘清和，我只想陪母亲在平州平常度日。你我都不是在北平时的你我了。我前几天听人说过一句话，昨日种种譬如昨日死，今日种种譬如今日生。说得真不错。念在我们自小相识，我不忍扣下扳机。你快走吧，也算放我一条生路。”

刘清和退后了几步，拿出一张白露在上海与黎有望在一起的照片，是在维尔蒙路咖啡馆外远距离偷拍的。他问：“就是这样平常的吗，枪林弹雨，朝不保夕？我都告诉你了，黎有望根本不拿你当回事。你还承认我们有情分的话，就再给我一次机会。我保证处理完平州的事，拿到一笔钱，立刻带你远走高飞。”

白露说：“驱逐丁聚元，是你兴风作浪所致吧？你也看到了，一日为匪，终生不宁，何况是做了卖国的汉奸。刘清和，我们回不去了，就在几天前，我还以为你是单纯、进步的人，现在，我越看你越恶心！”

刘清和暴怒，“不行，我已经失去了一切，不能再失去你，除非我们一起殒灭！”说完，他扑向了白露，分起一脚踢中了她持枪的手，踢飞了她的枪。白露连连后退，退到了外间，撞到了白母遗像下，把香炉连带遗像都撞翻了。白露分神，迅速为刘清和所制。

刘清和强吻她，被白露咬伤。刘清和说自己最喜欢的，就是她这种暴烈的性子。

一阵橐橐的脚步声。大股的警察拥上楼。

几条黑洞洞的枪口指着刘清和。徐永财带着人马上来了。

“刘先生，你胆大包天啊，知道我们监视着你，还来找我们的白参谋叙旧。别不承认，我们埋伏着可都听到了，你们过去还真有前缘。”

刘清和放开了白露，整理整理自己的衬衣和领带。“徐站长，保护好我。日本人要是来了的话，我还能保你这身黑狗皮，连带你的人皮，都不会被扒了。”

徐永财脸皮立即被冻僵，喝令下属：“带走！”

两个警察争着向前抓捕刘清和。

刘清和不屑，做好自己被抓捕的准备。徐永财一挥手，“不是他，是另一个。”

两个警察僵住，无所适从。徐永财瞟了瞟白露。两个警察才恍然大悟，去抓白露。

白露完全惊了，怒问：“你们疯了，我是救国军上尉参谋，与汉奸搏斗，凭什么抓我？”

“黎司令都已经下令了，密切监视刘清和，及一切与他有接触的可疑人等。徐某很为难，只能秉公处理。不用担心，黎司令会亲自拿你问话的。说清楚了，也就成了。”

徐永财缓缓转过身来，猫着脸对刘清和，不知是谄笑、请求还是威胁：

“刘先生，请您立刻离开这里。士兵俱乐部，也算是游击总队的军事区域。为了您的安全，最好待在平州大酒楼里，省得咱兄弟随着您到处乱窜，累得慌!”

第二十六章

孽世缘

1

警察局昏暗的审讯室内，潮湿沉闷。淡淡的血腥气，犹如幽灵一般游走。

黎有望坐在白露对面，两人隔着一张宽大的木质审讯桌。厚实的楠木，黑漆漆的，犹如棺材板。他低头看着一个小本子，沉默不语。

白露则坐在被审讯者的位置上，瞪着他，他眼皮也不抬。空气就像石头一样凝固。最终，白露憋不住，先发话，连珠齐发，咄咄逼人："黎有望，你是什么意思？刘清和是汉奸，你想必早就知道了，为何不告诉我？他威胁我，你让徐永财鬼鬼祟祟地盯着，还抓我？他差点要了我的命。你们既然抓了他，为何不干脆杀了他？”

“顺藤摸瓜。我倒要看看他到平州想联络哪些人。”白露的目光里有刀子，寒光凛冽，似黄开轩密藏的利刃。黎有望眼神躲闪，吞吞吐吐。

白露更恼了。她满腹愤懑和委屈，像机关枪一样射出来。

“他刘清和若想强暴我，你也准备答应他，还替他守门吗？我跟刘清和以前是认识的，在北平时，在报社里共过事。知人知面不知心，我可不知道他是个汉奸。那时他因为有一些抗日言论，被报社打压、排挤，还被特务暗杀过。这是我们决心一起辞职南下的原因。我回平州探望母亲，他去上海，我本以为就此别过，江河湖海再不相见。谁知道到了上海，他下水了。”

黎有望无动于衷。白露不再解释，厉声说：“你可以怀疑我，但是为了自证清白，把枪还给我，我现在就可以去枪毙了他！”

“不成！”黎有望欲言又止，最后才淡淡道，“刘琴秋和囡囡被他的人绑了！”

白露一怔，更是怒不可遏，“此贼如此猖狂，你们还听任他在平州城里大摇大摆？他早盯上平州了。兴许，你姐就是死于刘清和之手。前几日，在平州散发谣言伪报，哪怕脑子被狗吃了，也知道这是刘清和做的。”

黎有望摸了摸脑袋，被狗吃了没？还在。

白露说的话，连标点符号都是确凿的，都在滴血。他的心也被刺痛，一把刀刺进去还在旋转。但知道又如何，扣了刘清和，杀了刘清和，易如反掌。人质的性命，他姐姐的坟，平州全城百姓的安危，孰轻孰重？匹夫之怒不能有，牵一发动全身啊。

他低沉道：“岂止是散发谣言，挑唆士兵打架，挑动百姓游行驱逐丁聚元，他亲口承认，一件不落。如果他是杀害我姐的真凶，这个仇，一定要报。现在的首要问题是，查清楚他在平州的党羽。而你，先要撇清这个嫌疑。”

“愚蠢，黎有望，你太令我失望了。人模狗样，怎么长了个猪脑子！明面上，他在平州就是冲着我来的，实际上，这是他的疑兵分化之计、挑拨离间之计！”

白露真欲哭无泪，堂堂抗日健儿，被人视为汉奸内应，简直是天大的耻辱。她几乎要拍案而起。黎有望感知她情绪，挥挥手，示意她淡定。

“说正题吧。白露，原名韩映雪。你还有个日本名字，叫上野雪子！”

“雪子”，确实是母亲平日呼唤自己的小名。“上野”二字，却从未听闻。

“雪，不是真的雪花，你出生在次年的春天。那雪，代表着雪一样的樱花。上野，倒不是某个日本人的姓氏，而是代表日本上野公园。那是你作为有夫之妇的母亲白淑怡和一个男人开始相恋的地方。这个男人，不是你的父亲韩光义将军。上野公园有小潭，名为不忍池。不忍池边，雪一般的樱花树下，她被那个风度翩翩的男人给迷住了。真没有忍住，才有了今天的事端。”

黎有望一字一句地说，似面对一个完全陌生的敌人。把手中的日记本推到了白露面前。

“发烧烧糊涂了吧，满嘴胡话！”

白露简直想抽他一巴掌，把她能用的骂人的词全使出来。看到那笔记本，她却怔了。字迹娟秀，以自来水笔锋端，学瘦金体之飘逸。完全是自己母亲的手迹。

“你，你怎么会有这个？”

"我们抗日队伍的每一个人，都要经得起调查。耀宗，把人带进来！"

罗耀宗就带着一个人进了警察局审讯室的门。

一个老尼姑。白露一看，是观音庙的住持净尘师太，矮矮瘦瘦的一个老婆婆，百衲衣，菩提串，面容枯槁，泛着古卷青灯旁特有的昏黄颜色。

黎有望向净尘师太双手合十一拜。她也一拜，口呼佛号。

"令堂在仙去前，曾经把一批遗物交给净尘法师保管，嘱咐她兵灾过后秘密销毁掉，不要给任何人，包括你。抗战，乃是非常时期。我们向法师晓明大义。她普度平州，将令堂的遗物交给了我们。这些，就是令堂的一些早年记忆。"

净尘师太半闭着眼，也向白露拜了一下，口中连呼："阿弥陀佛！"

白露倏地起身，瞪着罗耀宗，转头再瞪黎有望，"监视我？你指使的？我还拿你们当过命的同志！"

"也是刚刚查出来。若非刘清和前来，我们也不会有此举动。"

黎有望令罗耀宗把净尘法师请出去，异常冷静，"游击总队的每一个人都要经得起调查。通过多方印证，你的生父应该是许卓城，而不是韩光义将军。原因很复杂。”

对白露，此言如雷霆。甚至雷霆都不及。

“许卓城何许人也，你应该不陌生。一个风流倜傥的富家公子，一个撬了二嫂的花花公子，一个背叛了自己民族的败类。窃任华北伪政府要员。据说，要到南京汪政府就职了。你在北平的时候，跟这个许卓城，还来往密切。”

白露的心乱了，黎有望的话，她一个字也听不进去。心烦意乱，心乱如麻，心如刀割。母亲写下的日记，清清楚楚地记录着，多年以前她与许卓城相识、交往的点点滴滴。

发黄的日记中陈述着：

二月四日晴，光义隔洋托许卓城来看我，给我送了些衣服和吃食。他在帝国大学进修。我头回见得这般花样美男子，着实惊呆了。约十日后去上野看早樱开放。

三月十二日，主动去本乡町帝大看卓城，同游护国寺，向佛祖祈愿。

四月五日，读日本俳句集，见才女和泉式部说，心里怀念着人，见了泽上的萤火，也疑是从自己身里出来的梦游的魂。正说中心思矣，深陷其中，该如何是好？

四月二十九日，流萤断续光，一明一灭一尺间，寂寞何以堪。在居酒屋同醉，夜不归。春樱如雪，罪疚如霜。断舍离。决意归国，返回光义身边。

…………

2

白露泪流满面。眼泪抹干了，又不断流出来，像是无止境的苦泉之水。

黎有望一声不吭，尽量把自己藏在阴影里，不去惊扰她。

凭着坚强意志，白露还是镇定了下来，抽搭着，从怀里掏出手绢擦拭泪水，问黎有望：“你给我看这些，就是想说，许卓城跟我母亲有旧，还是有别的什么意思？”

黎有望摇了摇头，“对不起，我也知道这个时候提这些旧事不好，不过，请你想想自己的生日。这也是令堂遗物中找到的。看看是不是，许卓城更像是你的亲生父亲！”

他把半张照片推到了白露的面前，照片上一个穿着西服的青年男子，梳着油滑的中分，一脸英气，照片的空白处用钢笔写着非常漂亮的两行字：“金风玉露一相逢，便胜却人间无数。卓城题赠淑怡。”

白露长长地吸了一口气。这一刻之前，她还是抗日将军韩光义的女儿，这一刻后，就成了汉奸许卓城的女儿。她无论如何都不能接受，但这显然就是事实。多年来，父母亲不和乃至离婚，父亲对自己不冷不热，所有的谜，都有了一个妥帖的安放。她很快镇定了下来，不知为何黎有望偏偏会在这个时候搬出这些来。“你很早就知道这些了，是吗？一直让罗耀宗在暗暗调查我？”

“没有，我也是全力动手反敌特时，才刚刚得到线报。”

黎有望坚决否认，稍犹豫，低声道：“是徐永财递过来的。他们中统盯着许卓城。许要到南京上任了。意外挖到你母亲和你这里来的。我没有轻信，让罗耀宗到观音庙去查查看……真没想到，事情变成了这样子。”

白露拭了拭脸颊，“因为我这个身世，你就怀疑我跟许卓城、刘清和之间有什么见不得人的秘密是吧？汉奸的女儿就是汉奸？你就怀疑我是日伪间谍，就像川岛芳子那样是吧？我说我也刚刚知晓这一切，你可能不会信。但是我肯定不会为日伪卖命，因为我是共……”

她差点脱口而出自己是“共产党”，幸好理智的弦绷住了情绪，改口：“我是你共生死的战友！”

黎有望不敢看白露的眼睛，他垂头看着桌面上一道长长的划痕，许是某人遭受徐永财刑讯逼供时，耐不得痛，硬生生抠出的。

“罗耀宗以前跟我说，高度怀疑你是共产党。你是共产党倒没什么，我还举双手欢迎呢。但是，现在你这个身份，就算我没什么意见，要传出去，也是对你非常不利的。丁聚元就因为做过匪，结局，你也看到了。就算我们不追究，平州要是易主，换一批人马过来，他们也不会饶过你的。”

白露一惊，喝问：“谁会来？”她怕黎有望说出“投降”二字。

黎有望左右看了下，十分警惕。审讯室内并无监听器。

在密室中，他还是用双手呈喇叭状遮住嘴，极低声道：“告诉你一个可靠信报，新四军要来，共产党要来了！他们的武工队，对锄奸一事，可是毫不留情的。”

看到黎有望故作神秘兮兮的样子，白露觉得有点滑稽，忍不住破涕为笑，内心瞬间释然，“你这是听谁说的？就让他们来吧，大不了把我拉到小校场枪毙掉，干干净净，一了百了。”

“不能啊，我可不希望你死。但你继续待在平州，实在是太不安全了。想来想去，你还是离开平州吧，不要再搅和到这场绞杀里了。”黎有望的声音在发颤。

“你这是要赶我走吧？落井下石啊，怕我带黑你，你自己说不清？我告诉你姓黎的，越是这种情况，我越要用行动证明自己是个抗日战士。我父母的往事，与我何干？”白露瞪了黎有望一眼，“我吃中国饭，喝中国水，在中国生，为中国死，绝不会因为有个汉奸投敌的生父而改变。你说说看，我做过哪一件背叛平州的事了？你举出一件来，立刻把我拖出去枪毙了，看我说个怕字。”

黎有望被白露咄咄逼人的语气给噎住了。

几年前，在直罗山，他就领教过白露那暴风骤雨般的反诘，换到今天，没有分毫的改变。他突然意识到昨天黄开轩直冲灵魂的追问，在白露和唐晓蓉两人之间，更倾心于谁。他脑子里第一个浮现的，竟是这个汉奸的女儿。她要是像唐晓蓉那样柔和一点，该多完美。

“是我要去杀刘清和，你拦着不让。刘琴秋和囡囡的安危重要，难道我的声誉和安危就不重要了？给我枪和充足的弹药，我押着刘清和去换她们。”

白露越说越激动，甚至拍了桌子，仿佛此刻受审讯的是黎有望。

“不行，你有嫌疑。”黎有望把气势夺回来，吼了一句，“在解除嫌疑之前，你必须从游击总队退役，给你一点时间考虑一下。五天，哦不，三天——”

他伸出一个手掌比画了一下，随即曲下去两根手指，“三天，考虑三天，是不是离开平州。在此期间，我保证你的安全。三天后，我劝你还是跟着刘清和走，离开这里，他就没理由兴风作浪了。你要是还留在这里，有什么后果，就请上野雪子小姐你自负了。本司令对你的劝告到此为止！”

白露还想吼他，看见黎有望那冷酷的脸和一双通红的眼，心立刻冷下来了。

“姓黎的，算我瞎了眼了，还一直觉得你是个英雄。你就是平州城里最大的懦夫，最窝囊的懦夫！我就是嫁鸡嫁猪，也不会嫁给刘清和这种汉奸走狗的。好，我退役。但是书局是我向你盘下来的，我付给你钱了，你没权力赶我走。我要在这里，坐等新四军锄奸队来杀我！”

3

翌日，吕天平在召开了平州乡绅座谈会之后，单独留下了黎有望议事。所议的，自然是有关刘清和的事。

“刘清和要分化我和你！”吕天平开诚布公，“他把牌都摊在了明面上，要跟我们斗。炸盐州的飞机，先来恐吓我们一下。接着，他这个跳梁小丑出来闹腾。很明显，无论是南京汪伪还是日本人，他们已经能分出精力考虑解决平州了。暂时别动他。”

“没有，他好着呢，依然在上蹿下跳，搅得平州鸡犬不宁。”黎有望看着自己的这位姐夫，到平州不过几日，他仿佛苍老了许多，忍不住有点疼惜，挑了软话说：“吕司令，刘琴秋和囡囡在他手里，你这几天肯定是忧虑不少吧？我们得想个办法，把她们给营救出来啊，是不是能跟刘清和做点有限的交易？”

吕天平态度明确，道：“她们，不打紧的。我们不能向他屈服，那只会助长更多的无耻，所以也就没必要搞什么交易。我就是要用这种态度告诉刘清和，他不可能再用囡囡来要挟我们任何事。刘清和是聪明人，必须要让他清楚我们的决心，此事可一不可再。如果刘清和不放刘琴秋和囡囡，那就是她们命该如此。建设一个民主自由的新中国，总要有人牺牲流血，如果避免不了，就从自己身边人开始吧。”

“自己身边人全牺牲了，这样的胜利又是为谁呢？”

黎有望突然联想起自己的姐姐，心中那点对吕天平亲和的感觉瞬间又淡了。

吕天平没有注意到他情绪的细微变化，自顾自地摊开手边的军用地图，慢慢讨论军情。刘清和能不能杀？杀了没意义，徒然激怒汪伪。日军在枣宜战场渐渐能抽身。以前的作战会议，大家讨论最多的，都是防备日军从南边渡江而来，却疏漏了维阳这个陆上门户。日军现今若沿津浦线从维阳方向调来一个大队，只要配合汪伪和平建国军的一个师，目前，连整编、誓师都没有完成的游击总队不可能守得住平州。那时候，只能撤入九龙湖、二龙山的百里水荡中打游击。

“知道。几个月前，何志祥来劝降，他提过这个方向的作战计划。我对平州的正西方也做了一些布防，提前布置好了观察哨，挖好了堑壕、暗堡。维阳方向上，如果敌人抽调兵力来犯我，南京门户就会空虚，活跃在皖中的八路军南下支队和江南新四军容易乘虚骚扰南京。纵然克复不了国都，也会给汪伪造成很大的压力！”

黎有望对这一带的局势熟稔于胸，非常从容地应对吕天平的兵棋推演。

吕天平否决，“你那是理想作战状态，各支队伍的配合要天衣无缝。如果八路军他们按兵不动，或者时间上有差错，如之奈何？游击总队远没到一呼百应的地步。什么都是个空架子，现在最需要的就是时间。我接手城防，不可能与汪伪议和。但要稳住对方，让他们暂时不来攻打平州。日军方面现在全力扶持汪伪政府，妄图实现‘以华制华’的策略。如果汪精卫觉得招降游击总队是有可能的，那么日军就暂时不会来。他们的目标还停留在争夺大城市和战略枢纽上。利用这点，先生存，再发展，逐步向外扩张。等到形势发生变化，游击总队强大了，才能真正一举发力跳出平州，甚至能向西切断津浦线，真正为抗日大业做贡献。”

“我们还用赵松的办法，虚与委蛇？”

黎有望顺着他的手，看向了津浦线。那是汪伪与华北日伪联络的一条命脉。

“挑上担子才知沉。赵松当初那么办，用拖字诀，也是不得已而为之。”

吕天平似有无尽的感叹。

想起赵松那张忠厚的笑脸，黎有望也心塞，“你也看到了赵松所付出的代价。我们的时间，可能没那么多了。因为还有人要来。好在，他们是友军。”

吕天平几乎与黎有望同时脱口而出：“新四军要来！”

他们一愣，互相看，随后几乎又同时问出：“你是从哪儿得到情报的？”

怔了几秒之后，吕天平先从抽屉里拿出一封信来说：“你跟我说过，军统的人潜伏在平州。这是他们给我发的一封信。”

黎有望拿起那封信，嗅了嗅，然后才看，见写着：“新四军欲自主北上，或以平州为跳板。你部可与韩配合，酌情处置。”

熟悉的口吻，熟悉的文字，这次却发给了吕天平。黎有望下意识地感叹：“老K！”

“我也看了你那些关于军统行迹的记录。不愧是戴老板调教出来的兵，滴水不漏。既是帮助我们，也在监视着我们。而你是如何得知的呢，也是军统告知你的？跟我说实话！”

黎有望犹豫再三，最后说明："丁聚元走之前告诉我的，他有可靠的信报来源。"

吕天平点点头，"那么，我赶他走就对了。"

"你要防御新四军？"黎有望不解地问，"要是跟他们起了摩擦，可能等不到日本人来攻掠，平州就完蛋了。"

"我们随时可以完蛋。新四军可不是那个操刀的。你以为韩主席把卫长河78师最精锐的两个旅塞给我，又把宋敬涟的77师和冯沅的175师往南调是为了什么？整整十三个团压在我们背后。我为什么要全面收掉你的兵权？不把你往老韩的枪口上推啊！"

"娘的，绕了一圈，怎么觉得又回到直罗山了！"

黎有望憋气，无比心塞，当年那种沉闷的感觉瞬间又回到了自己身上，"只是因为国家有难，要打鬼子，我们才得以重新出山，否则永无出头之日。姐夫，如果处置不好，这次我们怕是就要彻底结束了。"

"我不会在同一个地方跌倒两次。鬼子要打，汪伪要拒，也要应对好韩光义。至于新四军，我觉得勿用过虑。"吕天平显然深思熟虑过。

黎有望忽然觉得今天的谈话特别舒服，冰释了很多的猜疑，他捏了捏手中黄开轩的那把刀，有点汗颜，还是放心不下一件事，“那刘琴秋和囡囡，只好听任刘清和他们摆布了？我想冒个险，押着刘清和去上海换人！”

“都说不用了。枪还在争论的时候，金子可能已经办妥了。”吕天平轻描淡写，“我已经委托一个在上海的朋友去处理了。我才想到一个事，既然我们已经跟新四军打过交道了，不如派个人去主动找他们先谈谈，巧妙地谈。我看看咱们营帐下，韩主席的女公子白露参谋十分能干，派她去如何？”

“不成，唯独她不能去！”黎有望一拍桌子，蹦了起来，吓了吕天平一大跳。

“她已经向我请辞参谋一职了。退役了！”

第二十七章

解甲去

1

傍晚，黎有望请人密约小学堂的校长左月潮，到老地方孙家铺子喝口酒。说是叙旧，联络感情。

左校长倒比黎有望早到了，在包厢里点好了酒菜，安静地看着一份报纸。

黎有望进门就看手表，歉疚，“队伍整编，下午忙着给属下的新兵们训话，让左校长久等了。”

左月潮从怀中掏出表，说：“不到一刻钟，没迟多久。”他微笑着放下了手中的报纸。

黎有望注意到左月潮所看的，竟然也是一份伪《中华日报》，心中不由得暗骂刘清和这个混蛋算是把谣言给散足了。左月潮注意到他的目光，笑笑说：“我真不明白，那些间谍、特工之类的还费尽心机刺探什么情报，你看，就这一份胡说八道的报纸，能提供多少有用的信息。”

黎有望哈哈大笑，把一份飘着油墨香的新一期军报交给他，说：“要看看这个，登着你的关于国民教育的大作啊。请左兄吃饭，就为喝一口平静的酒，算是润笔费了。”

左月潮往窗外指去，“好，我收下。那个大黑个子是黎司令的警卫吧，请他一块来啊。”

黎有望笑着说：“他吃过了。草原上的壮汉子，吃不惯我们这里的江南小菜。一人顶三人的饭量，老说吃不饱。哈哈，有他在下面镇着，徐局长的人不敢来盯梢。”

那人正是乌力吉，背负着一把新的大刀片子，正在站岗放哨，很有关公麾下猛周仓的感觉。

两人喝了几盅小酒之后，左月潮直截了当地问：“说吧，黎司令请酒，肯定不是光酒饭这么简单。有什么事需要问询我，或者要我帮忙的吗？”

黎有望也不绕弯子，似乎羞涩地一笑，说：“被你说中了，既有事问询，又想请你帮忙。不过这次，不是请你去联络新四军了。得先告诉你一个消息，你们的新四军要来了，来平州了！”

左月潮一听，略略点头，说：“还真是一个不坏的消息。黎司令，你是想问询我，我该不该高兴？”

黎有望哈哈一笑说：“你见到自己的同党来，自然高兴。也该高兴。我想问问左校长，你身份暴露，却不愿离开，是在等着这一天吧？”话里有话，话中藏雷。

“不是，我只是在平州做国民教育。”左月潮严肃地说，“他们来，我高兴。他们要是走了，我还待在这里，继续做我的国民教育。我持有教育部的聘书，至今还未到期。没有理由丢下我的学生们。这，是我的信仰。”

黎有望喝了口酒。他很高兴，左月潮拿自己当兄弟了，其实是向自己表明了“并非为新四军而潜伏平州”。

“这么天大的秘密，其实这平州城没几个人知道，跟左兄说，是为你高兴，也为我自己庆幸，没有乱听胡言迫害左兄。要不然，新四军来了，我脑袋会被拧下来当球踢。”

“你啊你啊！”左月潮爽朗地笑起来，“好，到时候，我向他们证明，你是我们的朋友！”

等他笑完了，黎有望冷静地说：“丁聚元告诉我，张德文是自求死！他是用死向你报信吧？你们的牺牲精神真令我钦佩。我想了很久才想通，你们是故意暴露部分组织，在这两三个月里，让江北的国军、军统、中统这些蠢材，忙着追查你们在各个县的人，而无暇注意到新四军要北上的情况。我想此刻，江南的新四军已经做好新的部署，全力准备渡江北上了。要不然，管蔚然也不敢公开身份，与韩光义决裂吧？”

吃着菜的左月潮一怔，筷子悬着，“你找我来，也是问询这个？江南新四军动向如何，我是真不了解。那么，我是该赞同你的推断，还是该否定呢？”

“不管你信不信，左校长，我是真拿你当朋友。”

对方真是敏感。黎有望连忙解释：“我收到过一份举报信，详细列举着小学堂里你们同党的名字。我把信烧了，没有下令徐永财追查。但是，我注意到，不到一个月时间，除了你和死去的张德文之外，其余的四个人陆续请假、辞职，无声无息地消失了。你这才有底气说，城里共党，只有你一人。于是，就有人向上面暗报，说我私通贵党。这，差点要了我的命。”

左月潮一怔，搁下筷子拱手，“谢谢黎司令高抬贵手。”

“左校长，我不是向你卖人情，而是再次请你离开。我知道，那封举报信不是你们的内奸写来的，而是军统。他们随时会暗杀你的，特别是在新四军将要来之前。那时候，我未必能保护得了你。”

“我要是不走呢？”左月潮自顾自吃菜，喝酒，十分坦然。

“我猜你一定不肯走，你好像在等着办其他的事。什么代号‘江龙’之类的，是故意放出来迷惑军统的。哈哈，你才是真正的孤胆威龙，生死不惧。那就帮我一个忙，空下来的教员岗位，总得要人去填，对吧？光唐晓蓉小姐不够。我向你推荐一个人，你得帮我照顾着点她。”

左月潮低头思考了一会儿，问：“嗯，好，谁？”

“我们抗日救国军的前参谋，白露，白小姐！”黎有望说。

2

黎有望原以为白露会考虑三天。没到一天，她就差了个士兵来传话。

这个士兵原来是俱乐部的文化骨干之一，名叫鲁培林，从粗通几个文字到能够读书看报，全是在士兵俱乐部练成的。军营里见不着女人，全是粗鄙不堪的老爷们儿，能到俱乐部见见貌美如花的白参谋，是他用功读书的动力所在。一个农家子弟，一旦发现自己读书学习的潜力，就对拉大栓、当大头兵有点瞧不上了，一直幻想能跟着白露一起做做文职。

这天，他得了假出营，要到求知书局去看书。前一阵子，他对《子夜》《家》之类的新小说上瘾，看了回营，再讲给一个排的士兵听。这几天，恰好因为部队整编的事耽搁了看书，全排的士兵等着他看了回来讲下回书。他急匆匆地赶着上门找白参谋，嬉笑着要借书看，却被白露冷脸无情地给轰了出来，说“这里已经不是救国军俱乐部了，摘牌了”，请他到黎有望那里传话去。

鲁培林向黎有望回报，支支吾吾。黎有望让他有屁就放。

鲁培林重复白露的原话：“江北游击队副总指挥好大的威风啊，我不干了总可以吧。今日请辞，读书、学习俱乐部也不再给贵军免费使用了！”

黎有望哭笑不得，自己经营了六年的书店连同书报业务，是低价转让给白露的。白露所拿出的钱，他一分没花，全投在了军需上。后来，白露主动提出改造求知书局成为士兵俱乐部、识字班课堂和军报编辑部，这让对书店颇有感情的黎有望由衷地欣慰。他倒是真没料到会走到今天这一步。

他对鲁培林有点印象，但记不起姓名，问哪部分的，是不是很爱看书。

鲁培林如实回答了自己的姓名，是老政府保安民团的，跟过赵松当警卫，老家莲河五里铺的，现在编入暂二大队。还有一大半的《子夜》没看完呢，心痒，就想知道大资本家吴荪甫家怎么过生活。

黎有望笑笑说："那好，专门放你去看书，付钱看。从我的警卫排那儿领一把盒子炮，边警戒边看。"说完，他写了一张手谕，并给了鲁培林三十元的法币钞票。

给钱看书，鲁培林自然是欢喜了得。拿了钱，领了枪，高高兴兴地再去求知书局花钱租书看。到求知书局的时候，他发现门虚掩着，觉得不对劲，慌忙抽出枪蹑着脚进门，忽然听到楼上传出人说话的声音。他一惊，忙屏住呼吸，打开枪机，一步步贴近楼梯口听。

是一个男人在跟白参谋说话。

那男人温柔的声音就像是催眠："小雪，如今国际大势你也看到了，德日两国势如猛虎，所向披靡。汪精卫先生才是识时务者，才是未来中国的主人。我学的是日文，中日文化比较起来看，日本人是徐福的子孙，他们继承了汉唐文化，是真正承接中华传统的优秀人种。今天所谓的中国人，都是五胡乱华的杂种。我们汉人的文明在元朝时就被忽必烈给彻底截断了。早几年的日本学界都在说，‘崖山之后无中国’。我可不是帮着日本人说话，只是想跟你解释。这个贱民肆意流窜、文明崩坏、愚昧不堪的国家，你还待着干吗？我爱此国，国并不爱我。我不是一心想做汉奸卖国，只是想哪边也不帮，远走高飞，找个文明富庶、和平的国家生活，不好吗？”

听那人说自己是“汉奸”，鲁培林浑身汗毛爹起，寒气偾张。

只听白露参谋冷冷反驳：“刘清和，你今天要是真想找我来讲道理，那我就跟你讲讲。中国人是炎黄子孙，日本人拜的是天照大神。就算他们是徐福子孙，他们也已数典忘祖。汉唐文化的精髓是什么，是兼容并蓄，大国风范，不是建一座园子、说一番茶道、穿一件袍袖宽大的衣服就是汉唐。所谓武士道精神，残暴嗜杀，狂妄自卑，这种极端化人格又岂是中国传统？五千年才是中国，四万万同胞才是中国，我就是为他们战死了，也不顾惜！”

“果然是帮黎有望给士兵洗脑子的，舌灿莲花啊。日本人的刀锋就架在脖子上，你们真这么自信，应该找他们去说啊。”那个叫刘清和的汉奸满嘴不屑。

“我不想跟你再提什么帮你挡了一颗子弹这样的事。我想告诉你一个好消息：我的人在上海把吕天平的姘头和他女儿给放了。哼哼，我小瞧了吕天平的能耐，高看了76号那帮人的德行了，十根金条，他们就把我的全部努力给卖了。你以为我会死心塌地为这帮人卖命吗？他们一样是中国人，劣等人渣！我所作所为，就是要带你走。你不答应，我会把你、我自己和这个平州统统都毁了。”

这个男人的声音异常平静，可就连潜伏着的鲁培林听得也是毛骨悚然。只听白露随即冷笑一声，“你这个疯子。我要有枪，一定会毫不犹豫开火！”

“这么说，你没有枪了？嗯，恐怕是吕天平和黎有望担心你太冲动，没收了你的枪。他们都不敢杀我，是不是还劝你跟我走？你就遂了他们的心意，也随了我吧。”

楼上开始轰隆的响动，两人似乎动起手来了。白露骂着“无耻，别碰我”，刘清和说“让你身子先随我，以后慢慢来”。

鲁培林深深吸了一口气，持着枪的双手有点颤抖。他当兵不足一年，纯粹为吃口饭，训练严重不足。头一回上战场，只是跟着罗耀宗去赵汉生那里劝退，没打过硬仗，对自己的战术水平非常不自信。耳听着白露的骂声越来越低沉，刘清和的喘息声越来越重，随着手抖，他的腿也开始软了，找不到一丝勇气冲上楼去解救白参谋。

裆下甚至有潮涌之感。

3

“光天化日，还有王法吗！不许动！”

最终，鲁培林闭上眼，深吸一口气，鼓起全部勇气冲上了楼。他闪出地板，平持手枪从外间进了内室，才见因两人打斗，导致房间一片凌乱。

两人已都倒在了床上。

刘清和正压在白露身上，扭头见一个士兵拿着枪冲上来，吃了一吓，慌忙起身，放开白露，举手投降。他问：“你是过路的？”鲁培林板着脸说：“我是看书的。奉黎司令之命保护白参谋的安全！你是什么人？不要动，再动一下，我就开枪！”

白露从床上起来，整理好衣衫，抄起枕边的一摞子书，砸向刘清和的后脑勺。这一砸却帮了倒忙，刘清和顺势往前一扑，去抢夺鲁培林手中的枪。鲁培林太紧张，被他掐中了手腕。

“砰”的一声枪响，子弹打入天花板。

白露也帮忙夺枪。刘清和见一不敌二，慢慢挪身到外间的窗户边，一脚踢开窗户，踢破了木窗棂，闪身跃出窗外。等白露取过鲁培林的枪到窗边射击时，已经见不着他的身影。

精疲力竭。白露强撑着，若无其事般，把枪还给鲁培林，“你是一早来看书的那个小鲁吧？谢谢你，救了我！”

鲁培林惊魂未定，“光天化日，强奸妇女，这狗日的，再遇到他，我直接开枪毙了他！”

白露见他又怕又恨的样子，摇了摇头说：“你走吧。答应我，这件事不要跟任何人说起，包括黎司令！”

鲁培林把枪插回到木枪匣子里，从口袋里掏出黎有望的手谕，还有十块钱法币，挠了挠头说：“不成啊，黎司令让我专职来看书，顺道做白参谋的警卫的。我那半拉的小说没看完，心痒，后面的故事还要回营讲给弟兄们听听，看有钱人家怎么过日子。幸好他这么安排，不然你麻烦可就大了。”

白露看了看那份手谕，哑然失笑，却没收下钱，“既然喜欢看书，挑些书带回去看吧，看完了还我。我就用不着你来警卫了。我已经不是参谋了，退役了。”

说话间，听到楼下起了动静，有人推门走动。

白露一惊，立刻伸手抽出鲁培林的佩枪，警惕地走下楼来。只见堂屋中站着一个男人，朗声问：“请问抗日救国军的白露白参谋在吗？”

透过楼梯栏杆，白露看到来人正是隔壁小学堂的左月潮校长，慌忙把盒子炮别在了身后的腰带上，慢慢走下楼，笑，“左校长，我在的。您找我，是来订开明书店的国民课本吗？我已经把货单电报拍给了书店，城禁之后，还要一个月才能从上海运过来。”

左月潮摇了摇头，也把礼帽摘下，微笑着说：“不是。教材的事，该学校司教股操心。我是专程登门寻访贤才来的。本学堂有位姓余的国文教员，告假回盐州老家奔丧，一去数月，至今不归。我刚刚才收到他的信，说在老家谋了份教职，不回来了。战乱之时，人才凋零，教育难以为继。我听说白小姐在北平女子师范大学堂念过书，是高才生，又做过大报馆的记者，故特来问问，你有没有兴趣屈才在鄙校任职呢？”

左月潮斑白的头发在阳光中闪耀。白露觉得这一刻，见着自己的同志特别温暖。他那带着江西调调的嗓音，如安眠曲般柔和，有闻之则敬的亲和感。

白露推辞道："我在游击总队服役，怕是分不开身啊。"

左月潮依然保持着微笑，"黎司令说你退役了，我这才忙不迭地来求贤。试用月薪十二块大洋。教学有益，月薪二十块。赵松县长和救国军都很厚道，战乱频仍，不欠教员们一份薪水。聘书我都带来了，愿意的话，我签个字发给白小姐。明日，你就可以到小学堂上课了。"

白露立即明白，皆是黎有望的安排。

小学堂是一个封闭的单位，刘清和不可能随时随地骚扰自己；左月潮是明面上的共产党，自己若跟着他干，新四军真来了，锄奸队不会为难自己这个"汉奸的女儿"。这份心意，面面俱到了。

白露有点感动，心暖，更有说不出的滋味。自己本来就是个共产党员，如今却顶着个"汉奸女儿"的嫌疑，不管是对于黎有望还是左月潮，都不能轻易暴露自己的身份。这样的地下工作，是错位，是分裂，也是内心的撕扯。

她呆呆地看了左月潮几秒，最后装作勉为其难地说："早上刚递交的辞职书，这会儿左校长就得到消息。这黎司令嘴风还真是一点不严啊。既然您来了，带着这么大的一份诚意，我就勉强答应了。不过，我得跟左校长禀报一下，去报馆上班之前，我曾经在北平向阳小学教过一年书的。”

左月潮一愣，从怀中掏出一张聘书。

“听说令尊和令堂，可都是咱民国最早的一批师范生。教育世家，书香门第，三年无改于父之道，可谓孝矣。教书育人，无上荣光啊。”

左月潮就着一张八仙桌坐下了，取用了白露的文墨，打开盖了章的聘书，在“兹聘任”三个字后空白地方工工整整地写下“白露”，又在“礼聘人”后签下了自己的大名“左月潮”三个字。他一边写一边问：“我听说，北平向阳小学的洪校长，是京师大学堂李教授的得意门生。你跟他熟吗？”

白露立即接茬，“您说洪钧启洪校长吧。我是听说了，但没找他问过。”

左月潮会心一笑，起身将聘书交到白露手中，并主动伸手跟她一握说：“那么，从明天起，我们就是同事了。同志，欢迎你到鄙校任职！”

第二十八章

故人来

1

天色晚了，黎有望在军械所里打完铁，就喊警卫乌力吉到平州大酒楼去，说是带他到斌园去看戏。

乌力吉说自己看不懂南方人的戏，咿咿呀呀，在台上晃来晃去，唱些啥听不懂，一点意思没有。要唱，就是草原的长调，要看，就要看力士摔跤，那才带劲。

黎有望哑然失笑，告诉他，几百年前你祖宗也这么骑着马到南方来的，结果他们就回不去了，冒辟疆知道吗？就是你们蒙古人后裔，结果你侬我侬的，比汉人还要缠绵。我们这一带，无人不知。

乌力吉就问，这个冒辟疆现在在哪儿，摔跤厉害吗，能扛几个回合？我现在就要跟他比试比试！

黎有望拍拍他胸膛说，别急，带你到斌园里，有人陪你摔。别穿军服，便装。

乌力吉一听可以摔跤，细小的眼睛瞬间放光，厚厚的嘴唇反复嘟囔着，这个好，司令快带我去。

两人着便服到了斌园。

黎有望花了一块钱买了两张偏座的票。

戏已经开始，是随着城禁开放而来的淮城京戏班子。唱《空城计》。老段子，老腔调，不出彩，但耐听。梨园是太平行，吃的是太平饭。最近，四周各处州县或有日伪盘踞，或在交战中，唯独平州稍稍平静一点，所以拥进来的戏班子特别多。

这个戏园子倒成了乱世中十分热闹的地方，也为老板詹耽敏赚了不少钱。相比之下，他对救国军的那点资助，只是九牛一毛。

黎有望没心思看戏，他在寻人。

座中，戏痴詹耽敏必然在捧场，一头银发的老狐狸依旧笑眯眯。活得真是滋润。徐永财也在看戏，乐此不疲。王怀信搂着一个艳丽女子，也在说笑着看戏。

黎有望颇吃惊，但想王怀信在上海待了那么久，早已习惯洋场纸醉金迷的生活，到平州小地方来怕是一天两天也改不了。除此之外，他所期待的人，刘清和，并不在。

乌力吉是真不习惯看戏，没听两句就哈欠连天，也闹不明白满园子的人为什么叫好，只有趴在桌子上打瞌睡。也不知过了多久，黎有望猛拍他的肩膀，“醒来，摔跤的人来了。”

正是刘清和。他看着刘清和从东边耳门进场，坐在詹耽敏身边，喝了口茶，说了几句话，随后起身便走，就拉起兴致勃勃的乌力吉跟着出去。

刘清和回到平州大酒楼的客房部，吹着口哨，踩着木质的楼梯很从容地上楼。

黎有望两人则蹑手蹑脚地跟着他到房门口，看他开门进去。在他关门的那一刻，黎有望猛冲进房门，却被刘清和给绊倒了，闪身压着。刘清和冷冷地说：“鼎鼎大名的黎大司令进入角色了啊，也学特务来盯梢了！早听闻你姓黎的有一手，不过如此。我来给你上上特工课！”

说完，就狠狠地在黎有望右颊打了一记拳。

刘清和准备抡拳打第二记，就感觉自己的身体腾空而起，随后被重重地横摔了出去。他所订下的是一间大客房，空间足够大。翻个滚，想站起来，又立刻被黎有望扑倒。

刘清和果然凶悍，一个头槌就把黎有望的鼻子砸出了血，向后仰去。他又想站起来，飞脚踢对方的时候，终于看清了真正的敌手，一个异常威猛的大汉。

乌力吉抓着他的双肩，又把他给拎起掼倒在地上，并用铁塔般的身体沉沉地压死。乌力吉说："黎司令，什么摔跤高手，轻得跟小土鸡一个样子啊！"

黎有望命令他压好，擦着自己鼻子涌出的血，忍着痛，半蹲下身质问刘清和："我的警卫说你又去骚扰白露，竟想要强奸她？"

刘清和哈哈大笑，虽然在乌力吉的重压下半点动弹不得，倒还是挺嘴硬，喘着粗气说："你要去见女人吗？别忘了带上你的鞭子。这是德国哲学家的名言，你听过吗？"

黎有望听不懂他在扯什么，反手给他一个耳光，"无耻混蛋，我也听过一句，对敌人仁慈，就是对战友残忍。老子跟你这样的人交手，简直是污了自己的双手！"

刘清和依旧哈哈大笑说："别忘了，你一个巴掌，我就要吕天平女儿一只胳膊，要皇军让平州死一百个人，我说到做到。"

"别唬老子，我知道，吕司令已经请上海的朋友把她们营救出来了。76号姓李的不肯放，姓丁的拿了钱就放。你以为这些汉奸走狗还有什么节操可言，他们才不在乎你这条狗在平州的死活。"

刘清和说："76号放了，我可以让影佐少将再抓，那时候，她们可有得苦头吃了——"

他的话还没有说完，黎有望反手又抽了他一个巴掌，"当狗汉奸还当出威风来了！"

刘清和吐了一口血，笑着说："两百个人了啊！"

"那我就换种方式，这个可不在你的话头里，老子掐死你这个混蛋！"黎有望掐住他的喉咙，眼看就要掐死，看着刘清和眼睛里越来越欢畅的笑意，最终颓然放手。

刘清和脸都憋紫了，慢慢缓过气来，依旧哈哈大笑说："来，再来。在我们的教程里，这种令人窒息要气绝的刑罚，弄上三次，对方什么事都会交代。我就向你交代，我是怎么一下一下强奸白露的，哈哈！今天，你不把我弄死，我不过瘾。"

"疯子，你放心，我不会要你的狗命，留着你有用。这用处之大，可能连你自己都想不到。你最好就这么老老实实地在詹老狐狸的窝里待着，意淫一下你们那狗屁的‘千手观音’计划，不要再让我听到你又去找过白露了。那时候，我也会到北平找什么大清刑部孙姥姥的干儿子，一片一片削你的肉。”

黎有望和乌力吉最终还是把刘清和丢在了他的房间里，扬长而去。刘清和独自趴在地上哈哈大笑，捶着地板，笑声如狼嚎鬼哭，仿佛是从地狱的最深处传出的。

一双黑色锃亮的皮鞋悄无声息来到他眼前，接着，一个男人蹲下来，带着笑意故意压低声音道：“刘先生，这下，是不是可以和我们军统谈谈合作的事了？”

浓重的南京口音，苍老、市侩、油滑。此刻却有凛凛杀气。

2

教训过了刘清和，黎有望却没有自己想象的那么痛快。

白露身世的秘密，像石头一样压在他心头上，比脸颊、鼻梁上的痛还刺骨百倍。如此时刻，他不禁换位思考：在这样的乱世当中，刘清和说的带着白露远走高飞的念头，竟可能是乱局之中最好的选择。谁知道明天会怎样，战争会胜利吗，就像这越来越暗的天光，何时能看到亮？无休止的杀戮和战争，每一个人都朝不保夕，这恐怕是刘清和宣称比自己更爱白露的原因。

黎有望不禁扪心自问，你爱白露吗？

这个问题让他感到难以回答。他根本不善于应对儿女情长，飘零的身世，姐姐与姐夫之间难以猜透的关系，动荡不安的时局和战争，都让他看不到出路。某种意义上，战争不可怕，死亡不可怕，可怕的是爱情。

他一路走一路想，六神无主。到了慈云寺。

尚未进门，就见唐经方府上的管家在门口逡巡着。一见黎有望，老管家就说："黎司令，您这是去哪儿了，等您老半天了，我们家少爷请您去吃饭呢，怕是就等您开席。"

黎有望揉了揉鼻子，说："我抓特务去了。什么饭局，要审犯人呢，我没空去啊！"

"是我家少爷邀请吕司令和您的，不为什么，就是自家人，聚聚，吕司令已经到府上了，就等您呢。我家少爷吩咐了，您不到不开席。"

黎有望看老管家说得郑重，也只好恭敬不如从命，随着他上了唐经方那辆黑色的名爵轿车，转了几条街来到唐家大院。

恰如黎有望所预想的，还是卫长河张罗的饭局。但与上次不一样，唐经方和他的三太太倪子君参加了饭局。还有卫长河和他的夫人唐爱英，唐经方的铁杆盟友宋醒吾和他胖胖的夫人。当然有吕天平。居然还有王怀信，以及他在斌园里带着的那个美艳女子。当然，也有唐晓蓉。

这是一次纯粹意义上的家宴。

黎有望没来时，这一桌人显然已经聊开了，说说笑笑十分热闹。黎有望的样子跟整个饭局气氛格格不入。

大家都盯着他的鼻子看。他笑了笑，解释说："走夜路不小心，摔了一跤!"

吕天平说："刚刚唐经理说，黎司令特别喜欢找各种理由请他的二小姐做事啊，为抗战还立下了不少的功劳，不会是想以权谋私吧?"

黎有望用衣袖抹了把隐隐作痛的鼻子，"岂敢！这城里，精通日文的，怕是只有二小姐了。我是高薪聘能，给二小姐发报酬，她都不肯收。”

唐经方哈哈大笑，“怎么能说黎司令以权谋私呢。这是我家为抗敌立下的功劳啊，唐门有荣啊。甚至连我家的几羽鸽子都能帮上忙，哎呀，都是抗日英雄啊！”

大家都哄堂大笑，唐晓蓉霞颜飞红。

吕天平说：“我这个内弟啊，是个军事人才，但肯定是拙于感情。”

他点了个题，下面就七嘴八舌起来。宋醒吾说：“本来我们就在积极撮合嘛，哈哈，没想到真对上眼了。”卫长河也笑着说：“不用给他们压力嘛，新式婚姻，自由恋爱，就是要慢慢发展。”女眷中，宋醒吾的胖太太说：“我是老派人，特别信金玉良缘，把两人的生辰八字报上来，我掐指一算，就知道八九成了。”宋醒吾说：“要什么金玉良缘，美人配英雄，有这一条理由足够了。”

黎有望看了一眼唐晓蓉，瞬间有点摸不着头脑了，心中奇怪，这次又是要来一个相亲局？

吕天平说：“哈哈，都别拿我这个内弟开玩笑了。今天，受唐经理之邀大家聚一聚，可不是为了黎司令。他们年轻人的事，他们自己解决。我们是给老战友王参议做个见证，他和肖女士刚刚并结连理，可喜可贺啊！”他所指的正是王怀信和他的新婚妻子肖含玉。

黎有望不禁盯着肖含玉看了一眼，心中疑云丛生，这个女子是什么时候进入平州到王怀信身边的，自己怎么一点都不知道？这个微妙的时间点上，来了这样一个美艳的女人，他不能不生疑。

他正想着，卫长河已经带头站起来，给王怀信和肖含玉敬酒：“恭喜王兄啊，我听说你在军界中的辈分很高，打过无数的硬仗，能来平州助战，真是我们的福气。现在和肖女士结合，真是喜上加喜！”

他一带头，所有人都站起来敬酒。

王怀信不紧不慢，“不提当年勇了，曾经一时糊涂，走了很长的一段弯路啊。今天，蒙吕司令不弃，恢复军籍，给王某人一个重展拳脚的机会，也让我和含玉能够破镜重圆！谢谢吕司令，谢谢卫司令，也谢谢诸位！”说完，他就一饮而尽。

肖含玉在他身边，春风满面，满眼流情。

喝完了这杯喜酒，吕天平接着宣布第二件事，说：“今天，我们的游击总队是喜事连连，我和卫司令借唐经理的酒联合请局，除了为王兄贺喜之外，还要为一位老朋友接风洗尘。他也姓王，也是抗日杀敌的功臣啊！本来，他想全身而退回老家做个太平绅士，自自在在做个田舍翁，硬是被我给留下了，留在平州，继续为保我父老效力。老王，不要藏着掖着了，请入席吧！”

黎有望听到吕天平这一番话，心中不由得一惊，慌忙起身转过头一瞧，一个熟悉的身影站在自己背后，胖脸盘，眯着眼睛笑着。果然正是王文举！

“黎司令，得罪得罪，没打声招呼就回来了。有幸之日，望江楼，生死一局。别来无恙啊！”王文举伸出手，第一个问候的人，是黎有望。

黎有望握住他的手，又伸出拳头打了他胳膊一记，“真以为你回大西北养羊去了，太好了，太好了！”此刻，他是真心笑了出来。

3

坐定了，喝了一圈酒，王文举向大家自叙经历。他本意是辗转从越南取道西南回老家。因为莲河失守，赵汉生把全部责任推卸到他身上。汪伪对他下达了顶级通缉令，悬赏一万大洋捉拿，76号全力搜捕他。

吕天平只好安排他在租界暂且躲避，并劝说他，背着个“伪保安团长”的经历回乡，十分不妥，不如留下继续为抗战效力，建功之后，再衣锦还乡也不迟。王文举被说动了。

通过青洪帮的大佬出面斡旋，76号最后放松了对王文举的搜捕。不仅如此，他还搭上了76号高层的线。这条线在营救刘琴秋和囡囡时又发挥了一次作用。

吕天平在获知她们被绑架后，第一时间就联系了在上海的王文举。通过一番活动，76号竟迅速放了人。这倒正应了吕天平的话：“枪还在争吵的时候，金子已经办妥事了。”

营救出刘琴秋和囡囡之后，王文举索性应吕天平之邀，再度出山，回平州来襄助。

听明白了王文举去还来的经历后，黎有望暗叹姐夫果然不凡，手段还真是层出不穷，能把各种各样的人笼络到自己的麾下。只是形形色色的人七拼八凑而成的队伍，能否经历大战的冲击，实在令人隐隐担忧。

不管如何，王文举是老朋友，是支持他取得莲河大捷的关键人物。

觥筹交错之间，黎有望稍稍有点看出这次酒局的名堂来了，游击总队就要誓师了，吕天平赶着时间采用添油的战术，一点点地往游击总队里添加自己的力量，平衡来自韩光义的威胁。这是暗中使力，在与卫长河掰手腕子。

他忍不住多看了几眼卫长河的反应。这个文职出身的军官，长相颇似军事委员会参谋总长何应钦，永远是一副中规中矩、微微带笑的表情。不抽烟，喝酒也有度，只要出现在公共场合，军装的风纪扣永远不会解开。与前一任78师师长，大老粗刘寿良形成鲜明对比，也不像韩光义那样永远阴沉着脸，令人望而生畏。

可就是这副貌似友善的脸，才让人真正感到不可揣测。

酒喝多了，几位太太乱起哄。宋醒吾太太说："要是黎司令娶了唐小姐，哎哟喂，那叫一个美啊！黎司令就和卫师长做了连襟，金玉良缘哎。卫师长和吕司令就算结了亲了，平州的游击总队，那不就是一家人了，还分什么这部分那部分的。"她貌似快人快语，说的却是一桌人共同的想法，于是都开始起哄，让黎有望赶紧娶了唐晓蓉。

话说到这份儿上了，唐晓蓉也十分害羞，推辞说明天有课，退席走人。

等唐晓蓉走了，卫长河借杯酒玩笑间，主动问唐经方态度："老泰山，你看看，就这么两个大千金，已经有一个嫁给了军人，担惊受怕的，要是二小姐也嫁给军人，万一都战死疆场的话，会不会觉得不那么保险啊？那不是大乔小乔的遭遇吗？不如把晓蓉许个商贾大家的公子，强强联姻，把生意做得更大。"

唐经方哈哈大笑，"长河啊，你就这么一个小姨子，我怎么都觉得你应该比我更上心。国有难，先国事，后家事，不少百姓家四五个儿子全都上了战场，我唐某人也是晓得民族大义的，只恨独苗的犬子还小。要是真有两个义勇双全的女婿，可以先打日本鬼子嘛，赶走了鬼子，国泰民安，解甲归来，再跟我一块到生意场上大干一场。那时，也不迟嘛。"

算是一种变相的默许了。

卫长河就端起酒杯，向黎有望建议："今天的喜事真多啊，王怀信高参成婚，王文举团长回来了。我听说，王团长不仅人回来了，事办妥了，还给我们游击总队又带回来三千杆枪和无数弹药，可以扩编两支大队。劳苦功高啊。在卫某撤防平州期间，黎司令对我老泰山全家照顾有加。老泰山也识得大体，暗中襄助黎司令不少。这是投缘啊。我岳父上午也表过态，再拿出二十万元助饷，真是天时、地利加人和。黎司令，我们一起敬敬老泰山如何？”

自吕天平回归平州以来，黎有望一直对78师的人马深怀戒备。

所有上蹿下跳的事，都是卫长河的哼哈二将周朝和何辅汉在闹腾，大家完全不了解卫长河自己有什么想法。如今，他的这番话就是表态了，愿意顺大家心意，接着这桩姻亲，跟吕天平修好，拉近关系。

这背后，显然也是韩光义的态度。在直罗山用黑吃黑的办法逼走吕、黎，是前仇。用与往事毫无瓜葛的卫长河，而不是宋敬涟或者其他人来平州，用的是怀柔之策。

黎有望看了一眼吕天平。

吕天平含笑不语。黎有望脑子虽有点眩晕，但是心里不糊涂。自己对唐晓蓉的感觉究竟是怎么样的？在黄开轩探过他之后，他也千万次地问过自己，单纯干净的小女孩，童年记忆中的小仙女。倘若白露没有被揭穿汉奸女儿的身份，那么自己也许会含含糊糊、模棱两可地糊弄过去；可是此时此刻，对于白露，他有千万种不忍，如果一脚就做了唐门的女婿，白露会怎么想呢？

黎有望端起酒杯，郑重地说明："黎某是什么人？我还是知道点自己分量的。能有今天，靠的全是姐夫吕天平将军。我幼年家贫，母亲含辛茹苦拉扯我长大，温饱都不能妥善，哪敢想能高攀上平州首富的唐门？若非此乱世，我无非还是个贩书卖册的小商贩，怕是挨也挨不着二小姐。这金玉良缘，真的是说不起来。感谢各位美意，屡次请二小姐帮忙，纯粹是为了救抗日之急，绝无非分之念！"

言罢，黎有望端起酒杯，一饮而尽，众人都是愕然。

餐厅外，唐晓蓉偷偷听完了黎有望的一番话，暗自抹了一把泪，在胸前画了一个十字，又长长地舒了一口气，转身走进浓浓的夜色之中。

黑暗中，负责警戒的黄开轩，静坐在走廊另一端，目送她离去，"哗"地擦亮了一根火柴，燃起了一支烟。

第二十九章

扬义旗

1

6月30日，按照前一晚夜宴后几个人秘密会议的商定，江北游击总队成立暨誓师大会在平州小校场举行，部队统一换装。换装所换下的，主要还是原黎有望所部杂乱的军装，其余的人只要把原来89军的臂章换成游击总队的臂章即可。

游击总队指挥中枢、战区代表、89军代表、平州一干头面人物在座。大家起立，齐唱国民政府的《三民主义歌》：

“三民主义，吾党所宗，以建民国，以进大同……”

歌毕，黎有望率先起身，带头向吕天平行军礼。众人跟上。卫长河没抢得过黎有望，也就索性在最后一个才敬礼，并主持大会，说:“诸位，经过紧锣密鼓的筹备，我们游击总队算是成立了。吕天平司令不顾生死，放弃了优渥之生活，来我平州，是为了战而来，不是为了苟且而来，欢迎他给我们发言，阐明我们这支游击总队的要旨。”

吕天平随即发表演说:“感谢大家信任吕某人。该说的，我在多种场合都说了。愿与我忠勇将士，值此国难当头、民族存亡之际，甘洒热血，为人类张正义，为民族争生存，为国家雪奇耻，为军人树人格，上以慰我炎黄祖宗在天之灵，下以救我民众沦亡之惨……”如是云云，依旧是一篇漂亮且高调的议论。众人听了，免不得掌声如雷。

下一个程序，就是宣布游击总队所部各纵名单以及指挥官。

这个任命，也由卫长河来宣读:“我游击总队，在国防委员会登记为独立军，目前，暂编为一个加强师的力量，该部总指挥吕天平中将，副总指挥卫长河少将、黎有望少将。一纵何辅汉上校，二纵黄开轩中校，三纵周朝上校，四纵王文举上校，五纵朱子松少校领上校职，六纵叶桂材少校领上校职。政治主任由吕天平兼任，参谋长由卫长河兼任，侦缉处长由黎有望兼任，副参谋长兼军需处长王怀信，莲河要塞正副指挥由王文举及何辅汉兼任，九龙湖支队指挥由黄开轩兼任，特战营长由周朝兼任，宪兵营长由朱子松兼任。通信连长为罗耀宗上尉。”

长长的名单，错综的兼任，却唯独不见白露的名字。

吕天平、卫长河、黎有望的旧部大致三三分权。显然是一份考虑得很细致的方案，目前皆大欢喜。卫长河宣布完任命，就由吕天平授各纵各部的军旗。最后，轮到黎有望代表保卫平州的战士们上台讲话。

黎有望看着一大片熟悉的、陌生的脸，清了清嗓子，“兄弟们，在这个小校场，已经举行过一次抗日起兵动员了。这是第二次。这一次，我只有三句话，不管是抗日救国军，还是游击总队，最终都是要打鬼子的。因此，第一句，我等身为军人，为国捐躯，分所应是。”众皆凛然。

他沉默了片刻，继续说：“第二句，我生国亡，我死国存！”众皆齐呼。

正此时，小校场四周的防空警报声四起，大家都有点惊慌失措。警卫排排长立刻抓起几个钢盔想冲上主席台，拉着几位长官到就近防空洞躲避，却被黎有望挥手制止了，他说：“还有八分钟，我说得完。”

吕天平看了看手表，也挥手示意警卫排排长下去。卫长河只得勉为其难地又坐了下来。

等大家都安定了，黎有望才说：“这第三句，不论生死，胜利属于我们，光荣属于我们！”随即竖起右胳膊，挥起拳头拍打自己的左胸肌。

座中的士兵立刻被感召，皆学着黎有望的样子，用右拳敲打自己的左胸肌，怒吼之声此起彼伏，群情激奋。

吕天平起身鼓掌。卫长河依旧似笑非笑在自己的座位上安坐不动，轻轻鼓掌，像看着一群上蹿下跳的猴子，心中波澜，脸上不惊。

此时，日机已经飞临平州上空。飞机引擎声小而轻。到头顶，还是一架零式侦察机。它的气焰极度嚣张，迅速俯冲低空飞行，掠过小校场上空，投下了东西，却不是轰炸，而是又抛下大量传单。

雪花般的传单落入人群当中，也落到了主席台上，没有人敢主动去拿，只是在它落定之后才低头速读：“吕、黎迟早一战！醋海风波，丈夫狠心杀妻，又来鸠占鹊巢；小舅子为姐复仇，隐忍磨刀，只求告慰亡灵。皇军昭告平州官兵，早日与吕、黎切割，归化我皇道乐土，同建东亚共荣!”

大家都瞠目结舌了，原本热烈的气氛一时间变得异常尴尬。军容肃然，会场安静。如果说前次街头散发伪报八卦还是暗处下手，这可是光天化日下赤裸裸的挑唆了。

黎有望伸手抓住了一张空中飞舞的传单，仔细地看了看，当即向着台下将士宣布:“看看，日本人给咱游击总队送贺礼来了。这种下作手段，用了一次，还想再用。我已经知道，杀害我姐的，就是日本特务，这是日人在挑拨离间。吕天平将军是脑袋，我是手足，见过手足相残的，但谁有见过脑袋与手足相残的？这小鬼子何其阴险毒辣啊，咱们干他娘的!”

“干他娘的!”大家又齐呼，精神皆为之一振。

身在平州大酒楼里的刘清和，被徐永财派出的便衣监视着，不能随便外出，只有在阳台上远眺着游击总队成立大会。他伸手抓住了一张传单，对着太阳看了看，不禁露出了诡异的笑容，自言自语道:“还是影佐少将懂我心啊，这个配合，实在是天衣无缝。黎有望，‘千手观音’，启动第三步了。来，我们继续走着瞧!”

传单上都印着三朵梅花图案的暗纹，若不借着强光透视，一般人都不会注意。这是影佐少将传递给刘清和的信号。

梅机关还在按照既定目标推进着“千手观音”计划。

2

在“绿柳晴”的地下室，老钱代表组织严厉批评白露：“本来还是黎有望的参谋，能接触到游击总队中枢决策层。现在好了，一声招呼都不打就退役，不声不响就到平州小学堂去做了教员。连誓师大会都没资格参加了，以后还怎么开展情报工作，更别谈把游击总队争取到革命队伍中来了！”

老钱满脸严肃地让白露检讨自己工作中的自由散漫倾向。

白露委屈，被说到痛处，流泪不止。想想在老钱面前太失态了，她还是忍住了哭泣，“都是因为刘清和。我之前跟你也详细汇报过，可真没想到事情到了这一步。是黎有望要求我退役的。”

老钱不解，问：“他们怀疑你的身份了？哪一步不慎暴露了？”

白露点点头，又摇摇头说：“是我的身份，但不是暴露。我来见你之前，犹豫很久，想想，还是跟你说明白吧，我不知道组织上会是什么态度。我没有什么可隐瞒的，真的也是刚刚才知道。”于是，她就把从黎有望那里获知自己是汉奸的亲生女儿的事，一五一十向老钱说了出来。

老钱耐心听完了白露的诉说，恍然大悟，“这么说，你是许卓城的女儿了？”

白露点点头，低声问：“是不是，组织上也要考虑把我除名啊？”

“怎么会！你的忠诚，我还不知道？再说，之前你也毫不知情嘛。与许卓城交往的这些年，也是以韩光义女儿身份接触的，虚与委蛇。在日据的北平，也是龙潭虎穴里走过来的。考验了这么久，组织上对你放心。”老钱也是唏嘘不已。

“很多反战的日本人还能为我所用，你这个身份，不是关键。既然黎有望介意，我真不好再说什么了。你可以考虑要不要再待在平州，如果愿意再待着，哪怕是到平州小学堂当教员，也要以此为掩护把工作做好。至于说了解这支队伍的情报，组织上已经启动另一条线索来工作了。虽然不太牢靠，先走一步看一步再说。”

“是谁？”白露问，老钱不答她。

白露仔细想了想，试探着问：“是那个老三十路军的军官王怀信吧？”

老钱不答，聪明的白露就知道自己猜中了，“我偷偷观察过他，这人城府很深，又比较贪恋花天酒地，看起来不怎么靠得住。”

老钱笑笑说：“当年在直罗山，为了向我们靠拢，王均如师长几乎丢了全部的身家和前程，甚至是性命。目前，组织上觉得，他还是可以信赖的。”

“我看他只是个失了势的军阀。很多军阀倒戈来倒戈去，顺势而变，随风而动，上台下野，这样的事情太多了。老钱，我就是多余的担心。你要与他接触的话，一定得非常小心，慎之又慎。”白露开始为老钱担心起来了。

“我是老地下，有数，你放心好了。”老钱颇为自信。

“既提及身世，你还记得一个月之前，你让我查黎有望和罗耀宗两人的来历吗？上级通过艰苦的调查，渐渐有点眉目了。先说罗耀宗吧，此人老家姑苏，家族历来做丝绸生意，抗战开始有点混乱，据说现在跟日本人合作了。他是黄埔九期毕业，之后在驻扎南京孝陵卫的陈颐鼎部87师261旅教导团做教官。南京之战中，这一旅在光华门被打散了。他可能是被家族在南京分号的人给救出去的，但却没回姑苏，在江南各地流浪了两年。去年年底，任援道在太湖边筹办‘苏浙皖绥靖军’，他经人介绍进入王文举的保安团，跟他一起移防到莲河。”

白露恍然大悟，“嗯，我听说军统在江南大力筹办忠义救国军，办各种培训班。我想，他所谓在江南流浪的时间，一定是入了军统，后来被军统派遣反投到伪军中去的。兴许，他就是黎有望和我们一直要找的老K。”

“嗯，你的推断很有道理。我们暂且就把他当作军统的人提防。”

白露又问：“那么，关于黎有望呢，你又了解到什么？他手上不会沾过咱们同志的血吧？”

老钱又笑了，说：“你很关心他嘛。那还真没有。上级费了很大力气在江西寻访，得知黎有望的姐姐之所以一直瘫痪、半醒半昏，跟吕天平有很大的关系。”

“什么关系？”白露追问，“是为救他而造成的？”

“不是，据说是吕天平开枪打伤了她的头造成的。他们原来是一对恋人，热恋，甚至到谈婚论嫁的那种程度。但不知为什么，吕天平亲手开枪打伤了她。偏偏是天可怜见，两枪都没有打中要害，但有一枪伤了脑子。不过，据说他开枪后立刻后悔了，拉着她到处求医，保下了一条性命，成了一个废人。经过十几年的康复，本来这个黎带娣已渐渐恢复神志，你见证了，她又死于76号的枪口下。”

“是嘛，这样一出苦情戏。唉，老钱，你这些说法都是坊间流传的故事吧？”

白露见老钱点头，继续自己的推理了，“坊间的故事，都是能开口的人讲出去的。吕天平能开口，他可以这么到处说，事实究竟如何呢？我反而怀疑起刘清和传的那些瞎话，未必全是造谣。黎带娣半昏半醒，终生废人也就罢了。她居然康复了，指不定就是已经有新欢并生了女儿的吕天平为了甩掉她这个麻烦，真的借76号之手除掉她呢。”

“你这个推论不合理，如果没有你引来的上海的同志及时赶到救下你们，吕天平也会被打死的。他有必要这么冒险吗？一切等上级派人继续调查，挖出过去的真相再作定论吧。”

老钱否定了这个推论。

白露还不服气，争辩说：“那次枪战又没打到最后，谁知道76号会不会真的上来杀掉他？如果一切真是这样，我们可要小心，吕天平指不定要下水，要倒向日本人！那黎有望的麻烦可就大了。”

“你啊你，哈哈。”老钱说，“自己的事都没愁完呢，还是放不下黎有望。”

“老钱，我有最后一个问题要汇报。我到小学堂上课，接触到左月潮了。他是暴露的平州地下党。人端端正正的，看着不像叛徒。你说，我该不该向他探听点什么？”

“千万不能，越是新四军要来，我们越要进入静默期。我们的使命，始终是在敌人的心脏工作。”老钱郑重地说。

白露吐了下舌头，心想幸好没把试探左月潮的事跟他说。今天跟老钱一番谈话，一下子让她如释重负，她不想再节外生枝造成不愉快了。

“映雪同志，既然你先主动跟我和盘托出了，那么，我也不妨开诚布公，告诉你最后一个情报：近期，汪伪那边据说又派出一个大员来说降吕、黎了。”

“谁，还是那个何志祥？”

“许卓城！”

3

许卓城的车队一行三辆车，浩浩荡荡从南京出城，渡江北上，沿着沿江公路取道维阳往平州方向来。他的座驾是最中间的一辆丰田AA轿车，黑色的烤漆锃亮，车中丝绒面料的座椅使得颠簸的旅程变得特别舒适。重获高位，使得许卓城这个把月在北平与王揖唐摩擦的不快，一扫而空。

日本人派出军车为他们送行，一路考察，这是何等的威风。他很受用。

何志祥和司机坐在他的前排。

他身边坐着的，是一位美艳的日本女子。这个女子日本名字叫松下姬衣，还有个中国名字叫李香菊。还是汪主席懂他，知道这样一个纨绔公子的喜好，没有派什么稀奇古怪的人去北平做他的工作，直接让李香菊前去。这个女子是什么来历，许卓城一清二楚，几句话就套出来是川岛芳子和梅机关在伪满洲国“新京”欢娱场里物色出来特训过的女特务。

这又何妨？只要是这样的美人来，许卓城乐于入彀，高高兴兴地跟贼眉鼠眼的老头子王揖唐作别，到南京就任。

穿旗袍的李香菊别有一番东方女人的风韵，许卓城的手一直在她大腿上摩挲，赞叹道：“姬衣啊，你这个中国名字实在太土了。香菊，村姑的名字，远比不上你的日本名字有味道。你看，我们晚明‘秦淮八艳’里有一位李香君。君与菊，一字之差，境界何其不同。我看，你不如叫作李香意，香意缠身，让人流连。”

李香菊捂着嘴一笑，推开了许卓城的手，“都说许长官是大才子，不知道菊是我大日本之国花吗？我还听说，许长官不但是才子，还是个风流才子，风流债缠身，几房姨太太还不满足，走到哪儿都要留情，这平州你可有什么情债？”

许卓城哈哈大笑说：“人生得意须尽欢嘛，你说是不是？平州，你这一提，别说，我多年前跟这座城还是有故事的。大好河山，锦绣玉人啊！”

李香菊也学他的口吻，“嗯，大好河山啊——锦绣玉人啊——”故意把两个“啊”字拖长娇嗲。

许卓城被一撩，忍不住又在她大腿上摸了一把，又被她给打开。李香菊突然换了一副冷脸，说：“河山配玉人。我们大和民族是中国古老汉唐的继承者，最有资格成为眼前这片大好河山的主人。大日本帝国的大东亚共荣圈的邦联制战略构想与政治号召，是最先进的、最能吻合全体大东亚人民福祉的。许秘书长，你别光顾着游山玩水，怀旧思故，忘了此行任重道远。若能成功说降吕、黎两人，那就是和平使者，有大大的功劳啊。”

许卓城极度不习惯李香菊突然变了一副嘴脸，一下子把他蓬勃的兴致扫得干干净净。他耸了耸眉头，对李香菊的话不置可否，感慨道：“嗐，这世上的人如果不为名为利，他们就不晓得该为什么忙了。你一个美女，好生被男人宠着就成，就不必为侵略涂脂抹粉了。这是政客们的花言巧语。我们中华民族是一个奇怪的民族，一方面懦弱世故，不管谁来当皇帝，有饭吃就行，懒得争；另一方面历史上那么多拿着刀把子过来的，最后都被这个古老的民族用文化给征服了。就算你们的天皇当上了我们的皇帝，那又如何？不过换了家天子磕头。我们中国人和你们日本人不同。我老家淮城，离这儿不远，出了位了不起的将军，姓韩，托身卑微之时，可以从别人胯下钻过去。我们都以他为楷模，你们日本人肯定做不到。只要有我这样以韩将军为榜样的人在，中国和中国文化就亡不掉。”

李香菊对中国文化了解得很浅，听许卓城这番云里雾里的说辞，也不知道该如何反驳，只好嗤之以鼻。

坐在前排的何志祥懂许卓城的意思，看着后视镜里许卓城那只试探着想去拉李香菊玉手的手，忍不住出言讥讽："我听说，许秘书长是大雅人，佛道儒，书画琴剑、小学金石、古董收藏、诗词曲赋无一不通，就算是票友唱戏，也不比几位梨园大家差。还尤其懂女人心，擅房中术。我说首词，您给评评写得如何？"

许卓城收回自己的手，捂着嘴咳嗽一声，说，何秘书长有雅兴，我安能不奉陪？

何志祥想了想，就把词吟诵来，说："西江烟雨哭陆沉，魑魅魍魉狐兔，北土沦亡黄流注。中原烽火弥路，悲恨相继，万里烟尘，江山知何处。难忍东倭猖寇，醉生梦死内战，媚倭求存，何言对国人！闽海羊城兴义师，苍苍太无情，天涯海角，足迹无门，千载留泪痕。鸥蒙山重，北顾延河非孤云。"

许卓城扇了扇自己的鼻子，无限厌弃，"这首词太直了，想学稼轩和放翁，但才具不足，不可久传。这首词是谁写的，请问何秘书长跟这首词的作者，有什么瓜葛吗？"

何志祥皮笑肉不笑地说："这倒没有。只是您刚才的一番高论，让我联想起来这首词了。到平州，劝降结果不知如何。可你个人安全，要千万小心啊！”

许卓城不答他的话。他知道何志祥对自己是一肚子的意见。

本来何志祥这位副秘书长眼见着可以把“副”字去掉，没想到舟先生在汪主席那儿力荐许卓城，把他从北平空降南京，硬生生拦在了何志祥上头。无论是下水投靠伪南京政府的资历，还是实际工作能力，何志祥怎么能咽下这口气？可何志祥不得不接受事实，他所仰仗的褚长官被舟先生压着，他也只好屈居许卓城之下。

李香菊也知道两人不睦，就开口为他们劝和了：“我听不懂你们在讨论什么，但是大家这一趟来，任务一定要完成好。吕、黎的游击总队已经誓师了，平州越拖越麻烦。否则，我这趟姨太太就白当了。”

李香菊是日本方面安排的，以许卓城姨太太的身份作为掩饰，与二人一同前去。

“不，当然不能白当！”许卓城打起了哈哈，化解了车中的尴尬气氛，说，“最好，这趟结束，你就真的做了我的姨太太，小四。这才是真正体现中日相睦。你说是也不是？”

车队突然停了下来。

一个胖乎乎的军官骑着马，笑眯眯地带着两队士兵迎在路中间，高声道："在下是江北游击总队吕司令麾下军官，莲河守备王文举。特在此恭候许卓城特派员到我们平州玩赏！"

第三十章

三岔口

1

黎有望在县府办公室找到了吕天平，质问："汪伪居然也派人来祝贺游击总队成立了？"

吕天平斜着抬起头，说："怎么了？战区顾长官送来了贺礼，连韩主席也派人送来了贺信。都是老相识，汪伪的人就不能来吗？劝降团里还有你的一位老朋友，何志祥。"

"他们脑子烧啊，我们要跟他们对着干的不是？"黎有望说，"何志祥以前是来过，我早就让他打哪儿来回哪儿去了。"

"不能这样硬。你看，发来的贺信，还有这一封。"吕天平又丢了一封信在黎有望面前，"新四军江南纵队指挥管蔚然，他是指名道姓给你的，说愿意再跟你配合，江北江南打出几个漂亮仗来。他们的人都要过江北上了，还跟我们放这种迷魂阵。”

黎有望脸上一阵尴尬，恨不得马上拿起管蔚然的信点火烧了。

“不急，你看，还有一封也是指名道姓给你道贺的，你想都想不到！”

吕天平稍稍停顿才亮出真相，说：“是日军第22师团师团长小野行男写给你的，感谢你两次交还阵亡将士尸体以及部分俘虏，也希望你早日归还最后一个被扣押的日军士兵，坂冢。最好，当然是带着队伍早日归顺他们大日本帝国。”

黎有望脸上就青一阵红一阵完全挂不住了，“他们分明是想分化我们。”

“知道就好。上门道贺，来者不拒，战场相见，来者不惧。”吕天平说，“我已经让王文举去莲河把南京方面的来人迎接到平州来了，安排在宋醒吾的东亚大饭店。水越来越浑，我们脑子不能昏。”

“为什么不安排到我们指定的绿柳晴旅馆？也好监视他们嘛。”

“档次不够，排场不大。说起来，宋醒吾跟汪伪特派员还有旧，希望他能帮我们看着他们，方便的时候，互相之间还能传个缓和的话。”

“宋醒吾与南京方面有旧？他们派出的，是个什么样的特派员？你熟悉吗？”

“来人叫许卓城！他刚从北平到南京任职，就到咱们这儿来劝降了。急着立功啊。”

听到许卓城的名字，黎有望不禁身躯一震，喃喃自语：“怕什么来什么，怎么会是他？”

吕天平一怔，问：“怎么，你很熟悉这个人？”

黎有望探了吕天平的口风，就知道徐永财并没有把许卓城是白露亲生父亲的事向吕天平汇报过。算这小子识相。他淡淡掩饰说：“我只是担心，他急于立功，不好对付。”

吕天平摇了摇头，用手拍了拍桌面上各路的贺信，“此人以风流才子自诩，也颇有才能。骨子里贪财好色，有私心无大志，应该不难对付。难的是我们的旗帜已经打出来，这几路人马都想把手伸到平州来，我们该如何在其中周旋。”

“卫长河有什么意见？”黎有望问。

吕天平拍了拍管蔚然的那封贺信，“他的意见是，我们应该把重兵布防在莲河，防止这一路的人过江北上。看来，韩主席已经给他发了密信。”

黎有望拍了拍南京和日军方面的贺信，问:“那么这两路来夹攻平州，我们该如何处置?”

“既然你能想到，他们怎么不能？小野已经在向东边的清江县调拨人马了，还是按照源田的行军路线，扇形展开，兵临许庄、田汉，还有吴家桥。”

“韩光义会不会南下与这个小野作战呢？江北，就属他的实力最雄厚了，控制不住小野的师团以清江为基地侵略扩张，他将无立足之地了。”

“以我对韩光义的了解，他绝对不会把心思放在鬼子身上的。首要的，他还是要防止新四军进入江北。这人，内战内行，外战外行。打鬼子，他怕输。趁着新四军还是个软柿子，他找得到自信去捏的。”吕天平的脸色凝重了。

“那么，我们就跟着他去捏新四军？无冤无仇的，多树一个敌人，这又是何必呢。家门内的敌人还没肃清嘛不是。”黎有望揉着自己的鼻梁，瓮声瓮气，含含糊糊地说。

“所以，有人告发你有同情共党的倾向。”

“我们站在这么一个微妙的三岔口上，非常微妙啊。不过，我们要在平州阻着新四军北上，这是痴人说梦。一者，未必能阻住。老蒋多大的能耐，十多年前就说要剿清匪患，清了没有？没有，这不是军事问题，是政治问题。我们凭什么阻？你还记得当年在直罗山，白露想用政治胜利与军事胜利救你一命的往事了？最后的胜利，必然是政治胜利。二者，我们要豁出命去阻，必然是两败俱伤，日伪得利，韩光义得利，于我们何利？冲着新四军，我一枪都不会发的。”

了解了吕天平的态度后，黎有望又释然了，接着道：“姐夫说得对，我想来想去，当初在直罗山，不就是走的这么一遭，过河拆桥，连炮灰都不如。今天又是这样的局面，我们该如何处之呢？”

吕天平推着管蔚然的信，放到小野来信的上面，“让新四军过平州，然后往东去，跟着他们一起，对付小野。打鬼子，才是我们起兵的初心，靡不有初，鲜克有终啊！”

两人四目相对，非常不经意的一番谈话，基本确定了至少半年内游击总队的战略方向。黎有望暗暗点了点头。这时候，传令兵来报，故人许卓城求见，请吕司令去叙旧。

吕天平一愣，说:“我跟他有什么旧可言?”他转脸看向黎有望说，“一起去见见这位风流老才子?”

黎有望知道吕天平这是怕自己怀疑。刚刚他说的战略用心，黎有望已经明白了，安能怀疑自己的姐夫，随即表示自己见了这些卖国贼的嘴脸就恶心，就想上前“胖揍”一顿，这些大事就劳烦吕天平辛苦。

2

许卓城到平州后，包下了东亚大饭店顶层一层的上房。他就请吕天平在东亚大饭店的松鹤厅吃饭。吃的是西餐。分餐而食。南京方面，李香菊、何志祥作陪。平州方面，卫长河、王文举、王怀信作陪。双方以饭局为谈判桌，摆开架势。

“游击总队，游击总队，这个叫法很妥啊，游击谁姑且不论，但总是一支队伍。”许卓城笑眯眯地说，“听说你们还有一位年轻能干的黎司令，他怎么没来?”

吕天平笑眯眯地说:“他啊，有别的事。许特派员说我跟你有旧。我想想，自己有二十年没北上北平了，怎么会和你有旧呢?”

许卓城哈哈大笑说："吕司令贵人多忘事啊。还记得当年，我们也是在谈判桌上握过手的嘛，是不是？那时候，你是国民革命军北伐军代表之一，我是北洋政府代表之一，我们在南京初步洽谈的嘛，对不对？那时候，你我资历尚浅，没有话事权，所以交流不多，但我对你的印象极好，你是南方人中难得真心主和的。"

吕天平回想了一下，恍有所忆，"哦，你这一说，我有印象了。不过，我记得那次谈判，最终我们双方是谈崩了吧。"

许卓城连连点头，"光阴似箭啊，一晃十三年过去了，天翻地覆啊。所以，我殷切希望，这一次，今天，我们双方能够达成一个美满的协议，解决好平州问题。"

吕天平笑，"看来许特派员是志在必得了？"

许卓城也笑，道："关键在你吕司令啊。其实嘛，也就是点个头的事。"

一边切着牛排、默不作声的卫长河突然发话："许特派员，我想问问你，贵方的汪主席对于共产党和新四军是什么态度？"

许卓城转脸看卫长河，"卫司令，你问在点子上了。汪主席的态度是一贯的，坚决要清乡剿共，绝不姑息养奸。"

王怀信忍不住冷冷飘了一句："你们才是奸吧！"

“很好，既然如此，我们就还是有得谈的。哈哈，不过我建议呢，许特派员既然来了，就要有点耐心，多留几天，好好在平州待待，我们可以慢慢地谈。”卫长河很满意。

许卓城哈哈一笑，“我来之前就听说，卫司令当年在国防部任职，参与过多次剿匪计划的制订工作，深得上峰赏识，既能运筹帷幄，也能冲锋陷阵。如今，你受韩光义主席之命，坐镇平州，很好地协调了吕司令和黎司令这对郎舅，堪称中流砥柱啊。既然你们有这个盛情，我的确也不着急，慢慢谈呗。”

这番话十分阴险，既说明他是有备而来，又分化了吕天平和卫长河的关系，一石二鸟。

身为老江湖的吕天平和卫长河两人相视一笑，也不表态。一直不作声的何志祥也发话了：“那么，关于和谈一事，黎有望黎司令是什么样的态度呢？”

李香菊就插嘴：“那个黎有望是个什么样的人物啊，他的态度很重要吗？”

何志祥丢下刀叉，取了根牙签剔着牙说：“李女士，这你就有所不知了。我跟黎有望打过交道，此刻的平州，他的态度不重要，但是他没有态度就很重要了。”

李香菊瞪了他一眼，按捺住脾气，“既然何副秘书长跟他打过交道，为什么没有能够把他劝说好，归顺南京汪主席呢？”

何志祥丢下牙签，“如果韩主席没有派卫师长来平州，我是有点犯难。等我不犯难的时候，这不，汪主席就派了许特派员来了嘛不是。”

吕天平看看何志祥，又看看李香菊，心中猜中了七八分，许卓城与何志祥之间明显有裂隙。他看了王怀信一眼，用眼神交换了彼此的意见，“如果我记得不错，何副特派员应该也是我们在闽赣边老89军的故人吧。大家旧相识，再聚有缘，天大的缘分啊！具体的原则、指导和细项，我们可以分头慢慢谈。不一定一次就非要决定那么多。我下午刚刚说过，此时此刻，我们又共同站在一个三岔口上，每一个决定，都会对大家有极大的影响，理应慎之又慎。对吧？许特派员，何副特派员，诸位，干杯！”

一次匆匆的宴会，每个人都似露非露地亮出一点各自的底牌，但又等于什么都没说。

饭后，李香菊立即找许卓城密谈，“许先生，你说的还真不错，你们支那人真是比我们日本人还善于兜圈子，一顿饭吃下来，我什么也听不出来。”

许卓城就伸手去搂她的腰，说：“如果你想知道他们都说了些什么，我的姨太太，我可以到房里慢慢跟你剖析。”

李香菊打开他的手，说：“我会明白的，走着瞧就成了。你先休息，我还要到平州看看，了解一下这个谜一样的小城。”

吃完了饭的王怀信也私下找到吕天平密谈。他踌躇了很久，才找到这样一个说话机会问吕天平：“吕公，以前跟着黎司令的那个白参谋，还在不在军中效力了？”

“嗯，有望告诉我，说她突然提出退役了。”

“这么突然，在这个时间节点上，是不是其中有什么蹊跷？”

“是有点奇怪。不过，一个女孩子家，跟着一群老爷们儿在一起干打打杀杀的营生，未必是好事情。我们整编完成，她提出退役，也情有可原。你可能不知道，她可是韩光义主席家的女公子。真要长年耗在我这个游击总队里，我怕是还得要供着她，退役了也好。”

王怀信稍犹豫了一下，还是说道：“吕公，那么有件事，我怕是不能再藏着掖着了。内子肖含玉的出身，你也知道的。今年年初天寒的时候，她随剧院的舞女一起到北平演出过，就是到许卓城府上为他祝寿的。在那里，她亲眼见过白露与许卓城交往甚密，以干女儿的身份为他祝寿。这点你不知道吧？”

吕天平一愣，皱起眉头说：“不知道。黎有望没有跟我提起过，怕是白露也没跟他提过。”

“我怕冒昧地说，你还认为我因为白露当年在直罗山公开骂我有什么芥蒂。但今天一见许卓城，我觉得还是把这件事告诉你为好。会不会，韩光义与许卓城之间有什么见不得人的交易，要靠这个千金来联络？我这只是个猜想。别忘了，当年，我们都是被韩光义当作敌人来处理掉的。你，我，黎有望，何志祥，都是这样。吕公，在这个三岔口上，明枪易躲暗箭难防，慎防第二回啊。”

吕天平点点头，瞬间陷入沉思。

3

在吕天平和许卓城第一次宴谈时，黎有望带着黄开轩、罗耀宗，还有唐晓蓉，在慈云寺秘密审讯保卫平州之战后扣留的俘虏，日本通信兵坂冢小次郎。这段时间里，黎有望一直要求罗耀宗想办法利用这个不起眼的小兵坂冢，破获日本人的密码。

坂冢居然十分配合，完全没有源田那股子死硬的武士道味道。他每天被游击总队的人好吃好喝招待，关在慈云寺后的一个独立院子里，只派了一个与他年龄相仿的小兵负责看着他。好几次来提人时，那个小警卫兵都趴在桌子上打瞌睡。坂冢要是想逃的话，倒也是轻而易举的事。可是，他永远那么老老实实地待在屋子里闭目养神，丝毫没有准备逃之夭夭的念头。

有时候，小兵被派上劈柴之类的任务，坂冢还主动比画着要帮忙，光膀子噼里啪啦忙活半天。来巡视的黄开轩额头冷汗直冒，骂小兵说："懒东西，他代你劈柴，你还有胆子打瞌睡。这小鬼子一斧头砸你脑门上，你他娘的还有几条命可活？"

可坂冢没砸他，也没有逃。

和日本的仗已经打了九年，最富有狂热军国主义情绪的那伙日本军人死的死、伤的伤，所剩已不多。征到类似坂冢小次郎这样的娃娃兵，日军也渐渐露出了山穷水尽的兆头来。

黎有望一直想从坂冢那里套出日军的密码来。

通过坂家，黎有望才知道破译密码需要那台黑铁皮匣子里的密码机配合使用。这台复杂的机器，正面最底部嵌着一块黄铜铭牌，有一行容易辨认的汉文："九七式欧文印字机"，看起来像个打字机加发动机一样繁复的东西。截获日军的电文，需要根据一定期的密码本，在其中调整转轮，然后输出新码文。再翻译这些码文，才能获得一行正正规规的内容。

尽管手头握有一个密码本，坂家也把密码机的使用办法给说明白了，但罗耀宗穷尽平生所学，十份日军电文还是只能翻译出不足一条来。相比较而言，军统所发的密码就像是小道消息一样，清晰易破。如此折腾，验证了十来天，坂家只好实话实说：

"我们的电码，分成不同的类型，有商务版的，有外交官版的，有司令官版的，有海军通行版的，有陆军通行版的。每一个版对应的密码本都不同。莲河基地所用的密码本是海军版的，便于与过往的军舰、轮船联络。我在连队使用的是陆军版的，除非陆军与海军部队之间部分沟通的密码可以通译。除此之外，我也是无能为力。"

罗耀宗说果然是，能译的电文都是日本陆军告知海军方面，某师团要跨江北调，给予护航或防止误击的通电。

黎有望就追问陆军版的密码本在哪儿。坂家深为抱歉地说，源田大尉从清江县出征前下令烧掉了密码本、砸毁了电台，也就切断了与江南大本营之间的联系，不成功便成仁。

黎有望只有暗骂源田这个王八蛋，死了也要下无间阿鼻地狱。

现在，日军师团长小野行男已经来信说要黎有望交还坂冢。吕天平也说，日军要调兵过江了。从今天起，黎有望只有两个选择了，要么立即处死坂冢，要么乖乖交人。权衡再三，他决定杀了坂冢。他请唐晓蓉跟坂冢说："谢谢你的破译工作，你到后院帮我们挖个方坑吧，我们想埋掉这些无用的机器。"

坂冢高高兴兴地扛了一把铁锹到后院去挖坑了。

一直担任着翻译官的唐晓蓉则有点担心地问黎有望："黎司令，看你的样子，并不是想埋了机器，难道你想杀了这个俘虏吗？我担心，他们要报复起来，会很凶的。"

她倒是真为这个日本小兵害怕起来了。那晚在门外偷听了黎有望在酒桌上的话，得知了他的真心，她一直装作若无其事，本来心中有点小波澜，也很快就平复了。可临到要杀日本人，还是在偷偷为黎有望担心。

黄开轩在一边冷冷地说："你个女孩子家，别问这些事，小日本让我们的人挖坑活埋自己的事干得多了！南京，我多少弟兄躺在了万人坑里，都在等着我回去把他们挖出来重葬呢。个个在我梦里叫，挤得慌。”

唐晓蓉听了，更是吓得花容失色。

过了不大一会儿，坂冢的坑挖好了，抹着额头的汗，高高兴兴来找黎有望复命。

黎有望支开了唐晓蓉，带着罗耀宗和黄开轩，随坂冢一起去后院。这个认真的日本士兵，规规矩矩地挖了一个非常漂亮的正方形坑，四边极为标准地相等，土都码得一般高，底部拍得也很平整。连黎有望看了都赞叹，这个小鬼子做事还真是有一手。

黎有望叫坂冢跳进坑里去，随即拔出左轮手枪。坂冢这才明白他的用意，慌张地摆手嚷着什么，像是在求饶。可惜唐晓蓉不在了，已经没人翻译，就算是求饶，三个中国军人也听不懂。黎有望深吸了一口气，扣动击锤，对坂冢说：“小鬼子，坂冢君，下辈子不要再当侵略者了！”

坂冢跪下来痛哭，垂下双手和头颅，亮出天灵盖，准备迎接致命一击。

“砰”，一声枪响。黎有望吹了吹枪口，对罗耀宗说：“快，去把唐晓蓉追回来，我有几句话要带给小野，请他少安毋躁，等着我。不过现在，我和他还没到开战的时候！”

一直负责看着坂冢的小兵连忙跳到坑里，激动地对坂冢说：“小鬼子，快给咱黎司令磕头啊，他饶你不死了！”

第三十一章

惊天雷

1

许卓城到平州不久，天气就全变了，夏季的暴风雨来袭，滂沱的大雨把平州浇了个透。1940年的夏天并不算很炎热，暴雨袭来，更给小城增添了无尽的寒意。

白露打了一把油纸伞到慈云寺来找黎有望，浑身淋了个半湿。她在门口等候多时，最终等到从军械所打铁归来的黎有望。两人前后进屋。

黎有望一边擦着湿漉漉的头，一边问她："你来干什么？"

白露说："来问你一件事。"

黎有望说："你已经不是军人，最好不要问关于军事的事。"

白露恼了，问：“是不是还因为我是许卓城的女儿?”

黎有望说：“让你走你不走！嗯，去小学堂教书也挺好的，至少没有生命危险。什么事情，只要我能回答的，你就问吧?”

白露激动了，“哦，你个王八蛋现在与我说危险，脸变得比天还快。本姑娘在新化、上海那些地方，跟着你闯枪林弹雨时，你不说危险？就因为我爹是汉奸，你就看不起人，明摆着欺负人。我问你，南京方面是不是已经派了许卓城到平州来了?”

白露气得直哆嗦，眼角分明闪出了泪花来。

黎有望也不知道说什么好了，手足无措，也不想回答白露的问题，只得给白露递手帕，却被白露扔在地上。好不容易收住眼泪，白露继续说：“我爹是汉奸，你就急着跟我撇清关系，怕污了清白声誉，损了游击总队的抗日大业。这个大道理，我认了。今天我就来问你一句话，许卓城是不是来了平州?”

黎有望不敢吭声，也不善于撒谎，鼻子如蚊子般轻轻哼了一下，随后说：“你怕是听左月潮说的吧？安心教书，这些事跟你无关了。”

白露啐了他一口，骂：“懦夫。我要杀了许卓城这个狗汉奸，为我娘、我爹，为我自己，为中国人讨个公道。那时候，看你们还怎么说!”

“说不关你事，就不关你事啊。”黎有望听了惊跳起来，大呼，“白露，我告诉你，别以为本司令不会用强制手段驱逐你出城啊!”

白露转过身，斜了黎有望一眼，说:“好，你试试看。”

说完，一甩手中油纸伞，夺门而去。正好遇上打着一把大黑油纸伞的王怀信。

王怀信非常礼貌地冲着她一笑，说:“白参谋，有空我们夫妻要请你小聚，为你退役送行。”白露也收敛住了不快，温和地称谢，说真心不必了。

王怀信入门见黎有望，试探着问他:“我听人传一些关于白参谋的风言风语，说她跟大汉奸有什么关系。这个，黎司令晓得吗?”

黎有望并不知道王怀信是在使诈，以为徐永财走漏了风声，只好含含糊糊地说:“嗯，别瞎传，这也不是她的错。”

王怀信抹了抹胡须，意味深长地说:“嗯，黎老弟，不能让她再害我们第二次了。吕司令请你跟我一起去和他密谈，有要事商议。虽然雨很大，但麻烦你走一趟吧。”

黎有望就跟着王怀信一起走入雨中，来到绿柳晴旅馆——王怀信临时的寓所，面见吕天平。

吕天平果然在等着，看着窗外滂沱的大雨。肖含玉为他们准备好了茶点后，主动退出。

黎有望抬头看着房间里老式的巴洛克状缠枝吊灯，说："这里只是我们的临时招待所，既然王师长已经娶得娇妻，以后必须得给你安排一处独立的院子，让你真正过上日子。"

王怀信含笑不语。

吕天平见黎有望来，回身招呼他们两人坐下，直入主题，说他已经见过许卓城三次了，明的暗的条件，他都已经交到了自己手上，有件事要与黎有望商榷下。

黎有望不接他的话茬，自顾自地说："许卓城是住在宋老板的东亚大饭店里吧，得给他加强一点警卫力量啊。我恐怕这城里有人会杀他。不是新四军的锄奸队，就是军统的人，弄不好日本人或者76号也有可能。他们干掉他，然后赖在我们头上，正好找借口打平州。"

"日本人打平州还需要找借口吗？小野师团主力，已经陆续过江了!”吕天平脸上毫无惧色,“我想,还是尽可能拖住许卓城比较好,谈越久越好。所以,我已经让周朝的特战营警戒在了东亚大饭店周围了。说说他们的条件。明的,不用说,我们交出平州,地位不变,换个旗子,投在汪伪麾下。我说暗的,当初赵松怎么与南京沟通的,我想你有数吧。”

黎有望开诚布公,“给他们黑钱,上下有份,他们保平州,就是由宋醒吾帮助赵松操作的。后来,何志祥想来找我把这笔钱给续上。我没有答应他。怎么,那个许卓城又跟你开价码了?这次的主子,该由姓褚的,换成姓舟的了?”

吕天平点点头说:“聪明。纳岁币换和平,也是历史上的老戏份了。没什么奇怪的。这个许卓城自称替汪精卫和舟先生跑腿之余,还能做军火、物资的掮客。只要有钱,什么武器装备都有。所以,我先让王文举跟他接触着。这方面,他比你我都熟悉。这种不言国事只谈生意的人来,真是好,我们有充分的余地和他周旋。你有没有兴趣跟他谈谈呢?”

“我能有什么意见?”黎有望一副无所谓的样子,“吕司令跟他谈就成了,什么样的生意不能谈呢。况且,我们还跟新四军做过交易。现在换成了许卓城,就算要把平州的百姓都卖了,也得开出一个好价格嘛。”

吕天平表示，既然说到新四军，许卓城的随员何志祥还代表南京秘密提出了一个条件，要我们让出平州通道，把新四军引向韩光义的防区。

“是吗？”黎有望费解，“这是他个人的意见，还是南京方面的意见？他们要造成鹬蚌相争之态势吗？据我所知，何志祥也同样视韩光义为死敌。”

“平州的局面真是复杂得无以复加了。我觉得这种情况下，非常有必要去和新四军秘密联络一下。我想了想，以前白露联络过新四军，彼此那么默契。即使她退役了，到小学堂里去教书了，但继续为平州做点事情也没有什么不可以的。”

黎有望知道这是吕天平和王怀信两人在设局试探自己了，他犹豫再三，最终还是张嘴道出了实情：“真的，绝对不能派她去。她这人很复杂。”

吕天平若无其事地说：“我略有了解，她父亲跟许卓城有旧，在北平念书，免不了要去许府上走动，这很正常，人情世故嘛。难道除此，他们之间还有更深的关系？”

黎有望仰头看了看天花板上的吊灯，深吸一口气，“白露就是大汉奸许卓城的亲生女儿!”

2

夜色落下，滂沱的大雨稍稍止住。

吕天平和黎有望走后，肖含玉在绿柳晴旅馆的客房内帮着王怀信整理衣物，王怀信则在一张靠着窗的长桌上写字。两人新婚几日，还处于蜜月期，渐渐进入佳境，就开始变得无话不说、无话不聊。

肖含玉絮絮叨叨说她不少姐妹做了“抗战夫人”。王怀信问什么是“抗战夫人”。肖含玉说：原本仗着青春美貌想攀高枝的女子，看到战争无情，生死都难料，想开了，随便找个男人就嫁了。有的甚至仅仅一面之缘，就跟人走了。谁能料到谁会生谁会死，用情太深的，一转眼缺了一个，那是伤上加伤。

王怀信哈哈大笑说：“原来你百里迢迢来找我，就是想做我的抗战夫人?”

肖含玉摇头说：“老王，我跟你还是有很深前缘的，在天乐门来来往往寻欢的客人里，一眼见你就不同，跟他们很不一样。我原道是一个受了挫的生意人，却没想到是保卫过上海的大将军，指挥过千军万马咧。哎呀，我打小就想自己的男人戴着金盔披着银甲，威风得来噻！”

王怀信摇摇头说：“往事不能提啰。我现在就觉得这样平常的日子挺好，来看看，我写的这幅字。”

肖含玉看了一眼说：“老王啊，我认字不多，山、无、水、天这些我晓得的。其余的，你写的是啥呢？”

王怀信朗声读道：“山无陵，江水为竭，冬雷震震，夏雨雪，天地合，乃敢与君绝！”

肖含玉问是什么意思。王怀信说，就是老王我在发誓，这辈子只会对你一个人好，活着同一床铺盖，死了睡一个墓地。

肖含玉一听，丢下手中的物什，从身后抱住了王怀信，眼泪流得稀里哗啦。

王怀信问她怎么了。肖含玉深情地说：“怀信，有你这一句话，我这辈子都值了。”

王怀信抚摸她的手说：“卿不负我，我不负卿。”

肖含玉情绪平定了，抹干了眼泪，突然问王怀信："怀信啊，你下午和吕司令、黎司令商议的是什么军国大事啊？"

王怀信戒备地问："你一个女子，问这个干吗？"

肖含玉说："我添茶倒水的时候，好像听着一耳朵白露小姐什么的。是不是因为我跟你说过一嘴在北平见过她，你们就对她不放心啊？"

王怀信回想起下午黎有望详细说明查清白露是许卓城的亲生女儿的过程，笑了一笑，"具体为什么你不用问了。但是你跟我提过这么一嘴，实在是非常好，立功了。"

肖含玉更担心，"你们不会把她抓起来吧？"

王怀信摇摇头说："不会，她会派上大用场。不要再提她了。"

肖含玉就提另外一个话题："你让我收拾东西，是你要出远门，还是要搬到别的地方去住？"

王怀信说："是我们。我们要搬到一个正正规规的大房子去住，不能总是寄身在这个旅馆里。"他警惕地看看四周和天花板，又说，"别人的屋檐下，总是叫人不那么放心。况且，还是在昔日敌手的屋檐下。"

肖含玉就纳闷了，"什么昔日敌手？你还跟吕司令、黎司令打过仗？"

王怀信这才意识到自己一不小心跟妻子说漏嘴了，索性就说破："嗯，打过，六年前，就在离我老家不远的大山里打了一仗，天昏地暗。吕天平，滑头得很，倒是全身而退。我半世的英名，全他妈给打光了，如丧家之犬一样兜了一大圈子。"

肖含玉就没法理解了，"怀信，别这么说吕司令，我也闹不清过去。过去就过去了，现在，你们不也一块齐心协力打鬼子了嘛。"

王怀信微笑，指了指自己的脑袋说："嗯，齐心协力。虽然我寄居人下，但是眼还是很明，脑壳子还很清爽。吕天平和黎有望这对郎舅，一个有雄才，一个有大略，但不能算是英雄。吕天平深谋，稳妥，不爱犯险；黎有望聪明机智，胆子也大，但少历练，眼力不足。唯独你老公雄才大略兼具，一遇风云便要化龙，超过他们也不在话下。"

肖含玉忙说："怀信，我头回看你这么志得意满地说话，好似换了个人似的，听得我心慌。侬不要瞎说好吧，更不要干什么不好的事吧。你说换房子，哪来这么多钱?"

"好，听你的。不瞎说。"

王怀信搂着她肩，"快收拾好吧，明天我们就换到大房子去住。我现在是江北游击总队的副参谋长兼军需处长，不久后，还会发更大的财。谋一个安顿妻室的托身之处，何足为虑。既然你跟白露还有过一面之缘，以后若有机会，可多与白露沟通感情。小黎这人，几乎没啥软肋。不过，我看这个白小姐，算是一个……”

在绿柳晴旅馆不远的监听室内，黎有望和罗耀宗几乎是同时摘下了耳机，黄开轩在一旁抽着烟，沉默不语。罗耀宗很意外，“黎司令，我一直怀疑那个叫肖含玉的女人有什么问题。现在听起来，好像王处长更有问题，他是什么来历？”

黎有望叹了一口气，“他原名王均如，是老三十路军的。内战时，跟我们在直罗山对战过。都是往事了。开轩，王怀信这是要搬到哪儿去？”

黄开轩道：“是詹耽敏借给他住的院子。吕司令同意的。”

黎有望心头一紧，“他们这是在唱哪出，再搞一次兵变吗？”

3

尽管雨下得很大，但是许卓城心情很好。他特意邀请李香菊到他的房间来，一起叙叙。李香菊刚刚冒着大雨从外面回来，也闲着无事，两人喝着清酒，带着一种戏谑的心情长聊。

李香菊说："来平州三天了，好像你一直没有闲着啊。绕开我跟他们谈了很多嘛。有什么样的成效了吗？"

许卓城笑笑，"不是刻意绕开你，男人的事情，女人掺和太多不好。不过，你是我姨太太，我可以不向你隐瞒。卫长河的态度是可以合作，但不言投降。这一说，回旋的余地大大地有。而吕天平，就是一条披上泥鳅皮的老狐狸，装着十分老实巴交，但是十分难缠。给他封官许愿，吕天平表示官帽子没有嫌小的，但官帽子不能是歪的。我说破，他无非是忌惮黎有望。他说黎有望不过牵马执缰之徒，扑掌立杀之。不过，杀黎有望易，但游击总队马上就会分崩离析。那是他的本钱，他怎么会这么做？软硬都不吃，此人是有点本事的。"

许卓城言语之中，满是对吕天平的激赏。

李香菊提醒他别忘了自己的立场，别忘了舟先生的任务，舟先生手下可管着财政部。许卓城冷笑，"别他妈拿舟先生来压我，要不是他指示你们日本人冻结了我的钱，我才不会为他跑这个腿、卖这个命，碰这么难缠的对手来过招！"

许卓城不仅仅是个老花花公子那么简单，他在北洋政界打拼多年，身为老牌政客，长袖善舞，也经营有方，捞了不少钱财。作为亲日派，他向来喜欢把钱都存在日本银行里。没想到这种聪明日后成为他致命的软肋，汪伪建立后，采用迅速冻结原政府要员存款的办法收拢人员。许卓城首当其冲，一个不小心，百万大洋的存款都被冻结了起来。这使得他不得不出来干伪职。他托老朋友问，汪伪财政部为什么冻结了他存在上海日本银行的那笔巨款。得来结果说，不是财政部做的，是政府在进行中央银行筹备工作，日方为配合相应工作暂时冻结。

许卓城十分愤怒。这是明抢，但也无计可施，只得乖乖到南京上任。刚到南京，汪伪方面就告知他，汪先生的和平救国理念，主要是抓三大工作，一是枪把子，二是笔杆子，三是钱袋子。目前，重中之重就是抓枪把子，建军是一方面，学国父办军校的方法，尽快办起“中央军政干部训练团”，这是细水长流。更要紧的是招降纳叛，突破口在那些非老蒋嫡系的地方杂牌军身上。平州膏腴之地，是钱袋子。政府忙于筹建组织，新近还都，万事待开头，一直没有腾出手来解决平州问题。而今，这州县却被吕天平与黎有望两人占了。

许卓城投靠汪伪政府，所要纳的投名状，就是出面前去平州说降吕天平，说服游击总队回归政府。这事办成了，不要说那笔冻结的款子，还要给许卓城颁发和平救国勋章，另外再给五万大洋的重赏。

无论是重赏，还是勋章，都入不得许卓城的法眼，他更担心自己百万之巨的存款就此没了，这等同于切了他的命根子。

李香菊知道这其中的隐情，因此特别喜欢往他伤口上撒盐，拿账户的事刺激他。许卓城只好用一种类似汇报的口吻跟她说："我已邀请吕、黎后日到松鹤厅赴宴。四种情况。吕、黎皆来，皆不来，吕单独来，黎单独来。最后一种的可能性最大。"

李香菊点头说："很好，降的突破口，在于挑动吕、黎关系，待矛盾激化，除掉黎有望，栽在吕天平身上，逼得吕天平只能投降。我们可以分而击之。你继续主攻吕天平，我来解决黎有望。"

许卓城不屑地看了这位女监军一眼，呷了一口酒，用腿碰了碰她的脚，"哦，我的姨太太，你会用什么办法对付他，用你的曼妙无比的身体吗？"

窗外电光一闪，李香菊也笑笑，撩一下头发，"你们男人难道会抗拒吗?”

许卓城一口喝了酒说:“我肯定抗拒不了!”说着，就想扑向李香菊。

李香菊这一次居然没有躲避，主动迎上，抱住了许卓城，在他耳边大声喊:“趴，躲!”

许卓城倒没有被色迷了心窍，看到李香菊的表情就知道发生了什么，慌忙随着她的怀抱向沙发后一滚。“砰”的一声，一颗子弹打穿了玻璃窗，飞过沙发上空，径直射入墙壁。许卓城躲过了一次狙杀。

电光还在闪耀，李香菊喘着粗气，在沙发边上掏出手枪，滚到窗户边，借着一闪而过的电光向外侦察。她能看到窗户弹孔，平直射入的，是一个等高点。七层楼高的东亚大饭店，已经是平州最高的建筑了。能与它等高的建筑，只有不远处大教堂的钟楼。刚才与许卓城说话时，电光之中，她就是瞥见了钟楼上有个戴着礼帽、穿着西装的男人身影，才知道大事不好的。等李香菊悄悄举枪看向钟楼时，那个男人的身影已经不在了。

雷声开始接二连三地传来，轰隆隆一阵连一阵。李香菊心尖一震，喃喃自语："这个笨蛋，看见电闪就紧张，应该等雷响了再开枪。笨得要死！"

警卫匆匆来敲门。许卓城握着枪去开门，警卫们都握着枪，神情紧张地向许卓城汇报："楼下有人说，奉吕天平之命给许特派员送来一箱礼物，要让许先生亲自验收。"

许卓城忙随着警卫下楼一看，送礼人早不在了。他让警卫打开箱子一看，里面竟然是自己一个警卫的尸体。脖子被刀给割破，脸上还贴着一张纸条，"许卓城，狗汉奸，死而尸分。白露敬上。"

惊雷一声，隆隆作响，玻璃都发出震颤声，倏倏沉吟。

周朝带着十几个特战营的人披着湿淋淋的帆布雨衣，人人手持盒子炮，从门外闯入饭店，一边跑一边大声嚷："有人想行刺许先生！全体加强警戒！"

"没事了，我已经安全了。"许卓城捏着纸条，尚未还魂，"只是，为什么她会在这里？"

第三十二章

大江流

1

就在和许卓城虚与委蛇地谈判之际，吕天平总算迎来了一位令他开心颜的客人。

雨停风歇，吕天平一早到城南门的水码头，一条条运粮船正在靠岸。卫长河和王怀信两人陪着他一起跳到船上查看，搬开上面几个粮食袋子，下面露出了墨绿色的弹药箱。

船老大身着跑船人常穿的那种黑短便衣，却向吕天平敬了个军礼，“吕长官，卑职是苏皖北区兵站中校副主任，奉三战区司令顾长官之命，押解三千支中正式步枪、十万发步枪弹给游击总队，作为成立之贺礼。这是交讫清单，请您审阅、查验。”

吕天平给他回敬了个军礼，一边接过清单交给王怀信，一边说："辛苦了，到平州先休息一下再走。三千杆枪至少可以再武装五千人，我们的游击总队可以扩编到一万人了。麻烦王处长审验。对，压船的粮食，也要运到仓库里。"王怀信应声到船上查验。

卫长河问中校："顾长官还有什么其他指示没有？"

中校压低了声音说："有的，他让我口头带个贺信给诸位：大丈夫不可为不义者，将以有为也！"

卫长河一愣，说："完了？就这个？"

那个中校说："就这个。卑职熟记于胸，一字不错。"

卫长河看了看吕天平，询问："这个算什么，打哑谜吗？顾长官是什么意思？"

吕天平笑了笑，解释："不是哑谜，是一个典故。他让我们好好守着平州，随时准备牺牲以成仁的意思。当年安史之乱，张巡守睢阳失陷，被叛军俘虏。外求援军的小将南霁云，人称'南八'，随士兵隐藏在人群中，张巡点了他名，质问他南八为何怕死，说大丈夫'不可为不义屈'，南霁云说，'将以有为也'。不是怕死，是准备日后有一番作为。"

一个穿着士兵军服的人也从船上跳下来，走到吕天平面前，摘下军帽，笑着说:“天平，是我!”

吕天平一惊，仔细一看，这个士兵杏眼蛾眉，穿着宽松的男人军服，衣袖都显大，显然是个女子。她不是旁人，正是他朝思暮想的刘琴秋。吕天平一辨之下，十分激动，但在卫长河身边，还是努力克制住了自己的情绪，“琴秋你好，真没想到你会跟着贺礼一起到。囡囡，她还好吧?”

刘琴秋也知道吕天平在克制，看了看旁边的卫长河，低声说:“还好，我托人把她送到了大后方，她现在很安全。”

吕天平懂了，不声不响地点点头，“好的，让你们受惊了。”

卫长河咳嗽一声，推了推眼镜，问:“吕司令，这位是?”

吕天平大大方方地介绍说:“她是《大公报》记者刘琴秋女士，乔装随船来我们平州的!”

卫长河一听，脸上瞬间桃花开，“刘记者，久仰久仰，未想到吕司令的金屋藏娇，竟然是这等英姿飒爽的巾帼英雄，难怪顾长官舍得送上这么大一份贺礼。晚上，我们在东亚大饭店吃饭，为嫂子接风洗尘。嫂子一定要来!我就先带押送官回城去了，你们慢慢聊，我不打搅，哈哈!”

卫长河带着那个中校走后，刘琴秋就和吕天平沿着河岸散步。

雨后的世界充满了氤氲的水汽，沿岸的柳树枝条轻摇。吕天平却愁眉不展，若有所思。刘琴秋主动拉他的手，问:“老吕，想什么呢？我来，你不高兴吗?”

吕天平脸红了，“怎么会呢，你平安归来，是我最大的安慰。我是心忧平州啊。你看，一场大雨，这莲河的水涨了这么多。因为战乱，我们各方都无暇修固水利，甚至都有以邻为壑的计划。如果再这么持续降雨，我怕平州会遭灾。这几天，怕鬼子来进攻，西南几个集镇已经有大量百姓往平州城拥了。战一开，水一发，死人多，再有传染病出来的话，平州危矣。”

刘琴秋点点头，“是啊，真是屋漏偏逢连夜雨。天平，你自己要多小心身体。我听说汪伪来劝降的人已经到平州了，他们没拿你怎么着吧?”

吕天平看了看刘琴秋，嗅着她发梢特有的清香，温柔地笑，“不用替我担心，他们不来人，直接来兵，我才真正头疼。有人来了，还能慢慢周旋。他们派了一个叫许卓城的北洋老官僚来了，大有不达目的不罢休的阵势。”

刘琴秋挽住吕天平的胳膊，把头温柔地搁在他的肩膀上，“现在国内人人都在传说新四军要移师江北，是重庆方面故意把他们的行军意图给公布了出来。不知他们是何种居心？日本人在调兵遣将，汪伪也在调兵遣将，韩光义也在调兵遣将。你的平州，此时此刻是不折不扣的风暴之眼了啊。”

“嗯，让他们来吧。”吕天平的表情很释然，“他们不来，平州的困局解不开。我倒担心他们又会像在直罗山那样，还没来就走了。他们来了，我们就跟他们一起打鬼子，并肩作战。”

“万一，韩光义又把你给出卖了呢？”刘琴秋忧心忡忡。

吕天平说：“吃一堑长一智，游击总队就要抢在他们前面发起战事。这次，不能让他们任何人来指挥我，要让他们随着我们的节奏来走。我会细细琢磨这事的，看朝日伪哪个方向用兵再说。”

“嗯，你还是要多小心，囡囡还小，我特别不希望在这时候出什么事情！可别忘了，你还欠我一场婚礼呢！”

刘琴秋拥抱着吕天平，双颊炙热，眼眶湿润。

这时候，王怀信匆匆赶过来，咳嗽了一声，“吕公，枪已经清点完毕了，总数三千支不错。我让人把枪送到军械库还是营地？”

吕天平松开刘琴秋，红着脸，“存放在县政府内吧。枪支管理一定要严。丁聚元领走的那一千支枪现在还没追查到去处。真是见了鬼了!”

2

许卓城又在东亚大饭店的松鹤厅请吕天平和黎有望吃饭，且三人之外并无他人参加。因为吕天平已经预先打过招呼，黎有望只得硬着头皮去见许卓城。至松鹤厅，一见之下，许卓城果然如徐永财所提供照片上的眉目，虽然年过半百，依然可见一贯养尊处优的派头，不失为一个俊美的老男人。

黎有望不得不感叹，卿本佳人，奈何做贼。他也从许卓城的眉眼中看出了白露的影子，比起韩光义那副嘴脸，舒服多了。胸壑之中，感慨万千。

许卓城一见黎有望，也是颇为欣赏，“久仰黎司令大名啊，真是长江后浪推前浪，一浪更比一浪高。吕司令有这么一位英武勇猛的小舅子相助，当真是如虎添翼。今天请二位来，就是想见见黎司令，吃个便饭，联络情感，绝对不谈公事。”

吕、黎二人自然谦虚一番。

许卓城偏偏接着话茬，继续说："我也听说了，吕夫人不幸蒙难。是日本人闹的一场误会。可惜了啊。听说吕司令的如夫人也到平州来了。哈哈，何不一块请来赴宴呢?"

吕天平微微笑，"呵，许先生的消息够灵通的啊。内子刚来，水土不服，带不出这样的场面。"他转眼看了黎有望一眼，见他的脸色微微有点僵。吕天平心知肚明，许卓城故意提这个话题，就是分化他俩，绵里藏针，很见效果。

果然，黎有望冒冒失失地问："刘琴秋也来平州了，这事我怎么不知道?"

吕天平低声说："你不需要知道。她是来送战区的贺礼的。我们不谈家事，跟许先生说话。"

两人简短的对话，许卓城全入耳中，但笑不语。

吕天平随即转移话题说："许先生，刺杀你和你警卫的事，我们已经全力在查了，应该很快会有眉目。"

许卓城摇摇头说："不要紧，出来为国家办事，就要冒这个风险。汪先生不知已经遭遇过多少次这样的情况了，与他相比，我这个，不值一提！”

“需要提一提的。我的下属根据教堂钟楼现场脚印勘查和一些目击者的线报，已经锁定一个叫刘清和的人。他先于你从上海而来，为76号做事，也受金碧辉，也就是川岛芳子女士的委派，到平州来说服我们。这个人你熟悉吗？”

许卓城脸色一变，说：“怎么可能，我为他们来平州跟你们谈判，他们对我下黑手刺杀。这个，逻辑上说不通吧？”

吕天平说：“倘若他们想把你的死栽赃到我头上，以之为借口，武力解决平州问题呢？日本人的做事风格，恐怕，许先生了解得比我多吧。”

许卓城头上渗出了一层细密的汗珠，不由自主想到了自己在日本银行里被冻结的存款，连忙掏出手绢来擦拭，强作欢笑，“可能，可能，跟你的夫人遇刺一样，也是一场误会吧。来，来，两位司令，我们光顾着谈事情，菜还一口没吃，边吃边聊。”

黎有望慢慢从对姐姐的回忆中回过神来，说：“许先生，据我所知，这个刘清和就是一条疯狗，见谁咬谁。虽然76号窥视我们平州很久，但派出这样的疯狗来，恐怕不是专门针对我们来的。因为忌惮日本人的兵威，我们暂时对他奈何不得。不过，许先生，你还是要多加小心。”

他和吕天平心有灵犀的配合，迅速扳回局面。

许卓城突然想起了什么来，“对了，凭刘清和一个人，应该是不可能同时既跑到钟楼上狙击，又能杀害我的警卫吧？他应该会有帮手。”随即，他从怀中掏出那张纸，递交给黎有望说，“黎司令能帮我查查，这个人，也在平州吗？我这两天也调查到，她好像帮着黎司令在军中做过事，你熟悉吗？”

黎有望接过纸来一看，见是“许卓城，狗汉奸，死而尸分。白露敬上”，猛然吃了一惊，脑子立刻就像电闪雷鸣一样乱，嘟哝出声：“怎么会是她？”

许卓城一见就知道问对了，连忙接着追问：“那么，黎司令看来是认识这个白露了，现在，她人在哪里呢？”

黎有望翻来覆去仔细看了那张纸，嗅了嗅，把它还给了许卓城，自顾自地端起酒杯，一饮而下，直截了当地说：“她已经不在我军之中了，退役了。我目前判断，这是一场嫁祸，白露应该跟此事无关。恕在下冒昧地问一下，许先生难道不认识这个女子吗？你、刘清和、白露，三个人之间，在来平州之前，有没有什么关联呢?”

许卓城张口欲再说，这时候包厢的门被王怀信硬生生给闯开了，他对守门的警卫说:“我有极其重要的事情要向吕司令汇报!”

两个警卫都没有拖得住王怀信。许卓城连忙挥手制止自己的警卫再纠缠。王怀信径直来到吕天平身边，低声耳语。吕天平则认真听完了王怀信的报告，随后，用一种奇怪的表情向许卓城通报说:“许先生，我们的谈判可能要暂时搁置几天了。就在我们说话间，两件大事发生了。第一，韩光义主席麾下的175师在清江县北，跟日军小野师团的人交起火来了。”

许卓城一听，也不意外，点头说“哦哦，好啊”，真不知他为谁叫好。

“这第二嘛，大江要流，是谁也拦不住啊。新四军已经悄无声息地渡了江，来到我们平州了!”吕天平依旧是波澜不惊的语调，脸面上丝毫不见有情绪变化。

许卓城脸色随即一变，比遭遇了刺杀还要惊惶。

3

是夜，乌云稍稍散去。

奔腾不息的长江，滔滔不绝的长江，依旧在千年不变地流淌。有风来，便有波涛起，一层一层地向两岸堆去。月亮从乌云的缝隙中稍稍透出了一点光辉，投在粼粼的江面上，也投在江北密密层层的芦苇岸边。即便在烽烟遍地、山河破碎之时，依旧是一幅星垂平野阔、月涌大江流的壮美之景。

滚滚长江东逝水，那也不是水，是流不尽的英雄血。

连续三艘木桨船从长江南岸某处，悄无声息地划过了大江，向北岸逼近。

船上的桨手打着赤膊，深谙水性，让船很轻巧地在波涛之间快速驶过。船头的领航者也是目光炯炯，手持着一把被布条包裹伪装的步枪，警惕地向北岸某处眺望。这时，北岸某处的芦苇荡里，突然闪出了一束光芒，那光芒在空中划出了一个圈。

站在船头的领航者，兴奋了起来，说：“对，管老总，莲河到了，是我的兄弟在接应我们!”

那人迅速也把手中的电筒给打开，对着那束光芒画了一个圈。随即，对方的光芒变成一闪一闪的，像是灯塔在导航。赤着胳膊的桨手迅速划桨，把船向那闪光之处驶去。到了岸边，船径直冲向泥沙滩，丢下铁锚，搭出一块船板。船上覆盖着的帆布被掀开，在领航人的带领下，许多潜伏着的士兵从船舱内猫着腰钻了出来，带着各自的枪械，迅速登岸，并迅速在芦苇丛中散开，拉开一条警戒线。

一个宽额头、花白头发、穿着警服的男人用手电照了照船上的领航者，迎上前说:“赖警长，您真的又回来了!”

那个领航者一瘸一拐地走向他，与他双手紧紧相握说:“老苏，我现在不是警长啦，是新四军武工队的战士。莲河镇上的兄弟们都还好吧?”

老苏说:“还好，都继续在莲河扛着刀，黎司令待大家都不错。现在，守在莲河的还是王文举，多了一个89军来的何辅汉。”

这个领航者，正是以前莲河警队的警长赖贵明，此时他穿着一身便服，但他带来的那些人都穿着灰土布的军服，胳膊上的蓝色肩章标识着“N4A”。这些都是新四军的战士。

赖贵明对老苏介绍："这位是我们新四军的管蔚然支队长！"

一个戴着眼镜的年轻军官从他身后闪了出来，握着老苏的手，"谢谢您，接应我们！"

又有一个人从管蔚然身后闪了出来，一拳打向老苏说："嘿，苏大牙。老子，你还认识吗？我待你们就差了吗，在莲河防守，没少跟你们警队里一帮人喝酒！"

这人穿着不甚合身的新四军军服，脸上一道长长的刀疤。月光照清了脸，不是旁人，正是丁聚元。

老苏吃了一大惊，"丁大当家的，怎么是你？不是传说你被吕司令派人给礼送出平州，秘密处决了吗？"

丁聚元哈哈大笑，说："一枪没打死，我翻过身来。这不，老子又回莲河来了！"

管蔚然连忙笑着提示："不是丁大当家的了，他现在是我们新四军北进突击支队的副支队长丁聚元！"

丁聚元忙收了笑，给老苏端端正正地敬了个军礼，"对，敬礼，现在是有组织有纪律的丁副支队长！"

三艘船百人的队伍都上了岸，船夫立即拔了锚，向江南岸掉头而去。

赖贵明继续在江边打手电发信号，不一会儿，又有五艘木船陆续靠岸，大批的战士从船上下来，都背着行囊和干粮，无声无息地钻入江边芦苇滩警戒待命。

管蔚然照手电看了看手表，时间是凌晨三点整，他不由自言自语说：“奇怪，老余怎么还没有到！”

话音刚落，两个战士猫着腰，拖拽着一个穿长褂的中年人来到管蔚然面前，低声汇报说：“队长，发现这人鬼鬼祟祟在江堤上。”

管蔚然一看那人，连忙说：“快，放了他，他是我们的同志，平州地下党的同志！”

两个小战士慌忙松了手。

那个中年人也不恼，笑着说：“我们的战士警惕性可真高，我就是来找你们的！提着脑袋，才找到你们啊！”

“老余，你辛苦了！”管蔚然握着他的手，问，“我们北上一路的布防图带来了吗？”

老余笑了笑，指了指自己的脑袋说：“带着。不过暂时存在这里。江北几个县的同志用生命换来的总图，我不敢轻易带在身上。”

管蔚然说："左月潮同志还好吗？他，没有事吧？"他心中所担忧的，是"牺牲"二字。

老余说："自从悄悄离开小学堂之后，我已经几个月没有与他联络了。不过听说，黎有望没有为难他。他还在小学堂教着书，好像还在他们救国军的军报上发了文章。"

管蔚然点点头说："很好，希望黎有望也不要为难我们。老余，我们上岸了之后，该往哪儿去？我们的先锋支队开拓出来的路线，对于后续部队的北上十分重要。"

老余折了一根芦苇，找了一块平平的沙滩打手电比画。

管蔚然、丁聚元、赖贵明都跟着蹲下来看。老余边画边说："有两条路线，目标都是去盐州。我是盐州人，我给你们带路。一条是北道，是易道，容易走的路，沿着平州、维阳中间线，快速到平州北部，沿着九龙湖边向东北方去盐州。这一路，路不好走，但安全，南京方面正在劝降平州的吕、黎，正是诸多势力的防区空白地带。到了盐州境内就会有人接应，有南下的八路军，还有袁司令江北挺进军的人。另一条是南道，也是难道，极其难走，从莲河向东，沿着平州、清江、新化的边界走，那里有日本人，还有韩光义的89军最雄厚的兵力。冲破他们的屏障，过许庄、田汉、郭店、皇桥、吴家桥，到达盐州南的白马镇，在那里，可直接与南下的八路军会师。”

管蔚然说：“看来，陈老总、粟老总的预判真是一点不错，跟你们提供的情报大致不差。北道是容易啊，但也有危险，如果维阳方向的伪军和平州的吕、黎拦腰截击我们怎么办？”

老余摇摇头说：“这倒不会，他们没有那么强的实力。我们的新四军在南方八省打了这么多年的游击战，骁勇善战，如果大部队在渡江后都走这条路过，以他们的战斗力绝对挡不住。两万五千里，前头围堵，后头追兵，也没把我们怎么着。”

管蔚然长叹一声，说：“是这样啊！也正因为是这样，老总们才让我们要向难处去啊，不跟鬼子过几招，就不能让韩光义真正服气我们！”

老余说：“若是韩光义跟我们起摩擦又怎么办？我们孤军要面对他十万人马啊。”

“嘿，依我看，就要跟韩光义硬杠上一家伙，让他知道咱们的厉害！老子憋了一口气这么多年了！”丁聚元冷不丁地大吼。

后续故事，见第三部《至暗黎明》。

图书在版编目 (CIP) 数据

队伍．战与守 / 黄孝阳，陶林著．— 北京 ：北京十月文艺出版社，2021.7

ISBN 978-7-5302-1808-2

Ⅰ．①队… Ⅱ．①黄… ②陶… Ⅲ．①长篇小说—中国—当代 Ⅳ．①I247.5

中国版本图书馆 CIP 数据核字 (2021) 第 055805 号

队伍 战与守
DUIWU ZHANYUSHOU
黄孝阳　陶林 著

出　　版　北 京 出 版 集 团
　　　　　北京十月文艺出版社
地　　址　北京北三环中路 6 号
邮　　编　100120
网　　址　www.bph.com.cn
发　　行　新经典发行有限公司
　　　　　电话（010）68423599
经　　销　新华书店
印　　刷　河北鹏润印刷有限公司
版　　次　2021 年 7 月第 1 版
　　　　　2021 年 7 月第 1 次印刷
开　　本　850 毫米 ×1168 毫米 1/32
印　　张　16.5
字　　数　280 千字
书　　号　ISBN 978-7-5302-1808-2
定　　价　76.00 元
质量监督电话　010-58572393
如有印装质量问题，由本社负责调换。